10
18

12, AVENUE D'ITALIE. PARIS XIIIᵉ

Sur l'auteur

Guillaume Prévost est né en 1964 à Madagascar. Ancien élève de l'École normale supérieure de Saint-Cloud, il est agrégé d'histoire et enseigne aujourd'hui en lycée. Outre des ouvrages spécialisés comme *La Seconde Guerre mondiale, vie et société*, il a publié trois thrillers historiques — *Les Sept Crimes de Rome*, *L'Assassin et le prophète*, *Le Mystère de la chambre obscure* — et des romans pour la jeunesse, dont *Le Livre du temps* (Gallimard Jeunesse, 2006).

GUILLAUME PRÉVOST

LE MYSTÈRE DE LA CHAMBRE OBSCURE

10/18

« Grands Détectives »
dirigé par Jean-Claude Zylberstein

NIL ÉDITIONS

*Du même auteur
aux Éditions 10/18*

LES SEPT CRIMES DE ROME, n° 3947
L'ASSASSIN ET LE PROPHÈTE, n° 4035
▶ LE MYSTÈRE DE LA CHAMBRE OBSCURE, n° 4098

© Nil Éditions, Paris, 2005.
ISBN 978-2-264-04721-2

À ma mère

Enfin il se retourne… il saisit sur une table une de ces fortes loupes dont les photographes se servent pour retoucher les détails d'une épreuve… Il la promène sur la photographie, et le voici qui s'écrie d'une voix épouvantée :

« Eux !… eux !… les assassins de mon père ! »

Jules Verne
Les Frères Kip

1

— Numéro 13, rue Cloche-Perche, annonça joyeusement Félix, c'est bien là.

Le bâtiment dressait sur trois étages sa façade sombre et désolée, d'autant plus sombre et désolée que l'unique bec de gaz était en panne et que le clair de lune de cette mi-août s'attardait loin au-dessus des nuages. Si Félix manifestait son enthousiasme – comme toujours dès qu'il s'agissait d'imprévu –, Jules, lui, était plus réservé.

— Ça paraît abandonné, non? L'immeuble, le quartier, il n'y a personne. Tu es sûr que…

— La plupart des maisons sont expropriées, le rassura Félix. Le chantier de Rivoli leur passera bientôt sur le corps. Tu penses bien que Gordon n'a pas choisi la rue Cloche-Perche par hasard : il ne tient pas à être dérangé. Et puis il est minuit dix, nous ne sommes pas en avance.

Tout en parlant, le jeune homme agita le heurtoir. Un concierge à la mine soupçonneuse entrebâilla le vantail.

— Qu'est-ce que c'est?

— Nous venons pour Gordon, répondit Félix.

Le concierge s'assura d'un coup d'œil qu'ils n'étaient pas suivis.

— Qui vous envoie?

— Le marquis de Servadac.

— Servadac ? C'est bon, vous pouvez venir.

Comme Jules semblait hésiter encore, Félix le poussa d'une bourrade.

— Ça va te plaire, Jules, je te le promets.

Ils s'engagèrent sous un porche où deux hommes fumaient dans le noir, ostensiblement tournés vers la cour.

Sans leur accorder un regard, le concierge prit la porte vitrée sur sa gauche.

— Par ici, messieurs.

La cage d'escalier n'avait rien d'engageant. Il s'en exhalait une odeur âcre de moisi et ses murs s'effritaient en longues cicatrices de plâtre. Quant au concierge, il montait chaque marche en boitant, sa jambe droite s'écartant de son corps tandis que l'autre s'affaissait sous son poids. La lampe qu'il tenait à la main balançait au même rythme, jetant à la volée de mornes lueurs jaunes : une rampe sale, des peintures défraîchies, un tapis usé par les ans… Ça va me plaire, se répéta Jules, ça va me plaire !

Ils s'arrêtèrent au deuxième étage et pénétrèrent dans un grand appartement qui paraissait inhabité. Des seules pièces qu'ils croisèrent, ils n'entrevirent que quelques masses informes couvertes de draps blancs. Enfin, ils arrivèrent à une porte en haut de quatre marches, et leur guide s'immobilisa sur le seuil.

— Les autres sont là depuis un moment.

Il tendit la main et Félix compta plusieurs billets.

— Si vous avez à parler, ajouta le boiteux, soyez très discrets. Gordon n'aime pas qu'on l'interrompe.

Il ouvrit la porte. La pièce était plongée dans la pénombre et plusieurs visages se retournèrent. Rien que du beau linge, crinolines et chapeaux, redingotes et cannes. Les femmes étaient assises, les hommes debout, une vingtaine d'invités environ, disposés en demi-cercle pour ne rien manquer des paroles et des gestes du maître. Seule admise à la table ronde, une élégante au regard dissimulé par une voilette, derrière qui se tenait un valet ou un majordome. Face à elle, un grand blond aux traits juvéniles, plutôt maigre et le teint d'une pâleur extrême – ou bien était-ce la pâleur des bougies.

C'est donc lui, songea Jules, Will Gordon. Le médium anglais qui affolait l'imagination de la bonne société parisienne ! Il avait été chassé de son pays, rapportait-on, pour ses écarts de conduite. Le jeu, de menus trafics, une rixe qui tourne mal... La police le recherchait plus ou moins. Mais sa faculté d'évoquer les esprits dépassait en puissance tout ce que l'on avait pu voir depuis que la fièvre spirite avait gagné l'Europe : Gordon n'avait eu aucun mal à trouver refuge en France. La curiosité était d'autant plus vive que Gordon se produisait peu et que rares étaient ceux qui l'avaient approché de près. Il vivait à Paris dans un lieu tenu secret, ne se montrait que la nuit et contre de belles sommes. Mais avec lui, ajoutait-on, on en avait pour son argent. Le mystère, l'au-delà, un soupçon de scandale, si Will Gordon fascinait le grand monde, il avait donc toute sa place dans *Le Populaire*, le journal de Félix. En reporter avisé, celui-ci n'avait eu aucun mal à convaincre son directeur de le laisser s'intéresser au phénomène. Et, par la même occasion, il avait entraîné Jules.

Il y eut un coup, venu de nulle part. L'assemblée frémit. Puis un deuxième, plus distinct encore. C'était la table, à n'en pas douter. Fermant les yeux, Will Gordon allongea les mains sur une planchette triangulaire doublée de feutre, dont la pointe était tournée vers un alignement de lettres et de chiffres, flanqués d'un OUI et d'un NON en gros caractères dorés. Sous les mains de Gordon, la planchette se mit à virevolter d'une lettre à l'autre tandis qu'il s'adressait à un interlocuteur invisible.

— *No*, *no*, Asmabel ! Pas toi ! Il me faut un autre !

Presque aussitôt, les mouvements du triangle cessèrent.

— C'est Asmabel, expliqua Gordon avec un accent prononcé. C'est le premier esprit de ma vie pour qui j'ai fait l'invocation. Depuis, il vient toujours d'abord. Il est, on pourrait dire, l'ambassadeur. Mais il y en aura d'autres, je pense. D'autres meilleurs pour nous.

— Habile, souffla Jules à l'oreille de Félix. Ton Gordon vend de l'esprit mais de l'esprit surchoix. L'élite d'en haut pour l'élite d'en bas !

Un nouveau coup résonna qui fit cette fois trembler le sol. Tous sursautèrent : la table s'élevait doucement dans les airs. On avait beau se pincer ou se mordre les lèvres, impossible de nier l'évidence : elle s'élevait dans les airs ! Un centimètre, puis deux, puis trois, puis bientôt dix. Elle marqua un temps d'hésitation, tangua légèrement dans le vide pour retomber finalement de toute sa masse. La jeune femme assise à l'opposé de Gordon recula en étouffant un cri. L'ensemble n'avait pas duré plus d'une vingtaine de secondes et déjà la planchette, comme aimantée par le médium, filait de lettre en lettre.

— … Ti, Eï, Aï, N, I… Le Fontaine ? La Fontaine, n'est-ce pas ?

La planchette se figea sur le OUI et le nom du fabuliste passa de lèvres en lèvres.

— C'est une grande honneur d'avoir votre personne parmi nous, se félicita Gordon. J'ai une dame près de moi, elle aimerait poser les questions elle-même. Est-ce possible, oui ?

La planchette fit un tour complet sur le OUI.

— Si vous voulez bien, madame, l'invita Gordon.

— Pourquoi elle en particulier ? chuchota Jules.

— Je ne sais pas, répondit Félix sur le même ton. Elle a dû payer le double.

— Et pourquoi se cacher le visage ?

— Peut-être justement parce qu'elle a payé le double !

Mais, si l'inconnue s'abritait sous sa voilette, elle n'avait aucune intention de parler non plus. Elle toucha le bras de son majordome, qui se pencha sur elle avant de répéter à haute voix :

— Peut-on s'assurer qu'il s'agit bien là de M. de La Fontaine ?

Nouveau ballet de planchette, dans un silence attentif.

— Il dit qu'il a vécu depuis l'année 1-6-2-1 jusqu'à l'année 1-6-9-5, traduisit le médium.

1621-1695 : des dates de naissance et de mort. S'agissait-il d'une preuve ? Il aurait fallu pour cela connaître un peu mieux la vie de La Fontaine. On fit comme si.

— Où se trouve désormais M. de La Fontaine ? interrogea le valet.

Frôlement du feutre sur la table cirée.

— Il dit, dans l'ordinaire, qu'il est sur Jupiter.

Gordon prononça Djoupiter, ce qui sema un peu de confusion dans l'assistance : Où ça ? John-Peter ?

— Ce n'est rien d'étonnant, précisa-t-il, il y a sur Djoupiter beaucoup des esprits de qualité.

— Et aucune chance d'aller vérifier sur place, ironisa Jules.

— Comment fait-il alors pour nous répondre ce soir ? demanda le majordome après consultation de sa maîtresse.

— Car l'esprit est libre du corps, il n'a pas l'obstacle par la matière. Il voyage juste avec son volonté. Un instant sur Djoupiter, l'instant d'après, ici, au milieu de nous.

Gordon et sa planchette se lancèrent alors dans un exposé savant sur les mérites respectifs de la vie terrestre et de la vie jupitérienne, à l'avantage nettement de cette dernière : plus d'enveloppe charnelle mais ce qu'il appelait le « périsprit », sorte d'enveloppe immatérielle de l'âme, circulant à sa guise dans l'atmosphère éthérée de la planète. Là, une réunion de beaux esprits, hiérarchisés selon leurs mérites, qui conversaient le jour – des jours égaux à nos semaines – sur l'amour de Dieu et l'intelligence du monde. Des maisons plus belles que les nôtres, des animaux tous pacifiques, des fleurs pour ravir l'œil, bref, le paradis sur Djoupiter.

— Et sa mort, interrogea le majordome, se souvient-il de sa mort ?

Le médium n'eut besoin d'aucun intermédiaire pour répondre.

— L'esprit, en général, aime pas beaucoup le souvenir de la mort. Il faut souvent plusieurs jours pour qu'il, comment dit-on, pour qu'il dégage lui-même de son corps. C'est le moment de trouble pour lui, de très grand trouble. Plus l'esprit est élevé chez l'homme, plus il dégage vite du corps et plus c'est heureux pour lui. Mais s'il est occupé seulement avec les choses d'ici-bas, alors c'est plus difficile. Je pense qu'il faut pas évoquer le sujet.

Le majordome et la jeune femme se concertèrent plus longuement qu'à l'habitude et le public en profita pour se livrer *mezza voce* à quelques commentaires. Félix se rapprocha aussi de Jules.

— Celui qui pose les questions, là... Depuis tout à l'heure, il me rappelle quelqu'un. En réalité, je l'ai aperçu déjà. Il n'a rien d'un valet ou d'un majordome : c'est l'imprimeur Batisson.

— L'imprimeur Batisson ?

— Oui, un fou de spiritisme qui a une grosse imprimerie près de la butte Chaumont. C'est l'un de ceux grâce à qui les tables se sont mises à tourner en France. Mais si je comprends bien ce qu'il fait chez Gordon, je devine mal à quoi il joue avec cette femme. Pourquoi elle le laisse parler à sa place, pourquoi elle refuse qu'on la voie... Et tu as remarqué cette broche sur sa poitrine ? Trois fleurs de diamant rose montées sur fond d'or avec une magnifique abeille émeraude et saphir. Il y en a pour des milliers et des milliers de francs, fais-moi confiance. On serait peut-être bien inspirés de...

Il ne put conclure sa phrase car l'imprimeur Batisson se redressait.

— Nous aimerions demander à M. de La Fontaine s'il accepterait de répondre à une question particulière. Une question personnelle et qui concerne l'avenir.

— Pourquoi pas... Mais tous les esprits discutent pas sur l'avenir, avertit Gordon. C'est d'abord et premièrement la partie de Dieu. En plus, la réponse de ces questions-là est pas toujours claire ou compréhensible.

— Nous prenons le risque, assura Batisson. Madame – il appuya sur le terme – y tient beaucoup.

— S'il lui plaît...

— Parfait. Dans ce cas, nous voudrions savoir si la personne à laquelle pense madame est en danger comme elle le craint ?

— Nous y voilà, susurra Félix.

Le médium repositionna ses mains sur la planchette, mais celle-ci resta de marbre.

— Monsieur de La Fontaine, articula Gordon, madame demande si le personne à qui elle pense maintenant est en danger oui ou non ?

Lentement, comme à regret, le triangle se déplaça vers le OUI. Un frisson délicieux parcourut l'assemblée.

— Peut-il être plus explicite ? insista l'imprimeur.

La planchette s'agita si brusquement au milieu des lettres que Gordon eut du mal à la suivre. Le message terminé, une fine sueur luisait à ses tempes et sa voix était devenue blanche.

— Pouvez-vous encore donner la réponse, monsieur La Fontaine, si possible ? Je n'ai pas saisi tout bien.

Quelques femmes se levèrent pour mieux voir. Jules distingua un I puis un L, et pêle-mêle un U ou un V, un autre I, peut-être un A… Le médium était manifestement dans l'embarras.

— Comme j'ai dit avant, il ne faut pas croire toujours les réponses de l'avenir. L'avenir c'est la propriété de Dieu et il arrive que…

— Contentez-vous de répéter ce qu'il a dit, le coupa Batisson.

— Eh bien… l'esprit a dit : « IL VA MOURIR VITE. »

Gordon lâcha le triangle de feutre pour s'éponger le front. Sous sa voilette, la jeune femme semblait pétrifiée, tandis que Batisson cherchait à la réconforter. De son côté, l'auditoire avait abandonné toute retenue et spéculait à voix haute sur ce qui venait de se produire. Un barbu en haut-de-forme se dirigea même vers la porte et sortit en la claquant comme s'il en avait suffisamment entendu.

— J'étais sûr que ça allait te plaire, sourit Félix.

Gordon alluma nerveusement une pipe noire et courbe puis, s'efforçant de dominer le tumulte, toussa à plusieurs reprises en tapant dans la paume de ses mains.

— Mes amis, mes amis, c'est un devoir pour nous de saluer M. La Fontaine avant son retour sur Djoupiter. Et si nous sommes tous avec lui dans cette seconde, peut-être il fera devant nous une dernière chose extraordinaire.

Le calme revint progressivement, la curiosité l'emportant sur le plaisir du commentaire. Gordon était en effet célèbre pour faire plus encore que communiquer avec les esprits. Et c'était même pour cela qu'on le payait si cher.

— Je vous prie de rester tous ensemble dans la concentration. Si le fluide de nous tous se rencontre avec le sien, il y a peut-être la chance que…

Il tira une longue bouffée d'un tabac aux senteurs de cuir, toussa encore pour s'éclaircir la voix et plaqua ses deux mains sur la table.

— S'il vous plaît, monsieur La Fontaine…

Les flammes du chandelier se mirent à vaciller comme sous l'effet d'un invisible courant d'air. Puis il y eut un crépitement au fond de la pièce et, devant l'auditoire médusé, une forme vaporeuse se matérialisa soudain près de la fenêtre, au-dessus d'un gros scriban de chêne dont l'abattant était fermé. L'apparition ne mesurait guère plus de trente centimètres et ressemblait à une sorte d'œuf aux extrémités allongées. Surtout, elle rayonnait d'une lumière phosphorescente, très pure et très blanche, tout à fait surnaturelle.

— Il est là, murmura Gordon. C'est le périsprit de M. La Fontaine ! C'est l'enveloppe de l'âme ! Il apparaît !

Sous les ah ! et les oh ! stupéfaits, la forme grossit en prenant une teinte plus jaune et se déplaça de quelques centimètres vers le bord du meuble. Des particules de lumière s'en échappaient en scintillant, comme si elle cherchait à enfler encore, mais sans y parvenir. Puis son intensité faiblit. Elle était sur le point de se dissoudre tout à fait lorsqu'elle parut soudain traverser la vitre, brillant au-dehors d'un ultime éclat doré avant de se fondre dans la nuit.

— Il est parti, soupira Gordon en lâchant sa pipe, je n'ai pas pu faire le mieux.

Ce fut un tonnerre d'applaudissements. Tout le monde se mit à parler à la fois, s'exclamant et se congratulant avec force balancements de crinolines ou de cannes. Chacun voulait approcher le médium, lui témoigner son admiration, toucher sa main ou son habit. Une femme sortit même de son manchon une minuscule paire de ciseaux, espérant recueillir peut-être une mèche du grand homme. Gordon aurait été la réincarnation de La Fontaine en personne, on ne l'en aurait pas fêté davantage.

Indifférent à cette agitation, l'imprimeur Batisson prit le bras de la jeune femme et l'entraîna sans un mot vers la porte. Félix tira son ami par la manche.

— Désolé, Jules, je dois changer mes plans. C'est toi qui vas suivre Gordon ce soir.

— Moi, mais…

— Ne fais pas cette tête, je suis presque sûr qu'il habite le quartier. Tu seras chez toi dans une heure et tu me rendras un fier service. Ne lui parle pas, file-le à distance et note son adresse. Je m'occuperai du reste demain. En attendant, je veux savoir qui est cette femme et ce qu'elle cache sous sa voilette. De quoi remplir un numéro entier du *Populaire*, à mon avis. Je te retrouve pour déjeuner chez Tortoni…

Jules n'eut pas le temps matériel de refuser : Félix se précipitait déjà vers la porte où il faillit renverser le concierge qui montait en sens inverse, escorté par les deux hommes qui fumaient sous le porche.

— Mesdames et messieurs, lança le boiteux à la cantonade, la séance est maintenant terminée. Si vous voulez bien descendre avec moi en prenant garde aux marches, je vous éclaire le passage.

Maudissant Félix et ses manières imprévisibles, Jules réfléchit d'abord qu'il ne devait surtout pas perdre Gordon de vue. Il s'employa pour cela à sortir parmi les derniers, faisant mine de s'intéresser à la fenêtre puis au scriban où le périsprit de La Fontaine était apparu tout à l'heure. Mais l'un des sbires du concierge s'avança et l'invita du regard à quitter la pièce. Jules se tourna alors vers le médium. Débarrassé de ses admirateurs, il était occupé à ranger ses affaires, la tête basse et l'air absent : il n'était plus temps de lui avouer sa passion toute neuve pour le spiritisme.

Jules se résigna donc à rejoindre les autres, se demandant comment il réussirait une fois dehors à suivre Gordon sans être repéré. Un garçon qui communiquait avec Djoupiter devait avoir l'œil vif et l'oreille aiguisée !

Sur le palier, il rattrapa la petite troupe de spiritomanes qui s'étirait sur un demi-étage. L'obscurité aidant, quelques plaisanteries fusaient auxquelles répondaient des gloussements ou des rires. Visiblement, la conversation de La Fontaine avait eu un effet grisant sur ce public distingué et l'on aurait pu se croire à la sortie d'un établissement chic après une soirée un peu canaille.

Dès qu'il fut arrivé sous le porche, cependant, les ricanements cessèrent : deux détonations venaient de résonner coup sur coup dans la cage d'escalier.

2

Jules s'élança, talonné par les sbires du concierge et par un moustachu bedonnant à la vélocité surprenante. Autant qu'on pouvait en juger, les coups de feu provenaient du deuxième étage, là où se trouvait encore le médium. Tout en montant les marches quatre à quatre, une foule de suppositions assaillait le jeune homme : Will Gordon avait-il attendu d'être seul pour sortir une arme de sa poche et tenter de mettre fin à ses jours ? Mais dans ce cas, alors, pourquoi y avait-il eu deux détonations distinctes ? Il était rare en effet qu'on se tire deux balles dans la tête... Ou bien, plus rassurant, Gordon avait-il voulu alerter quelqu'un en jouant du pistolet ? Un passant dans la rue, par exemple ? Quoiqu'à cette heure... À moins que ces coups de feu n'aient été en réalité des explosions d'une tout autre nature, sans rapport direct avec...

— Plus vite, haleta le moustachu, plus vite !

Jules déboula dans l'appartement ventre à terre et le traversa comme il put en s'appuyant contre le mur : on n'y voyait goutte. Il trébucha sur la dernière volée de marches au bout du couloir et enfonça la porte de la salle de spiritisme plus qu'il ne l'ouvrit. À première vue, rien n'avait changé : mêmes bougies sur le chandelier, même sacoche en cuir posée sur la table, mêmes sièges vaguement en désordre, mêmes meubles poussés dans les coins. Seul le battant de la fenêtre était désormais entrouvert et bâillait légèrement. Mais, en scrutant mieux la pénombre, Jules aperçut bientôt deux jambes étendues sous une chaise.

Le moustachu arriva sur ces entrefaites.

— Place, place !

Il avança vers la table au centre de la pièce, découvrit les chaussures qui dépassaient et lâcha un juron.

— Nom d'un chien, si c'était le moment !

La curiosité fut la plus forte et, malgré son appréhension, Jules s'approcha lui aussi. Le corps sur le plancher était bien celui de Gordon. Le médium gisait au pied de la table, tel un pantin désarticulé, les jambes à demi repliées, un bras tordu vers le haut et l'autre en travers de la poitrine, le tout en partie dissimulé par le siège où la femme à la voilette avait pris place tout à l'heure. La tête du médium était en sang et une auréole sombre commençait à se dessiner autour de son crâne. Il avait reçu une balle dans chaque œil…

— Vous deux, cria le moustachu aux sbires du concierge qui hésitaient à la porte. Je suis l'inspecteur Lafosse, de la brigade de sûreté. Que l'un d'entre vous coure sur-le-champ au commissariat, rue du Roi-de-Sicile. Dites-leur que j'ai besoin de tous les sergents disponibles. Et pendant ce temps, que l'autre empêche le public de monter : je ne veux personne à l'étage. Personne, sauf l'espèce de concierge, là, celui qui boite. Allez, dépêchez-vous.

Il se tourna ensuite vers Jules.

— Quant à vous jeune homme, même tarif, plus besoin de vous ici. Retournez en bas et si quelqu'un vous questionne sur…

Mais l'inspecteur Lafosse pouvait toujours débiter son compliment, Jules ne l'écoutait plus. Était-ce la lumière indécise ou la tension nerveuse, il lui semblait que les lèvres de Gordon venaient de remuer. D'un geste dont l'autorité le surprit lui-même, il intima au policier de se taire, s'accroupit auprès du médium et lui prit délicatement le poignet pour lui chercher le pouls. Il y avait bien comme une infime pulsation.

— Vous êtes médecin ? interrogea Lafosse.
— Inspecteur… Je crois qu'il n'est pas mort.

Troublé, le policier s'agenouilla à son tour et palpa le cou de la victime avec les deux doigts. C'est alors que les lèvres de l'Anglais s'animèrent à nouveau.

— L'esprit, gémit Gordon d'une voix rauque et presque inaudible. Il avait raison. C'est de moi qu'il pensait…

Il ne put cependant achever sa phrase car les mots se muèrent en une sorte de hoquet plaintif. Sa main se crispa dans celle de Jules avant de se relâcher tout à fait. La pulsation s'évanouit.

— C'est fini, soupira l'inspecteur. À se demander même comment ce pauvre bougre a pu survivre ne serait-ce qu'une seconde. On lui a tiré dessus à bout portant, il n'avait aucune chance.

Puis le policier se leva et, tout en examinant la scène du crime, s'enquit avec plus d'amabilité :

— Vous étiez à la séance, n'est-ce pas ? Vous avez remarqué quelque chose à propos de Gordon ?
— Euh non, bredouilla Jules, encore sous le choc. À part La Fontaine, la table qui tournait, la lumière sur le meuble là-bas…

— Vous vous intéressez au spiritisme ?

Jules avait beau faire, il ne parvenait pas à détacher son regard des orbites sanglantes du médium.

— Oui, enfin, je ne sais pas, un peu. J'étais venu avec un ami, mais…

— Moi, je ne crois pas à ces foutaises. De l'attrape-gogo à mille francs l'heure, rien de plus. D'ailleurs, on avait Gordon à l'œil depuis un moment. Enfin, si je puis me permettre ! Dans un sens, ce n'est pas très étonnant ce qui lui arrive. Tiens, qu'est-ce que ça fait là ?

Lafosse fit jouer dans la lumière l'objet qu'il venait de ramasser sous la table : un genre de coupelle ou de couvercle en cuivre d'une dizaine de centimètres de diamètre, avec un mince filetage sur le bord.

— Vous avez une idée de ce que ça peut être ?

Jules lâcha la main de Gordon et se redressa. Il observa l'objet sans conviction et hocha négativement la tête.

— Tant pis, on s'en occupera plus tard.

L'inspecteur posa le couvercle en cuivre sur la table à côté de la sacoche, puis se dirigea vers la fenêtre, les yeux rivés au sol.

— Au fait, vous n'avez pas répondu à ma question sur la médecine.

— Pardon ?

— À voir la manière dont vous lui tâtiez le pouls… Vous êtes médecin ?

Jules faillit répondre que ses connaissances en médecine lui venaient plutôt de ce qu'il était fréquemment malade, mais il n'avait pas le cœur à plaisanter.

— Je ne suis pas médecin, non, je suis écrivain.

— Écrivain ? Mazette ! Comment vous appelez-vous ?

— Verne. Jules Verne.

— Jules Verne ? Jamais entendu parler. Vous écrivez quoi ?

— Des nouvelles, des livrets. Des pièces surtout. L'une a été donnée au Théâtre-Lyrique en juin : *Les Compagnons de la Marjolaine*. Vous l'avez peut-être vue à l'affiche ?

— Désolé, ça ne me dit rien. Mais je ne vais pas souvent au théâtre et encore moins au lyrique. La passion, le drame, merci, dans mon métier, on est servi.

Le policier se baissa et frotta quelque chose sur le sol avant de le renifler entre ses doigts.

— De la poudre. Pas de doute, c'est par là que l'assassin est passé.

Il alla ensuite à la fenêtre qui battait et l'ouvrit toute grande.

— La bordure extérieure est assez large pour qu'un homme puisse marcher. Il a dû tirer sur l'Anglais à peu près d'ici, à deux mètres, pas plus. Gordon s'écroule entre la table et le siège, l'autre ouvre la fenêtre, l'enjambe, et joue la fille de l'air. On n'est pas près de le revoir.

Tout cela sur le ton détaché du professionnel.

— Et comment le meurtrier est-il arrivé jusque-là ? demanda Jules.

— Espérons que le concierge nous l'apprendra. Au fait, qu'est-ce qu'il attend, cet animal ? Allez voir ce qu'il fabrique et ramenez-le-moi.

Jules s'exécuta, pas fâché de quitter la pièce où reposait le cadavre. Il parcourut le couloir à tâtons et déboucha sur un palier vide et plongé dans le noir. Aucun bruit. Il descendit les marches et dut se rendre à l'évidence : il n'y avait personne en bas et personne sous le porche.

Il manœuvra le portail : personne dans la rue non plus. Tout le monde avait disparu !

Jules remonta fébrilement vers la salle de spiritisme.

— Ils sont partis, inspecteur, tous !

Lafosse eut une moue incrédule.

— Partis ? Le concierge aussi ? Mais, et ses deux acolytes que j'ai envoyés au commissariat ? Et mes renforts ?

Il se lissa la pointe des moustaches.

—Tous ces bourgeois trouillards, je veux bien qu'ils craignent d'être mêlés à un meurtre ! Surtout si le mort est un voyou, un Anglais de surcroît. Mais le boiteux et sa bande, c'est une autre paire de manches ! S'ils ont filé, ça veut dire qu'ils sont dans le coup. Voire qu'ils ont tendu un piège à Gordon ! Et si c'est un piège, avec ce qui est prévu cette semaine, ce n'est pas un commissaire de quartier qu'il va nous falloir…

Le policier fixa soudain Jules avec une intensité nouvelle.

— Vous avez déjà tenu une arme, mon garçon ?

— Pas que je me souvienne, non. Ou peut-être si, une ou deux fois, à la chasse. Mais je n'ai pas tiré.

— Vous allez voir, c'est très simple.

Il sortit de sa veste un pistolet argenté au canon démesuré et le tendit à Jules, qui recula d'un pas.

— Il faut que je prévienne mon chef à la sûreté, cette affaire est de son ressort. Je ne serai pas long, mais quelqu'un doit faire le guet ici pour surveiller le cadavre.

Il marqua une pause afin d'être sûr que Jules le suivait bien. Celui-ci sentit son estomac se nouer au fur et à mesure que l'équation « cadavre, plus pistolet, plus tout seul » s'imposait à son esprit.

— Un écrivain, ce n'est pas l'idéal, reprit Lafosse. Vous auriez été soldat… même ouvrier ! Mais bon, je n'ai que vous sous la main. Si quelqu'un cherche à entrer ici, vous l'en empêchez avec votre arme. S'il refuse d'obéir ou qu'il devienne menaçant, je vous autorise à appuyer sur la détente. Mais en visant les genoux, hein ? Pas la poitrine ni la tête. De toute façon, cette arme fait un foin du diable : si vous le ratez, il prendra ses jambes à son cou. Et s'il ne les prend pas, c'est qu'il n'en est plus capable.

Lafosse marcha vers la porte et se retourna à l'instant de la franchir.

— Je reviens dans une demi-heure. S'il y a du danger, n'oubliez pas, les genoux !

La silhouette rebondie de l'inspecteur se perdit dans l'obscurité du couloir et Jules se sentit tout à coup très seul.

Pendant cinq bonnes minutes, il resta les bras tendus à pointer un ennemi invisible dans l'encadrement de la porte. Quelle soirée, vraiment ! Il y avait deux heures – deux heures à peine ! – la nuit s'annonçait calme et laborieuse, productive comme il les aimait. Il avait dîné avec les Onze sans femme, son club de joyeux lurons célibataires, puis avait prévu de rentrer chez lui et de se remettre d'arrache-pied au travail. Il avait une pièce à finir, qu'il devait présenter au directeur du théâtre du Gymnase dans une semaine. Une pièce sur Léonard de Vinci et la Joconde, qui marquerait, espérait-il, ses débuts dans le cercle très fermé des auteurs à succès – et, par voie de conséquence, dans le cercle encore plus fermé des auteurs à revenus acceptables. De l'histoire à la Dumas, de l'amour à la Musset, des personnages célèbres et fascinants, des dialogues enlevés, une certaine hauteur de vue, sa *Monna Lisa* promettait d'être une belle réussite. Si du moins il parvenait à lui trouver une fin plausible et à régler certains problèmes mineurs de relations entre le peintre et son modèle. Broutilles… Deux jours entiers enchaîné à sa table, de l'encre et du papier en suffisance et le théâtre du Gymnase lui déroulerait le tapis rouge. Enfin, sans doute.

Et puis voilà qu'il s'était laissé entraîner à cette soirée spirite : « C'est l'idéal pour ton inspiration, avait perfidement suggéré Félix. Une pièce avec des médiums et des tables tournantes, le public va adorer ! » *Vanitas vanitatum*, Jules n'avait pas su résister. Et voilà qu'il se retrouvait deux heures plus tard un pistolet à la main et un mort dans le dos, prêt à réduire en miettes la première paire de genoux qui se présenterait. Merci, Félix !

La fenêtre claqua à nouveau et Jules se rendit compte que ses muscles s'ankylosaient. Était-il indispensable de tenir cette porte en joue une demi-heure durant ? Sans compter que, si l'assassin devait revenir, il pouvait tout aussi bien resurgir par le toit. Il serait plus prudent de bloquer le battant…

En prenant soin de ne pas regarder du côté du cadavre, Jules se dirigea vers la fenêtre et en profita pour respirer un bon coup. Le ciel était toujours aussi voilé et la cour ressemblait à un puits noir et sans fond. Le meurtrier devait être un funambule émérite pour se lancer ainsi sur une bordure de quelques centimètres qui surplombait le vide. Au passage, Jules nota une odeur curieuse, comme de légères vapeurs soufrées. Des déchets dans la cour ? La poudre de l'arme à feu ? En tournant la poignée, il réalisa que l'odeur venait en réalité de la pièce et non du dehors.

Du scriban, très précisément.

Il posa son pistolet à terre et inspecta le meuble : le bois dégageait un parfum déplaisant de soufre mélangé à d'autres substances. Des effluves impossibles à percevoir durant la séance, car la pipe de Gordon emplissait l'air de ses senteurs de cuir. À moins… À moins que le médium ne l'ait allumée justement pour camoufler ce genre d'odeur ! Des vapeurs chimiques, par exemple, ce qui expliquerait les effets de lumière et l'apparition du périsprit à la fin de la séance. Après tout, le spiritisme était-il autre chose qu'une forme de théâtre ? Avec ses acteurs, son public et, qui sait, sa propre machinerie ? Comment Jules s'y serait-il pris, lui, s'il avait dû mettre en scène l'apparition d'un esprit ?

Le jeune homme tenta d'ouvrir le scriban, mais l'abattant était verrouillé. Le haut du meuble, par contre, se soulevait sans peine, articulé par deux charnières. L'odeur y était plus forte encore. Jules attrapa une bougie sur la table et éclaira l'intérieur : il y avait un mécanisme composé de chaînes, de poids et de fins tuyaux qui descendaient en apparence jusqu'au plancher. Une sorte de plateau en cuivre coulissait au sommet, portant un récipient métallique avec une bouche circulaire. Là était certainement le secret du périsprit de La Fontaine : une poudre incandescente à base de soufre, des tuyaux pour alimenter la combustion, un système d'élévation pour faire apparaître ou disparaître le halo lumineux… Sur l'une des planches qui servaient de coffrage à l'ensemble, on distinguait des lettres à demi effacées et coupées dans le sens de la hauteur : PRESTCER OU PRESTGER ou une inscription de ce type. La planche devait appartenir à une ancienne caisse de transport que l'on avait débitée pour servir d'enveloppe au système. Mais que ce soit PRESTCER OU PRESTGER, il en manquait une partie.

Jules essaya ensuite de déplacer le scriban mais celui-ci était fixé au sol. Il tapa du pied tout autour et, comme il s'y attendait, le plancher rendit un son creux. Il fallait bien quelqu'un pour actionner le mécanisme, déclencher et contrôler le mini-feu d'artifice, ouvrir puis fermer le scriban. Un régisseur, en quelque sorte. Le théâtre, toujours le théâtre !

Frémissant, Jules sortit dans le couloir, sa bougie à la main. Il descendit les quelques marches et tourna dans la première pièce à droite. Puisque la salle de spiritisme était surélevée par rapport au reste de l'appartement, il devait exister un passage pour se glisser sous le scriban.

Il ne tarda pas à le dénicher, masqué par un vieux fauteuil éventré : une ouverture de quatre-vingts centimètres de hauteur, très praticable pour un homme à genoux. Jules s'engagea prudemment, tâchant de ne pas faire tomber sa bougie et s'assurant de la fermeté du sol. Il évoluait maintenant sous la salle de spiritisme, construite sur un vaste faux plancher soutenu par une succession de poutres et de petits piliers. Voilà pourquoi Will Gordon avait jeté son dévolu sur un immeuble désaffecté : il pouvait l'aménager à sa guise sans crainte d'être surpris. Ces quatre tiges métalliques au milieu, par exemple... Jules empoigna la plus proche. Elle supportait un pied de la table spirite juste au-dessus. Quatre tiges, quatre pieds. Il suffisait de deux hommes cachés ici pour soulever la table de quelques centimètres et donner l'impression qu'elle lévitait ! Idem évidemment pour les coups surgis de nulle part... À ce propos, Gordon avait dû inventer un code pour communiquer avec ses complices. Ne s'était-il pas mis à tousser et à taper dans ses mains avant que le périsprit de La Fontaine n'apparaisse ? Un signal, bien sûr. Les deux sbires du concierge s'étaient alors décalés dans le coin à gauche, à la verticale du scriban. Là se trouvait en effet le socle du mécanisme : une base en bois, un peu comme une horloge, qui protégeait un appareillage de poulies et de chaînes entraînées par un levier. Une burette d'huile à côté, quelques outils, des allumettes brûlées, une longue tige servant peut-être de torche, un sachet vide qui empestait le soufre : la petite boutique du spiritisme !

Malgré l'horreur du meurtre de Gordon, Jules éprouva une forme de satisfaction : il venait de percer à jour les agissements du médium.

Il s'apprêtait à ouvrir le petit vasistas sur le côté de la machine, quand un bruit étouffé lui fit lever la tête : on marchait dans la salle de spiritisme.

3

Le pistolet… Jules se gratta le front : il avait oublié le pistolet ! Au pied du scriban, bien visible ! Et il ne disposait pour se défendre que d'une bougie à moitié consumée, de vieilles allumettes et une réserve d'huile. De quoi faire une entrée fracassante, burette au poing : « Fichez le camp ou je tire ! » Et, si l'intrus résistait, une giclée d'huile dans les genoux. Il se sentait ridicule… Lafosse lui confiait son arme, lui ordonnait de veiller sur le corps et lui…

Au-dessus, les pas se déplaçaient. Vers la table. Une seule personne, apparemment. Qui, d'une seconde à l'autre, découvrirait le cadavre. Jules compta mentalement : un, deux, trois… Pas un cri pourtant, pas une exclamation de surprise. Étrange. Et si c'était le tueur, comme il l'avait supposé ? Jules colla son œil à un interstice du plancher mais il ne pouvait rien voir. Tant pis, il avait déjà manqué une partie de sa mission, pas question de se terrer ici. Et puis la police ne tarderait plus. Il saisit l'espèce de torche éteinte et rampa silencieusement jusqu'à la sortie. Il moucha sa bougie, longea le couloir. En haut des marches, la porte de la salle de spiritisme était ouverte. Il monta sur la pointe des pieds :

d'où il se tenait, il avait une vue imprenable sur la pièce. Une forme sombre était effectivement penchée sur le cadavre, et le pistolet près du scriban n'avait pas bougé d'un pouce. Jules s'en trouva à la fois soulagé et surpris.

— Félix ?

Le journaliste se retourna en sursautant.

— Jules ? Ma parole, qu'est-ce qui se passe ? Gordon…

— Assassiné, juste après ton départ. Le tueur s'est enfui par la fenêtre. J'attends la brigade de sûreté.

— La brigade de sûreté ? Mais toi, comment se fait-il que…

Jules lui résuma la succession des événements depuis les coups de feu dans l'escalier, l'intervention de Lafosse et la mort du médium, jusqu'à la découverte du faux plancher et de la machine à périsprit.

— C'est insensé ! s'écria Félix lorsqu'il eut terminé. Gordon assassiné ! Mais pour quelle raison ?

— Aucune idée. Je sais seulement qu'il était surveillé de près par la police. C'est la raison pour laquelle il y avait un inspecteur à cette soirée. Et, de ton côté, la femme à la voilette ?

Félix n'en revenait pas. Il chercha ses mots avant de répondre :

— La femme à la voilette ? Eh bien, c'est du gros gibier à mon avis. De la noblesse et de la haute, pas moins.

— Tu l'as filée jusque chez elle ?

— Non, une voiture l'attendait place Baudoyer, à côté de l'église Saint-Gervais. En sortant d'ici, Batisson lui a pris le bras et ils se sont mis à marcher très vite comme s'ils craignaient qu'on ne les rattrape. Ensuite, il l'a aidée à s'asseoir à l'intérieur de la voiture. Un tilbury dernier modèle, entre parenthèses, avec capote et pare-vent. Pas aussi cher que la broche abeille, mais pas loin. Au moment de la quitter, Batisson lui a glissé quelque chose du style : « Ne vous inquiétez pas, je suis sûr que tout ira bien. » J'ignore ce qu'elle a répondu, je n'étais pas assez près. Batisson a claqué la portière et l'attelage est parti. C'est quand le cheval a fait demi-tour vers moi que j'ai remarqué les armoiries sur le côté : elles étaient couvertes d'un tissu noir. La belle ne voulait décidément pas qu'on la reconnaisse ! D'où son appartenance à la noblesse, je présume… J'ai suivi le tilbury des yeux, il a contourné la nouvelle caserne et foncé rue de Rivoli en direction du Louvre. Puis je l'ai perdu de vue.

— Et l'imprimeur ?

— Ce n'est pas le moins curieux. Lui aussi paraissait attendre que la voiture s'éloigne. Après quoi, il est reparti dans l'autre sens et j'ai dû me plaquer sous un porche pour qu'il ne me voie pas. Sauf qu'au lieu de reprendre la rue Cloche-Perche, comme je le pensais, il a bifurqué juste avant, rue Vieille-du-Temple. Il est entré sans crier gare au numéro 12 sur la droite et il a verrouillé la porte derrière lui. Impossible de le rejoindre.

— Il t'avait repéré ?

— Je ne crois pas. Il avait la clé, il a fermé, c'est tout.

— Un immeuble à droite rue Vieille-du-Temple, tu dis ? Ces immeubles-là forment un seul bloc avec ceux de la rue Cloche-Perche, n'est-ce pas ?

— Ils se touchent, c'est exact.

— Peut-être existe-t-il des passages d'une cour à l'autre ? Batisson aurait pu monter jusqu'au toit et…

— Il aurait tué Gordon ?

— C'est une éventualité. Combien de temps cela lui a-t-il pris ?

— Entre le moment où il a quitté la salle de spiritisme et celui où il s'est engouffré dans l'immeuble, une dizaine de minutes, pas plus.

— Ça pourrait correspondre. Tu as fait quoi ensuite ?

— J'ai patienté sur le trottoir d'en face, espérant qu'il ressorte. Au bout d'une demi-heure, j'en ai eu assez et j'ai laissé tomber. Je me suis dit que le boiteux aurait peut-être des informations sur la femme à la broche et j'ai tenté ma chance ici. Quand j'ai vu tout ça…

Il eut un geste pour montrer le corps mais son attention fut bientôt distraite par des bruits de course dans l'escalier.

— La brigade de sûreté, supposa Jules. Lafosse comptait revenir avec son chef.

— La brigade ? Il ne doivent pas savoir que je travaille pour *Le Populaire*, murmura Félix. Tu connais la censure et ce qu'ils pensent des journalistes. Ils ne me lâcheraient plus d'une semelle. Invente n'importe quoi, mais ne dis surtout pas qui je suis !

Les pas étaient maintenant tout proches. Jules s'empressa de récupérer son pistolet au pied du scriban, tout en réalisant, à la seconde où il le ramassait, qu'il commettait une erreur grossière.

— Lâche ça tout de suite ou je te brûle ! hurla une voix peu amène.

Deux policiers en civil venaient de faire irruption dans la pièce et agitaient leurs armes dans sa direction. Jules obéit instantanément, non sans éprouver un frisson désagréable au niveau des genoux. Les deux policiers étaient suivis par l'inspecteur Lafosse ainsi que par une demi-douzaine de sergents de ville en uniforme bleu avec bicorne et épée sur le côté. Enfin, un homme de haute taille fermait la marche. Il portait un habit bleu lui aussi, mais ceint d'une écharpe de soie décorée de franges tricolores. Sous son képi orné de galons d'argent, on ne distinguait rien de ses traits. L'officier de paix responsable de la brigade de sûreté, sans doute.

Il avança dans un silence pesant, tandis que ni Jules ni Félix n'osaient remuer le petit doigt. L'homme considéra un instant l'agencement de la salle puis s'avança vers la dépouille de Gordon. Il s'inclina au-dessus d'elle et l'examina attentivement.

— C'est fâcheux, conclut-il au bout d'un moment. Très fâcheux. Matthieu, Fréchard, faites les constatations.

Au grand soulagement des jeunes gens, les policiers rengainèrent leurs armes. L'officier de paix s'approcha alors de Jules en le toisant. La cinquantaine environ, il portait un bouc finement taillé et les os de ses pommettes saillaient sous des orbites très creuses. Ses yeux noirs et perçants manifestaient une vague suspicion.

— C'est à vous que mon inspecteur a confié le soin de garder cette salle ?

— Oui, monsieur.

— Vous n'étiez pas censé être seul ?

— Il l'était quand je l'ai quitté, chef, intervint Lafosse.

— Alors qui est l'autre ? demanda l'officier de paix en désignant Félix.

— C'est l'ami dont j'ai parlé tout à l'heure à votre inspecteur, expliqua Jules. Nous avons assisté ensemble à la démonstration de Gordon.

— Et après ?

— Après…

Il réfléchissait à toute vitesse.

— L'un des participants, celui qui s'appelle Batisson il me semble, a oublié son chapeau en partant. Quand mon ami s'en est aperçu, il a voulu le lui rapporter et il est sorti.

C'était un peu court comme justification et l'officier de paix fronça les sourcils.

— Vous connaissez donc Batisson ?

Jules ne s'attendait pas à cette question-là.

— Oui, enfin, de nom.

— Qu'est-ce que vous savez de lui ?

— Euh, pas grand-chose, comme tout le monde. Qu'il est imprimeur, qu'il s'intéresse au spiritisme.

Le chef de la brigade fit un quart de tour en direction de Félix.

— Et votre ami, là, il peut nous en apprendre davantage ?

Éviter qu'il interroge Félix, songea Jules. Improviser et vite.

— Mon ami voulait simplement rendre service, lança-t-il. Et, sauf votre respect, il ne risque pas de vous répondre.

— Pardon ?

— Non, il est muet.

C'était la seule idée qui lui était venue. Une idée médiocre, il en convenait. En plus, il devait être rouge comme une pivoine.

— Muet ?

— Oui, depuis sa naissance. Il est né avant terme, les pinces de la sage-femme l'ont serré un peu fort et… Bref, il est muet. Ce qui ne l'empêche pas d'avoir de bons yeux. Or il a vu des choses.

Le stratagème parut fonctionner : l'officier de paix revenait à nouveau vers lui.

— Quel genre de choses ?

— En sortant d'ici, Batisson a escorté une femme jusqu'à sa voiture. Un tilbury, je crois. Puis il est rentré au numéro 12 de la rue Vieille-du-Temple, de l'autre côté de ce pâté de maisons. Mon ami n'en sait pas plus, car en atteignant l'immeuble il a trouvé porte close. Il s'est contenté de déposer le chapeau sous le porche.

— Pour un muet de naissance, votre ami est bien serviable et plein d'à-propos ! Comment vous a-t-il fait ce compte rendu ?

Sans se démonter, Jules plongea la main dans une poche de sa veste et exhiba le petit carnet qu'il utilisait pour prendre ses notes.

— Ce que je ne comprends pas, il me l'écrit.

Évidemment, mieux valait que l'officier n'aille pas fourrer son nez osseux à l'intérieur. La dernière page ne parlait que de Léonard de Vinci, de la Joconde et des diverses manières d'accommoder la peinture à l'huile. Rien sur le chapeau de Batisson.

Heureusement, le chef de brigade donnait déjà ses ordres.

— Vous deux, allez vérifier si quelqu'un se trouve encore au 12, rue Vieille-du-Temple. Et quand vous serez là-bas, assurez-vous qu'il n'existe aucun moyen d'accéder depuis les caves ou la cour à l'immeuble où nous sommes.

En plus, l'information était passée. Grisé par ce premier succès, Jules s'enhardit :

— Si je puis me permettre, monsieur. Pendant que j'attendais ici, il m'a semblé que ce scriban dégageait une drôle d'odeur. Comme du soufre ou je ne sais quoi. J'ai voulu ouvrir le couvercle au-dessus et j'ai eu l'impression qu'il cachait un mécanisme.

Si Jules espérait être remercié, il en fut pour ses frais. Le chef de brigade ne le gratifia que d'une ébauche de sourire. À peine un trait de scie.

— Il y a toutes les chances que le mobilier soit trafiqué, approuva-t-il. De même qu'il doit y avoir un endroit sous nos pieds pour faire bouger les tables et frapper les murs. C'est un classique chez ces gens-là. Et maintenant que vous nous avez prouvé vos talents de limier, jeune homme, écoutez-moi bien.

Son sourire s'effaça d'un seul coup : ne restait plus qu'un visage hâve et menaçant sous un képi galonné.

— J'ai deux possibilités vous concernant. La première, je décide que vous êtes un témoin essentiel de ce meurtre et je vous mets au secret. L'affaire est délicate, en effet. Gordon est un citoyen anglais et une célébrité à sa manière. Or vous n'êtes pas sans savoir que la reine d'Angleterre arrive à Paris cette semaine. La publicité qui risque d'entourer ce crime pourrait nuire à sa visite. Surtout si la presse d'outre-Manche s'en mêle. Non pas que je redoute que les coupables nous échappent, attention ! Le boiteux et ses complices seront bientôt sous les verrous, ainsi que Batisson, s'il est impliqué. Cela fait un certain temps que nous les pistons et je doute qu'ils aillent très loin. Mais il peut s'écouler plusieurs jours avant de capturer la bande au complet. D'ici là, rien ne doit filtrer de l'enquête. Ou seulement le minimum. D'où l'intérêt de vous mettre au secret.

Jules était impressionné par la solennité du ton. Mais il devinait aussi que l'officier de paix avait un marché en tête. S'il y avait un moyen d'éviter le secret, il était preneur.

— Et la deuxième possibilité ?

— La deuxième possibilité est de vous laisser partir. À condition que vous vous engagiez à tenir votre langue. Mieux, que vous oubliiez jusqu'à votre présence ici et ce qui s'est passé ce soir. *Tout* ce qui s'est passé ce soir. Choisissez…

Jules aurait aimé prétendre qu'il hésitait, mais il n'était pas sûr que la plaisanterie soit du goût du chef de brigade.

— Eh bien… Allons pour la deuxième.

— À la bonne heure, vous êtes raisonnable. L'inspecteur Lafosse va prendre votre adresse au cas où nous aurions besoin de vous. Ou s'il s'avérait nécessaire de vous rappeler à vos devoirs. Puis vous et votre ami pourrez rentrer à la maison.

L'un des policiers qui fouillait la sacoche en cuir de Gordon interpella à cet instant son supérieur.

— Patron, regardez ce qu'il y a là-dedans !

Il agitait dans sa main plusieurs liasses de billets. L'officier se débarrassa de Jules en l'invitant à rejoindre Lafosse, puis se dirigea vivement vers la table.

— N'ayez pas d'inquiétude, déclara l'inspecteur en raccompagnant les jeunes gens à la porte, nous ne vous ennuierons pas davantage. D'autant que vous nous avez été bien utiles. Où habitez-vous ?

— 18, boulevard Bonne-Nouvelle, répondit Jules, cinquième étage à gauche.

— Et lui ?

— Nous partageons le même appartement.

— Tant mieux, ce sera plus facile. Si quelque chose vous revenait à propos de la soirée ou du meurtre, faites un saut à la brigade. Ou passez le mot dans un commissariat, ils se débrouilleront pour me prévenir. Dites simplement que vous avez un message pour l'inspecteur Lafosse, ça devrait suffire.

Tout en serrant la main de l'inspecteur, les jeunes gens observaient du coin de l'œil l'étrange manège des policiers autour de la sacoche. L'officier de paix avait détaché un billet de l'une des liasses et il l'approchait du chandelier pour y mettre le feu.

— C'est bien un faux, lâcha-t-il alors que Jules et Félix descendaient vers le couloir.

4

— Tu t'en es magnifiquement tiré, le complimenta Félix tandis qu'ils tournaient le coin de la rue Cloche-Perche.
— Chut! rétorqua Jules. Tu n'as pas entendu la porte derrière nous? Je suis sûr qu'ils nous suivent. Et je te rappelle que tu es muet!
Félix jeta un œil en arrière. Effectivement, la pointe d'un bicorne dépassait dans l'ombre.
— Je sais où on va le semer, murmura-t-il sans desserrer les dents. Aux Halles!
Ils remontèrent en silence la rue du Roi-de-Sicile vers celle de la Verrerie. Si la lune était toujours masquée par les nuages, la température était douce et l'air revigorant : tout valait mieux que cette salle étouffante aux odeurs de soufre, avec ce cadavre ensanglanté au milieu. Maintenant qu'il se trouvait dehors, Jules prenait conscience de ce qu'il venait de vivre. Je lui ai tenu la main, se répétait-il en serrant les poings. C'est ma peau qu'il a sentie contre la sienne, la chaleur de mes doigts sur sa veine éteinte. C'est à moi qu'il a confié son dernier message : « L'esprit, il avait raison. C'est de moi qu'il pensait... » Ces mots, d'ailleurs, avaient-ils un sens? Le

spiritisme de Gordon était-il autre chose qu'une simple illusion ? « L'esprit, il avait raison… » Curieux illusionniste, en vérité, qui, à l'instant de mourir, tenait si fort à ses chimères qu'il jouait encore à se tromper !

En traversant la rue des Deux-Portes, Félix lui toucha le bras pour l'inciter à regarder vers la nouvelle place de l'Hôtel-de-Ville, à laquelle les récents travaux d'Haussmann avaient donné ampleur et majesté. Malgré l'heure tardive, plusieurs voitures de peine circulaient à l'arrière du bâtiment, chargées d'un empilement de bancs, de fauteuils et de chaises, dont les pieds renversés étaient emmaillotés. Au premier étage, la grande galerie des fêtes était illuminée, et l'on pouvait admirer par les fenêtres l'or et le blanc étincelants des décors, les peintures colorées des pendentifs et les deux rangées de lustres en cristal.

— La reine Victoria vient danser ici la semaine prochaine, chuchota Jules. Ils doivent finir de préparer le bal. Je me demande même…

Il s'arrêta pour mieux réfléchir.

— Oui, continua-t-il, voilà pourquoi l'inspecteur Lafosse était si sûr de trouver son chef et de le ramener rue Cloche-Perche : la brigade travaillait ce soir à l'Hôtel de Ville ! Sans doute discutait-elle avec le préfet des mesures à prendre concernant la réception. Ou des cérémonies pour la fête de l'empereur qui doit avoir lieu aujourd'hui. Et c'est aussi la raison pour laquelle l'officier de paix était en tenue d'apparat à deux heures du matin !

Félix émit un sifflement admiratif et ils reprirent leur marche, les bottines du sergent martelant le pavé quelques pas derrière eux. Les passants étaient rares, le plus souvent des hommes qui allaient seuls ou par deux, la tête basse, impatients de rentrer chez eux. Passé l'église Saint-Merri, dont les vitraux cerclés de fer semblaient les alvéoles d'une ruche, la rumeur des Halles se précisait. Un bourdonnement sourd, d'abord, sous une clarté lointaine. Puis, soudain, rue Aubry-le-Boucher, l'évidence : devant soi palpitait le cœur nocturne de la ville. Venus des faubourgs, d'au-delà des fortifications même, à pied ou à cheval, poussant des ballots, tirant des charrettes, paysans, maraîchers, fruitiers, vendeuses d'œufs ou de beurre, éleveurs de lapins, marchands de tubercules et de fèves, tout un monde laborieux convergeait vers le centre, silhouettes grises d'avant l'aube aux bras chargés d'offrandes, impuissantes à rassasier le géant endormi. Couvert de baraques et de parasols, éclairé comme en plein jour, le marché des Innocents attirait à lui la longue procession des fourmis nourricières, qui, aussitôt pénétrées dans la lumière, s'y jetaient à corps perdu : elles s'agitaient en tout sens, se jaugeaient, s'effleuraient, se disputaient un moment leurs trésors, puis s'écartaient brusquement pour s'essayer ailleurs. Plus haut et dominant l'imposante fontaine aux quatre bassins, les nouvelles Halles commençaient à sortir de terre, dressant vers le ciel opaque leur carapace de métal et de verre : l'insecte du commerce moderne déployait ici ses jeunes élytres.

— Là ! désigna Félix tandis qu'ils s'engageaient sur le marché.

Jules se sentit happé entre deux étals d'oignons blancs et de carottes, au milieu d'une incroyable cohue sonore.

— Deux sous, deux sous la botte !

— Plus frais, plus vert, plus tendre, le haricot d'Argenteuil !

— Le kilo au prix de la livre, mes gentils seigneurs !

Ils traversèrent le baraquement couvert aussi vite que possible, ondoyant entre les clients et les éventaires, humant à la volée des parfums d'herbes et de fruits, avant de ressortir finalement du côté de la rue aux Fers. Ils n'apercevaient déjà plus le sergent.

Ils longèrent en courant le tout nouveau pavillon des volailles, dont les dentelles d'acier brillaient de mille feux, puis débouchèrent sur le chantier lui-même, cerné de vastes palissades. Tout autour de ce qu'avaient été les anciennes Halles, un grand nombre de petits cafés subsistaient, les seuls légalement ouverts à Paris au-delà d'une heure du matin. Grossistes, épiciers, agriculteurs ou simples noctambules, des dizaines de badauds s'y croisaient, certains qui se contentaient d'un bol de soupe en plein air, d'autres qui entraient prendre un verre ou un repas complet. Félix et Jules choisirent une minuscule taverne, Les Deux Loups.

— C'est tout à fait nous, ça, non ? s'amusa Félix. Et je doute que notre ami de la sûreté nous débusque ici.

Ils prirent une table au fond, d'où ils pouvaient observer la porte, entre un groupe de joyeux tripiers et quelques filles du demi-monde. Ils commandèrent du café et deux chinois à une serveuse tout en rondeur qui distribuait de grands sourires.

— Pourquoi le sergent nous suivait-il, selon toi ? questionna Félix après une gorgée de café brûlant.

— Histoire de nous intimider, répondit Jules. Je suppose qu'il y a certaines choses que nous n'étions pas censés voir et qu'ils préféreraient que nous taisions.

— Comme ces faux billets, par exemple ? Il y en avait au moins pour trente mille francs. Mais quel rapport avec Gordon ?

— Va savoir… Cela expliquerait en tout cas que la police ait placé le médium sous surveillance : on ne plaisante pas avec la fausse monnaie. Peut-être espéraient-ils ainsi coincer toute la bande ?

— Tu veux dire le concierge et les autres ? Le chef de la sûreté avait l'air de les croire coupables.

— Ce ne serait pas bien malin de leur part : il y avait sans doute meilleure occasion pour se débarrasser de Gordon que cette séance de spiritisme, avec le public encore dans l'escalier !

— Batisson, alors ?

— Mmmhh… Batisson est imprimeur.

— Quel rapport ?

— Les faux billets, ça s'imprime.

Félix tapa du poing sur la table.

— Mais bien sûr ! C'est Batisson le faussaire !

Il s'était exclamé un peu fort et au mot de « faussaire » les commis tripiers s'interrompirent pour tendre l'oreille.

— Décidément, tu ne ferais pas un bon muet, le chapitra Jules.

Mais le journaliste était lancé.

— L'imprimeur savait Gordon traqué par la police et il redoutait qu'il ne le dénonce ! Après la soirée, sous prétexte de raccompagner la jeune femme, il revient rue Vieille-du-Temple, se débrouille pour passer par les toits et pan, pan ! il revolvérise le médium. Ces faux billets sont la preuve évidente de sa culpabilité !

Jules désapprouva de la tête et reposa le café qu'il venait de porter à ses lèvres.

— Justement non. Si Batisson est le faux-monnayeur, il y a peu de chances qu'il soit aussi l'assassin.

— Mais, protesta Félix, et la rue Vieille-du-Temple ? Tu suggérais toi-même que ce n'était pas un hasard s'il était passé par-derrière et…

— Sur ce point précis, le coupa Jules, je n'ai pas d'argument. Pour autant, imagine que tu sois un faussaire et que tu veuilles éliminer un complice… La moindre des choses serait de ne pas laisser trente mille francs de tes faux billets près du corps, n'est-ce pas ? Or c'est exactement ce qu'a fait le coupable. D'où je déduis qu'il était étranger à ce trafic et qu'il ignorait le contenu de la sacoche. Sinon, il l'aurait emportée en s'enfuyant. En résumé, ou Batisson n'est pas le faux-monnayeur, ou bien, s'il l'est, il n'est pas l'assassin.

— C.Q.F.D., conclut Félix avec une pointe d'ironie. Dis-moi, pour quelqu'un qui pond des comédies légères, tu fais un fameux détective ! Vidocq n'a qu'à bien se tenir !

— Tu me demandes mon avis, répondit Jules, piqué au vif, je te le donne.

Il se turent un instant et dégustèrent une lampée de leur chinois, une prune jaune macérée dans un demi-verre d'eau-de-vie.

— Cette affaire est pour moi, murmura Félix après un temps. Et il faut que tu m'aides, Jules.

— Plaît-il ?

— Avec un crime pareil et ce trafic de faux billets, le journal va doubler ses tirages.

— Mais Félix, tu as entendu l'officier de paix ? Il n'a accepté de nous laisser partir qu'à condition que nous gardions le silence !

— Sinon que grâce à toi il ne se doute pas que je suis journaliste. Si je reste évasif, si je distille les informations au compte-gouttes, il ne soupçonnera jamais d'où elles viennent. Et tous les matins, on s'arrachera *Le Populaire* pour suivre les rebondissements de notre enquête !

— De *notre* enquête ?

— Je signerai de mon nom, si tu préfères. Mais je te paierai. Tu as besoin d'argent, n'est-ce pas ? Ton père te donne combien, chaque mois ?

— Cent francs.

— Et combien te rapportent tes nouvelles ?

— Ça dépend. *Le Musée des familles* m'a donné trente francs l'autre fois pour *Un hivernage dans les glaces*.

— Je t'en garantis le double, soixante francs. Pour cela, il faut aussi que tu rencontres Lucien Morcel, le directeur du *Populaire*. Son accord est indispensable et le connaître pourra te servir. Le journal est en quête de bons feuilletonistes : si tu as une histoire intéressante, c'est le moment.

— J'ai ma *Monna Lisa*, objecta Jules. Je dois la finir dans la semaine, ou bien le théâtre du Gymnase ne se donnera même pas la peine de la lire.

— Je ne t'oblige pas à être derrière moi toute la journée ! Un coup de main par-ci, un petit renseignement par-là… Et, avant tout, mettre en commun nos idées. Le plus souvent, j'irai sur place, j'interrogerai les gens, je relèverai les indices ; toi, tu feras marcher ton imagination et tu envisageras tous les cas de figure possibles. À nous deux, nous ferons mieux que la brigade de sûreté !

— La force et la légalité en moins, tu veux dire… Et puis nous n'avons aucune piste ! Tu n'espères pas que le boiteux se jette dans tes bras au coin de la rue en criant : « C'est moi qui l'ai tué, c'est moi qui l'ai tué, prévenez vos lecteurs ! »

— Laissons la police s'occuper du boiteux. Nous, nous partirons de Gordon. Après tout, c'était le sujet de mon article, non ? De plus, si tu doutes qu'il ait été assassiné pour cette histoire de faux billets, il faut bien qu'il l'ait été pour autre chose ! En remontant dans sa vie, en cherchant dans ses fréquentations, on finira par trouver. Tiens, pour commencer, j'irai voir demain le marquis de Servadac. Il connaît tout le monde et son nom est un genre de sésame dans le milieu spirite. Souviens-toi, rue Cloche-Perche, c'est quand je l'ai glissé au boiteux qu'il nous a laissés entrer. Je suis sûr que le marquis pourrait nous aiguiller.

— Qui est ce marquis de Servadac ?

— Un vieil aventurier en chaise roulante. On n'a jamais bien su d'où lui venaient son titre ni sa fortune, mais voilà plus de cinquante ans qu'il défraie la chronique. Tout jeune, déjà, c'était un disciple de Mesmer et un défenseur du magnétisme animal.

— Du magnétisme animal ?

— Eh quoi ? On n'entend jamais parler de rien dans ta bonne ville de Nantes ?

Jules avait beau être installé à Paris depuis sept ans, Félix ne ratait pas une occasion de moquer ses origines provinciales.

— Je suis d'une famille de notaires, se défendit-il. Les notaires et le magnétisme…

— Tu as raison, s'enflamma d'un seul coup Félix. À la santé des notaires et à leur ignorance du magnétisme animal !

Il vida son chinois d'un trait, sous l'œil de plus en plus suspicieux des tripiers. Puis il commanda deux doubles verres supplémentaires avant de retrouver un peu de son calme.

— Sache, sombre fils de notaire, que cette théorie du magnétisme a été forgée juste avant la Révolution française par un pseudo-médecin viennois installé à Paris, Anton Mesmer. D'après lui, une sorte de fluide universel animerait les hommes, les plantes, les animaux et même les astres : le magnétisme animal. De l'équilibre ou du déséquilibre de cette énergie vitale dépendraient selon lui la santé ou les maladies de nos contemporains, la paix ou le tourment des nations, les récoltes abondantes ou les famines du monde ! Mesmer se faisait même fort, contre argent sonnant et trébuchant – une sacrée pluie d'argent sonnant et trébuchant, je te prie de croire –, de rétablir l'harmonie magnétique perturbée de ses patients. Pour cela, il avait inventé une sorte de barrique, magnétisée par ses soins, remplie d'eau, de verre et de limaille de fer, à laquelle il suffisait d'être attaché pour se trouver miraculeusement guéri. En tenue légère, s'il te plaît… Tu devines que ce genre de pratiques, au fur et à mesure qu'elles ont eu du succès, ont aussi attiré les foudres du pouvoir : Mesmer a été dénoncé comme charlatan. Il a dû s'exiler en Angleterre et ses théories ont été maintes fois condamnées, y compris jusqu'à une période récente.

— Exilé en Angleterre, dis-tu ?

— L'Europe est petite. Quoi qu'il en soit, Mesmer est mort en 1815, mais certains de ses adeptes ont poursuivi ses recherches sans tenir compte des interdictions. Et, notamment, le jeune marquis de Servadac. Du magnétisme animal, le marquis est passé ensuite au sommeil hypnotique, puis, de proche en proche, aux états extralucides, aux somnambules visionnaires et aux voyantes de toutes sortes, pour finir par se passionner pour le spiritisme.

— Cela ne justifie pas qu'il ait défrayé la chronique.

— Non, mais, parallèlement à ses travaux, il a été mêlé à certaines affaires obscures, où il était question de disparitions suspectes, de captation d'héritage et même de jeunes filles. Chaque fois, il a été lavé de tout soupçon, en démontrant qu'on s'acharnait sur lui et qu'il n'y avait à son encontre que malveillance et calomnies. Sa réputation ne s'en est pas trouvée améliorée pour autant ! Aujourd'hui, il vit à l'écart dans sa propriété de Bercy. Il semble s'être assagi – à soixante-dix ans et en chaise roulante, c'est le moins – et je le crois bien en cour : il aurait aidé Napoléon III du temps où celui-ci vivait caché à Londres et complotait pour renverser le régime.

La serveuse revint avec ses doubles chinois et les jeunes gens trinquèrent à nouveau. Pendant ce temps, les commis tripiers se levèrent, les fixant bizarrement, comme s'ils fuyaient de dangereux malfaiteurs. La fumée était devenue si dense dans la taverne que l'air frais s'engouffra avec peine lorsqu'ils sortirent.

— Dis-moi, Félix, ce Servadac, tu sembles bien le connaître ?

Le journaliste se fendit d'un large sourire.

— Mieux que tu ne penses ! Il aurait pu faire partie de la famille. Si, si, les respectables Montagnon ont fréquenté un temps cet individu. En se bouchant le nez, mais...

Jules se représentait mal un lien quelconque entre l'austère dynastie des Montagnon, tous hommes d'affaires honorables, banquiers respectés, bijoutiers admirés, des gens cultivés, qui plus est, et l'intrigant marquis de Servadac.

— Explique !

— Le nom de Mlle Lenormand a-t-il jamais chanté aux lointaines oreilles de ta province ?

— Des Lenormand, excuse-moi, mais il y en a quelques-uns dans le pays !

— Pas *des* Lenormand, le reprit Félix avec emphase, *la* Lenormand, nuance. Mlle Lenormand était la voyante la plus célèbre de Paris, figure-toi. Toute la noblesse d'Empire défilait chez elle. Et pareil ensuite sous la Restauration. Elle tirait les tarots, lisait les lignes de la main, sondait le marc de café ou les blancs d'œufs, prédisait l'avenir dans les glaces de Venise ou dans les lettres du nom ! Oui, oui ! Avec ça, un peu écrivain, un peu journaliste, un peu espionne, aussi. À force de côtoyer les grands de ce monde, que veux-tu… Bref, toutes les perfections selon Servadac.

— On est à des lieues et des lieues des Montagnon, remarqua Jules, la bouche un tantinet pâteuse.

— Détrompe-toi, on est en plein dedans : Mlle Lenormand était une cousine de ma grand-mère. Oh ! une cousine éloignée, je te rassure, une branche d'Alençon – autant dire le pôle Sud. Mais une cousine quand même. Lorsqu'elle est montée à Paris, forcément, elle a voulu se rapprocher de la famille. C'est vers cette époque que Servadac s'est mis à lui tourner autour. Il lui aurait même proposé le mariage, malgré la différence d'âge. Elle était très belle, à ce qu'il paraît. Pour ma part, je ne l'ai connue que vieille femme, rue de Tournon, lorsque ma mère lui portait un peu d'argent et de nourriture. Elle est morte il y a environ quinze ans, dans la misère. Mais je suppose qu'en souvenir de ce glorieux passé Servadac ne refusera pas de me recevoir.

« Au divin marquis ! ajouta-t-il en brandissant son verre.

— Et je devrai t'accompagner ?

Le journaliste fronça les sourcils, comme si les trois chinois qu'il avait avalés se mettaient ensemble pour lui brouiller le jugement.

— Pas nécessairement. Tu pourrais essayer l'imprimerie Batisson, mais… Ou plutôt non, la police serait fichue de te reconnaître. Et rue Cloche-Perche, ça ne vaudrait guère mieux. Non, ce qu'il faudrait maintenant, c'est découvrir où se cachait Gordon. Il y a une ou deux personnes que je connais dans le Marais qui ont eu affaire à lui. Je pensais aller les voir. Un atelier aussi, au Pré-Saint-Gervais. J'ai cru comprendre que notre médium y avait ses habitudes. Mais ce ne sont que des on-dit, alors…

— Un atelier où ça? demanda Jules, décidément gris.

— Au Pré-Saint-Gervais. Fossé Béco, si je me rappelle bien. Oui, c'est ça, fossé Béco. Mais je ne suis pas vraiment sûr que tu…

— Le Pré-Saint-Gervais! s'emporta Jules, chez qui l'alcool suscitait une détermination nouvelle. Évidemment! Il y avait des planches avec ce nom dans le scriban: PRESTGER! Une partie des lettres manquaient, mais c'était bien ça: PRESTGER!

Sous l'œil médusé de Félix, Jules sortit avec difficulté son carnet de sa poche et se mit à griffonner:

PRE/ST/GER

PRÉ-SAINT-GERVAIS

— C'est là que Gordon fait fabriquer ses meubles à périsprit, triompha-t-il, ça tombe sous le sens! D'où les planches! Le scriban vient du Pré-Saint-Gervais, je te le garantis! Félix, tu peux compter sur moi, je rendrai visite à ton atelier demain…

— Ouh, tout doux, mon ami, tout doux ! N'oublie pas que demain, c'est tout à l'heure ! D'ailleurs…

Le journaliste consulta sa montre gousset.

— D'ailleurs, il est bientôt trois heures. Mon article doit être terminé à quatre si je veux le passer aujourd'hui.

Il jeta quelques pièces sur la table et se leva en renversant sa chaise.

— Viens, Jules, de grandes choses nous attendent !

5

Mort d'un homme d'esprit
Le Populaire *est en mesure d'annoncer dès aujourd'hui le très mystérieux décès du résident britannique bien connu Will Gordon, cette nuit vers une heure du matin, dans un immeuble sis au 13, rue Cloche-Perche, septième arrondissement. Selon un témoin des faits, une série de coups de feu aurait été entendue à l'issue d'une séance de table tournante organisée par le spirite anglais, séance à laquelle assistaient, selon ce même témoin, de nombreuses personnalités du monde parisien. Comme il n'a été possible à personne, sinon à la police, d'approcher le corps, nous ne sommes pas en mesure d'indiquer s'il s'agit là d'un suicide ou d'un assassinat, la thèse de l'accident ne paraissant pas devoir être retenue. Néanmoins, certaines rumeurs concernant le passé tumultueux de M. Gordon, et notamment celles de poursuites judiciaires engagées contre lui outre-Manche, laissent à penser que cette mort violente pourrait être liée aux activités si particulières du médium. Les circonstances de cette disparition, à quelques jours de la visite de Sa Majesté la reine Victoria, invitent le journal à poursuivre ses investigations et, pour notre part, nous donnons*

rendez-vous aux lecteurs désireux d'en apprendre davantage dès demain dans ces mêmes colonnes.

Félix de Montagnon

L'article était en première page sous l'intitulé « Brève », dans le style tout à fait reconnaissable de Félix : légèrement ampoulé, pas absolument fluide, mais plutôt efficace, suffisant pour piquer la curiosité du lecteur sans attirer les foudres de la police. Une forme d'exploit à quatre heures du matin, avec trois chinois dans le ventre.

Jules parcourut le reste du journal d'un œil morne, gêné par le ballottement de l'omnibus et par une voisine opulente dont le coude à chaque secousse lui heurtait l'épaule. À sa décharge, l'actualité de ce 15 Août ne portait pas à l'exaltation. *Le Populaire* donnait en une les dernières nouvelles du front de Crimée, où la France était en guerre contre la Russie depuis plus d'un an. Les troupes françaises, dont l'objectif était la prise de Sébastopol, venaient de mener un nouvel assaut contre la tour Malakoff, principale défense de la ville. Elles avaient été accueillies par un déluge d'obus et de bombes russes et le communiqué du général Pélissier masquait mal l'échec de l'offensive. Sans doute mille morts de plus… Le journaliste ajoutait qu'en raison des événements de Crimée la plupart des réjouissances prévues aujourd'hui pour la fête de l'empereur étaient annulées. Seules subsisteraient l'illumination de quelques bâtiments publics et deux cérémonies à la barrière du Trône et aux Invalides. Les trois cent mille francs ainsi économisés – on se souvenait des somptueux feux d'artifice qui avaient illuminé la capitale au 15 Août de l'année précédente – seraient redistribués aux familles des victimes de guerre.

L'article suivant, un billet d'humeur, feignait de s'étonner du nombre croissant d'étrangers que l'on croisait dans Paris à l'occasion de l'Exposition universelle et du voyage de Victoria. L'échotier s'interrogeait : cinq cent mille, huit cent mille, un million de touristes ? Une invasion en tout cas. Il n'était plus possible de trouver une chambre dans quelque hôtel ou garni du centre que ce soit, et les visiteurs en étaient réduits à courir les faubourgs ou à passer leurs nuits dans les jardins publics. « Paris, concluait-il finement, la ville où l'on ne dort jamais, ne pouvait mieux porter son nom ! »

Parvenu en page deux, Jules n'eut pas la force d'achever le compte rendu enthousiaste – le reporter devait être payé au superlatif – de l'exhibition de machines agricoles qui s'était tenue la veille dans la plaine de Trappes, parallèlement à l'Exposition. Il replia son journal et tâcha de se rétrécir sur son siège pour échapper aux assauts de la grosse dame – sûr qu'avec elle la tour Malakoff eût tôt fait de se rendre. Par bonheur, le responsable de voiture, avec son pantalon d'été et son chapeau de paille, avertit bientôt les aimables passagers de l'omnibus Y que celui-ci arrivait à Belleville, son terminus.

Jules descendit du véhicule et, après la grosse dame et le crottin des chevaux, se résolut à affronter la chaleur de ce début d'après-midi. Il faut dire qu'il avait encore vingt minutes de marche d'ici au Pré-Saint-Gervais et qu'il se sentait dans un état nauséeux. Vers onze heures, déjà, il s'était réveillé avec l'impression désagréable qu'une rampe métallique lui traversait le cerveau. L'effet trois chinois, assurément. Mais, pire que cela, sa paralysie du nerf facial s'était réveillée, et c'est à peine s'il pouvait ouvrir la bouche. Un tiraillement douloureux lui barrait le visage à chaque clignement d'yeux et le moindre éternuement aurait signifié le martyre. Il avait de ces crises par intermittence depuis plusieurs mois maintenant, et le docteur Marie le soignait avec vigueur à coups de décharges électriques, de décoctions de centaurée et de frictions à la strychnine, ces dernières l'ayant contraint à sacrifier sa barbe. Le docteur prétendait que son mal n'était rien d'autre que l'expression d'une sensibilité et d'une irritabilité extrêmes, ce qui, en termes choisis, le rangeait dans la catégorie des patients gentiment névrotiques.

En franchissant l'enceinte de Thiers, Jules demanda la direction du fossé Béco à un vendeur de saucisses et de beignets dont la friture finit de lui soulever le cœur.

— Ossé Écho ? articula-t-il péniblement.

— Si c'est chaud ? Pardi, bien sûr que c'est chaud ! Je grille au fur et à mesure !

Il fallut l'intervention d'un vieux couple d'autochtones pour qu'à grand renfort d'onomatopées et de gestes il obtienne l'information : laisser la plâtrière du Chapeau-Rouge à main gauche, tourner à droite sur le chemin Stratégique et, juste après la sente des Cornettes, on tombait sur le fossé Béco. Vu la qualité de sa diction, Jules renonça à les questionner sur la réputation de l'atelier.

Celui-ci existait bel et bien, pourtant. Au terme de quelques minutes de trajet sur une route en plein milieu des champs, Jules arriva devant une bâtisse grise cernée par un mur de pierre curieusement garni de verre pilé à son sommet. Au-dessus du large portail en bois, huit lettres en demi-cercle : ÉBÉNISTE. Jules avait concocté un plan imparable : 1) je me suis perdu en allant au Pré-Saint-Gervais ; 2) oh ! comme vous avez de jolis objets/meubles – suivant l'activité précise du lieu ; 3) il me semble en avoir admiré de cette facture chez un ami anglais – Gordon, c'était subtil.

Il poussa la porte et cria comme il put :

— Quéqu'un ?

Personne ne répondit. Le bâtiment devait être une ancienne grange convertie en atelier pour profiter de l'espace qu'elle offrait : un toit très en hauteur avec une solide charpente, de la lumière qui descendait de fenêtres à carreaux, une vaste ouverture pour circuler avec les planches. Devant, le terre-plein herbeux était encombré de tonneaux, de chutes de bois et d'outils de toutes sortes. C'est donc qu'on y travaillait. Aucun bruit de rabot ou de scie, cependant, peut-être en raison du 15 Août.

— Quéqu'un ?

Silence.

Jules pénétra dans l'atelier où la chaleur était étouffante. Sur une dalle en pierre, au centre, un gros poêle à charbon brûlait, son magasin de combustion ouvert. De minces papillons noirs s'en échappaient, comme des résidus de papier calciné. L'ébéniste était frileux et pas des plus prudents… Jules hésita à continuer, mais son regard fut intrigué par de longs panneaux peints entreposés derrière un établi et recouverts d'une épaisse couche de sciure. Le panneau le plus visible avait au moins trois mètres de haut et représentait en trompe-l'œil un balcon en marbre avec du lierre autour et, au second plan, la perspective d'une loggia et d'un cabinet de lecture. Un vieux décor de théâtre, apparemment.

Plus loin, une rangée de meubles à divers stades de finition : une commode en faux Louis XVI à laquelle il manquait les tiroirs, un secrétaire Empire juste verni, une crédence en cours de montage et une petite armoire brute tout à fait dans le style du scriban de la rue Cloche-

Perche. On était loin de chez Boulle ou même d'un atelier moyen du faubourg Saint-Antoine, et le patron ne semblait pas crouler sous les commandes. D'ailleurs, il ne sautait pas non plus sur le client !

À l'opposé, une provision de bois à débiter, des tabliers suspendus à une patère, des pots de colle, de la peinture, des laques, une énorme scie circulaire à pédale, un tour, et, un peu à l'écart des copeaux, une table de marqueteur avec des éléments de placage. Le tout ni très engageant ni très entretenu.

À l'arrière, l'atelier donnait sur une cour entourée des mêmes murs protégés de tessons, avec une cabane au fond et une antique diligence dont l'essieu et les grosses roues mordaient sur la porte ouverte. Jules la franchit en cillant à cause de la lumière. Même désordre à l'extérieur qu'à l'intérieur : tonneaux, restes de caisses, arceaux de métal, ustensiles abandonnés au sol, etc. Il s'attendait à découvrir l'ébéniste mollement allongé dans un coin d'ombre, plongé dans une sieste digestive, mais, en contournant la diligence, il dut déchanter. L'ébéniste était bien allongé, certes, mais, il ne dormait pas. Il gisait de tout son long, jambes écartées sous son tablier de cuir, mains repliées sur son ventre, deux énormes trous rouges à la place des orbites. Une balle dans chaque œil, exactement comme Gordon...

— On de ieu !

L'homme avait dû être traîné sur quatre mètres environ car on apercevait des marques sanglantes à l'endroit probable où on l'avait abattu, près d'une petite pompe à eau avec une cuvette émaillée sous le robinet. La scène n'était pas difficile à reconstituer : la victime devait être en train de boire ou de se laver les mains lorsqu'elle avait été surprise par-derrière. Elle s'était retournée et avait reçu les deux balles au visage. Ou, du moins, une première balle : il y avait un deuxième impact noyé de sang à cinquante centimètres de là, comme si l'ébéniste s'était d'abord écroulé avant qu'on l'achève d'un deuxième coup fatal. Le sang ayant presque totalement séché et l'eau de la bassine s'étant évaporée, le meurtre devait avoir eu lieu il y avait deux heures au moins. Puis l'assassin avait déplacé le cadavre du côté de la diligence. Mais pour quelle raison ?

Jules regarda autour de lui. Il se sentait cotonneux et pas tout à fait lui-même, comme s'il était absent de son corps et observait le tableau en spectateur. Il aurait dû courir vers le commissariat le plus proche, mais quelque chose le retenait. Pourquoi donc avoir traîné l'ébéniste jusqu'à la diligence ? Il repensa furtivement aux nouvelles d'un certain Edgar Poe dont il avait lu la traduction cet hiver dans *Le Pays*. L'auteur américain campait un enquêteur parisien, le jeune Auguste Dupin, capable de débrouiller les crimes les plus complexes en s'appuyant sur d'infimes détails. Son intuition et ses capacités d'analyse faisaient le reste. L'imagination n'était-elle pas une forme d'intuition à sa manière, qui, convenablement guidée, permettrait d'obtenir des résultats analogues ? Or Jules avait de l'imagination.

C'est alors qu'il la vit. Posée en hauteur sur le siège du cocher et dissimulée en partie par lui, il y avait une sorte de boîte. Mais pas n'importe quelle boîte. Un appareil de photographie comme on les fabriquait une dizaine d'années plus tôt, quand la discipline n'en était qu'à ses balbutiements. Sans être un adepte du daguerréotype, Jules avait eu l'occasion d'examiner ce genre d'appareil. Au début des années 1850 en effet, il fréquentait assidûment Jacques Arago, voyageur aveugle et penseur original, auprès de qui il s'enivrait de récits d'aventures et d'explorations lointaines. Or Jacques était aussi le frère de François Arago, le célèbre astronome, qui avait aidé Daguerre à faire connaître son invention dans le monde entier. On trouvait chez les Arago une exceptionnelle collection de ces appareils et Jules avait eu plus d'une fois l'opportunité de les manipuler. D'une conception rudimentaire, ceux-ci avaient un inconvénient majeur : les plaques qui servaient de support à l'image s'abîmaient facilement dès lors qu'elles restaient exposées trop longtemps à la lumière. Autrement dit, si daguerréotype il y avait, il fallait le récupérer au plus vite…

Jules fit le tour de la diligence et grimpa sur le siège du conducteur. La boîte de Daguerre était ingénieusement calée de façon à prendre en surplomb le buste du cadavre. L'assassin avait voulu photographier sa victime !

La main tremblante, Jules débloqua le taquet et libéra délicatement la chambre obscure. Celle-ci accueillait bien une plaque sensible, de dix centimètres sur dix environ, mais les sels d'argent dont elle était enduite avaient complètement noirci. La plaque était comme brûlée au soleil, inutilisable. Il n'eut cependant pas le loisir de supputer sur les motivations du tueur : le portail d'entrée se mit à grincer et une voix d'homme s'éleva.

— Dandrieu ?

Quelqu'un venait.

Jules protégea la plaque en la glissant dans son journal et sauta de la diligence. Il roula dans l'herbe, se maculant au passage de terre et de chlorophylle, et chercha un endroit où se cacher. S'il était pris aujourd'hui avec un second cadavre, c'est à la Conciergerie qu'il finirait sa *Monna Lisa*. Et il n'était pas sûr que le Gymnase mette à son répertoire les auteurs emprisonnés !

— Dandrieu ?

Impossible d'escalader le mur ou de repartir vers l'atelier. En désespoir de cause, Jules courut vers la cabane au fond de la cour. L'odeur le renseigna vite : c'étaient les lieux d'aisances. Pas le moment de faire la fine bouche, cependant, il s'y faufila et referma la porte derrière lui.

— Oh, Dandrieu ? Tu cuves ou quoi ? On doit y aller.

C'était une infection. Un trou noir et puant où grouillaient plus d'insectes coprophages qu'un bataillon d'entomologistes n'aurait pu en rêver. Avec des espèces à l'évidence fascinantes et inconnues. Le seul filet d'air pur provenait de la charmante découpe en cœur de la porte, qui servait aussi de jour. Jules y colla son nez puis son œil, alternativement. Un homme de taille moyenne, la barbe blonde et la démarche vive, se présentait dans la cour. Il était vêtu d'une blouse violette qui lui descendait au genou et d'un béret de la même couleur.

— Dandrieu, faut-y que je te prenne par la peau des fesses ? On doit y aller je te rappelle !

Il doubla à cet instant la diligence, découvrit le cadavre et eut une sorte de hoquet.

— Dandrieu, merde !

Puis il appela d'une voix aiguë :

— Moret ! Moret ! Viens donc voir par là ! Vite !

Son compère apparut bientôt, un homme trapu et le cheveu en bataille, habillé de la même blouse violette.

— Qu'est-ce que c'est que tu veux ? Y fout quoi Dandrieu ?

Il avisa alors l'ébéniste.

— Tonnerre de tonnerre, mais c'est Dandrieu !

Le blond fit soudain un pas de côté et se plia en deux, la main plaquée sur l'estomac.

— C'est pas vrai, mes crampes... V'là que ça me reprend !

Devenu brusquement pâle, il se détourna du corps et se dirigea vers les latrines. Pas ça, supplia Jules, pas ça !

Son premier réflexe fut de reculer, mais le bruit que fit sa semelle au bord du trou l'en dissuada. L'autre approchait de plus en plus vite, le bras tendu vers la poignée, si près que l'on distinguait nettement ses ongles d'une blancheur étonnante. Jules s'apprêtait à crier qu'il y avait du monde et que c'était occupé, lorsque le dénommé Moret eut la bonne idée d'intervenir.

— Eh ! Boucheron ! C'est pas l'heure pour les boyaux ! Faut prévenir les condés et fissa... À moins que t'aies envie de lui tenir la main tout seul ?

Le barbu à la blouse violette stoppa net sa course et fit demi-tour en se tenant le ventre. Les deux intrus disparurent ensuite dans l'atelier et le portail grinça à nouveau. Il y eut un bruit de carriole que Jules n'avait pas remarqué tout à l'heure, et il put enfin jaillir de son réduit pour s'oxygéner un bon coup. Il s'en était fallu de peu qu'il se fasse prendre... Cela dit, cette visite inopinée avait un mérite : elle lui évitait de se rendre à la police en personne. Et il connaissait un journaliste du *Populaire* que cela risquait d'arranger !

6

Jules était en retard au rendez-vous que lui et Félix s'étaient donné dans l'après-midi aux alentours de trois heures. Comme l'avait souligné *Le Populaire* le matin même, Paris était en crue et se gonflait littéralement de visiteurs : on se battait pour les tickets à trente centimes dans les kiosques d'omnibus, les files d'attente s'allongeaient interminablement aux correspondances et les voitures allaient à un train de sénateur sous le soleil écrasant. La ligne Y ne faisait pas exception…

L'hôtel particulier de la famille Montagnon se tenait, lui, plus au calme, rue du Faubourg-Saint-Honoré, et un splendide dog-cart noir stationnait dans la cour. Adolphe de Montagnon, silhouette massive et barbe grisonnante, fusil à la main et chiens en laisse, s'apprêtait à y monter lorsqu'il avisa Jules.

— Mon garçon, voilà un moment, dis-moi ! Comment vas-tu ?

— Ien ! baragouina Jules, dont la réponse se perdit au milieu des jappements.

— Félix m'a prévenu que tu devais passer, il est chez le marquis de Servadac. Il a laissé un mot pour toi dans la bibliothèque : il souhaite que tu le rejoignes, ou quelque chose de ce genre.

Le père de Félix ouvrit le coffre grillagé sous le siège du dog-cart et les trois épagneuls y grimpèrent en se bousculant.

— Je vais chasser quelques jours à Fontainebleau, le temps que cette folie cesse. La semaine à venir s'annonce épouvantable ! Entre l'Exposition et cette fichue reine Victoria, on ne sait même plus quelle langue on parle ! J'ai proposé à Félix de m'accompagner, sa mère nous attend là-bas, mais il n'a rien voulu entendre. Il n'a plus que cette histoire de médium en tête.

Il jeta son arme sur le cuir du siège et fit signe au cocher d'attacher les bagages. Puis il prit Jules à l'écart.

— Entre nous, j'aimerais que tu gardes un œil sur lui. Il t'écoute, n'est-ce pas, et tu es un garçon raisonnable. Cette affaire me semble… malsaine, oui. Lucien Morcel a beau être un ami, il a quelquefois des idées bizarres. Et cette espèce d'enquête qu'il réclame à Félix en est un exemple. Sans compter la censure : avec cette agitation à Paris, la guerre en Crimée, Félix a toutes les chances de se faire taper sur les doigts. Rien que ce marquis de Servadac, déjà…

Il soupira.

— Je n'ai qu'un fils, Jules, tu comprends ? Et les temps ne sont plus où les fils obéissaient à leurs pères. Si vraiment il veut être journaliste, eh bien, soit ! Mais demain, qui sait s'il n'aura pas changé d'avis ? Et que fera-t-il alors si son nom est mêlé à un scandale ?

Il balaya cette pensée du revers de la main.

— N'en parlons plus. Au fait, tu pourrais t'installer ici durant mon absence, vous seriez tous les deux…

Jules eut une mimique indécise pour s'épargner une série de grognements humiliants.

— Comme tu voudras, reprit Adolphe de Montagnon. Mais réfléchis quand même. Je préférerais que quelqu'un soit là pour l'empêcher de faire n'importe quoi. Et si tu dois voir le marquis de Servadac, demande à Marguerite qu'elle te prête un costume convenable, le tien est plutôt fatigué. Maintenant, pardonne-moi, il faut que je m'en aille ou ma femme va s'inquiéter.

Il gratifia le jeune homme d'une tape amicale et se hissa prestement dans la voiture.

L'avantage, avec le père de Félix, c'est qu'outre sa gentillesse naturelle il faisait obligeamment les questions et les réponses… Pendant que le dog-cart franchissait le portail, Jules considéra avec tristesse son pantalon et ses chaussures : un peu d'herbe ici, un peu de terre là, un peu de…

Le mieux, effectivement, serait de se changer.

Vingt minutes plus tard, vêtu d'un impeccable pantalon clair et d'une jaquette en serge bleue – ensemble choisi par Marguerite, la femme de chambre –, Jules entra dans la bibliothèque des Montagnon. C'était l'une des seules pièces à laquelle Adolphe avait interdit que l'on touche durant la rénovation de l'hôtel et c'était pour Jules à chaque fois un bonheur de s'y retrouver. Quelque deux mille volumes, parfois très anciens, occupaient des travées en bois précieux séparées de fines colonnettes. Pour aller de l'une à l'autre et accéder aux rayonnages les plus élevés, une échelle glissait le long de rampes en cuivre, tandis que du plafond descendaient deux lustres dorés de style rocaille. Des bustes d'écrivains encadraient les fenêtres – Corneille, Racine, Molière et Diderot – et deux globes terrestre et céleste se faisaient face de part et d'autre de l'imposante table.

Sur celle-ci, Félix avait déposé un livre avec un marque-page et un papier griffonné à la main.

Jules,

Désolé de ne pouvoir être là à l'heure prévue. J'ai essayé à l'imprimerie de Batisson (il n'y avait personne) et j'ai fait des recherches sur Servadac qui m'ont pris du temps. Je crois que j'ai trouvé quelque chose (lis le passage dans le livre). Rejoins-moi dès que possible rue Grange-aux-Merciers à Bercy, la grande propriété au fond. Avant l'entrevue avec Servadac, je dois vérifier quelques détails. Je t'attends. Félix.

Quelques détails, songea Jules, bien sûr. Mais n'était-ce pas dans les détails, justement, que le diable allait se nicher? Et, connaissant Félix, on pouvait lui faire confiance pour le débusquer. La preuve, l'ouvrage qui accompagnait son message sentait le fagot: *Paris obscur*, auteur anonyme, éditeur inconnu, année 1842. Une compilation d'événements inexpliqués et prétendument véridiques qui auraient eu la ville pour théâtre. Quant au passage choisi par le journaliste, il s'intitulait tout bonnement: « La sorcière de Bercy ».

En 1562, dans le village de Bercy, on rapporte qu'une jeune fille du nom d'Éloée fut surprise à la nuit tombante en conversation avec un chat noir. Elle se justifia en expliquant qu'elle avait l'habitude de nourrir des animaux égarés, mais deux voisines affirmèrent qu'elle jetait aussi des sorts qui faisaient tourner le lait des vaches et se flétrir les récoltes. La jeune fille, réputée par ailleurs pour connaître les herbes, habitait en orpheline dans une pauvre masure à proximité du fleuve. Sans personne pour la défendre, elle fut jugée et condamnée pour crime de sorcellerie, puis brûlée vive à l'endroit même où elle vivait. Lorsqu'on alluma le bûcher, plusieurs villageois virent s'élever au-dessus des flammes une forme lumineuse et dansante de taille approximativement humaine, comme si la malheureuse s'était dégagée de son corps, adressant autour d'elle des baisers de paix. Le bruit se répandit bientôt qu'on avait brûlé une sainte...

Les années passant, le lieu du supplice devint un lieu de dévotion et, fréquemment, des jeunes femmes en mal d'enfants s'y rendaient dans l'espoir de tomber grosses, ou des malades dans celui de guérir. Jusqu'au début de ce siècle, un monticule de terre et de cailloux calcinés marquait l'emplacement du bûcher d'Éloée. Vers 1830 cependant, le marquis de S. devint propriétaire du terrain et fit construire un pavillon gothique sur l'emplacement exact du monticule, lequel n'est plus visible aujourd'hui.

Après le magnétisme et les esprits, pourquoi pas la sorcellerie, en effet ?

— Par ici, vite !

Félix faisait de grands signes au bout de la rue.

— Vite, ou il ne nous recevra pas !

Jules accéléra le pas et lui tendit son carnet dans la foulée :

— Gni !

— Pas le moment, Servadac nous attend.

— Attenra !

Devant le visage crispé de son ami, Félix hésita.

— C'est ton nerf ? Ça recommence ?

Non, je fais semblant, bouillonna Jules.

— Gni, te dis !

Félix s'exécuta tout en descendant la rue Grange-aux-Merciers, une voie calme et champêtre qui conduisait à la Seine. Jules avait profité de son trajet en omnibus pour coucher par écrit ses découvertes du Pré-Saint-Gervais, persuadé qu'il ne parviendrait pas autrement à s'expliquer. Au fur et à mesure qu'ils avançaient vers la maison de Servadac, le journaliste ralentissait et ponctuait sa lecture d'exclamations incrédules :

— C'est pas vrai ! Incroyable ! Les deux yeux, comme Gordon. Et un appareil de Daguerre !

Parvenus à l'entrée de la demeure, un vaste domaine entouré de hauts murs, Félix, le regard brillant, lui restitua son carnet.

— Deux meurtres ! Cela rend l'enquête du *Populaire* plus nécessaire que jamais. Et je reste convaincu que Servadac a des choses à nous raconter, qu'il le veuille ou non. Je lui ai préparé une petite surprise pour ce soir, tu verras. D'ici là, soyons prudents et tâchons d'en découvrir le maximum. Viens.

Ils pénétrèrent dans le jardin et montèrent le perron d'une jolie maison blanche à colonnes qui rappelait la Louisiane américaine. Sur le pas de la porte, un domestique tenait un énorme chien aux babines pendantes et il lui fallut quasiment l'étrangler pour l'empêcher de sauter au cou des visiteurs. Le molosse aboya en moulinant l'air de ses grosses pattes et les deux jeunes gens purent entrer. À l'intérieur, un autre serviteur les fit patienter quelques minutes dans une antichambre où une femme d'âge mûr qui avait dû être très belle attendait déjà, serrée dans une toilette à fanfreluches d'un bleu éblouissant.

— C'est la patronne du Cygne rouge, un bordel sélect du quartier de Rivoli, chuchota Félix lorsqu'on vint les chercher.

Un troisième domestique, à la carrure de fort des halles, leur fit traverser un long couloir où étaient accrochées des peintures religieuses du siècle précédent – un élégant *Jésus parmi les docteurs*, notamment – et ils se retrouvèrent dehors, de l'autre côté de la maison. Le parc était immense, agrémenté de bosquets, de fontaines, de rochers en désordre autour d'une pièce d'eau et, surtout, presque au fond, du fameux pavillon gothique. Celui-ci ressemblait à la fois à un château et à une église en réduction, avec sa façade en pierre grise rythmée par trois arcs brisés, ses deux petites tours crénelées sur les flancs et sa puissante flèche au-dessus du toit. Cet hybride médiéval, orné de multiples gargouilles, avait quelque chose d'incongru et d'inquiétant, quelque part entre la folie et la forteresse. Même Alexandre Dumas, avec son château de Port-Marly, avait été plus raisonnable.

Une allée au dallage parfaitement régulier menait aux quatre coins du parc et le domestique leur fit faire le tour de la pièce d'eau avant d'atteindre le côté invisible du pavillon. Là, une terrasse avait été aménagée sous deux grands chênes pour déjeuner à l'ombre. Le marquis de Servadac, assis dans sa chaise roulante, les accueillit avec un sourire bienveillant.

— Félix de Montagnon… C'est vous, n'est-ce pas ?

Il tendit la main au journaliste, qui s'approcha.

— C'est bien moi, monsieur le marquis, en effet.

— Je n'ai aucun mérite, vous êtes le portrait de votre mère. Et c'est un compliment. Qui plus est, nous nous sommes rencontrés une fois, vous le saviez ?

— Je l'ignorais.

— Vous étiez jeune à l'époque. À l'enterrement de votre cousine, Mlle Lenormand.

— Je… je ne m'en souviens pas.

— Je m'en souviens très bien, moi, au contraire. Vous portiez un costume sombre avec des culottes courtes et vous couriez dans tous les sens. Il faut dire qu'il y avait foule ce jour-là : des bourgeois, des ouvriers, des **nobles**, des députés, un cortège de pleureuses… Hommage un peu tardif à cette pauvre Marie-Anne, elle aurait sans doute préféré qu'on le lui rende de son vivant. Mais le monde est injuste, n'est-ce pas ? Qui donc est votre ami ?

— Il s'appelle Jules Verne, il travaille avec moi.

Jules s'avança à son tour et hocha la tête en guise de salut. Servadac garda longuement sa main dans la sienne. C'était un petit homme sec, presque décharné, la paume froide, le teint couleur de parchemin usé, de rares cheveux blancs qui lui dessinaient une couronne, le visage creusé, sillonné, buriné par le temps, comme s'il avait vécu plusieurs existences à la fois. Ses yeux étincelaient pourtant d'une lueur fébrile, d'une avidité intacte à vivre et à comprendre.

— Vous souffrez, n'est-ce pas ? demanda-t-il tout de go.

Jules fut si surpris qu'il ne sut quoi répondre.

— Votre fluide est à l'étroit, comprimé en vous-même. Le mouvement qui l'anime est si impétueux qu'il ne saurait circuler à son aise tant que vous ne connaîtrez pas votre vraie dimension intérieure. Vous verrez…

Jules s'attendait à ce qu'il le dirige derechef vers une barrique magnétisée, mais le marquis s'écarta simplement et fouilla parmi les papiers qui encombraient sa table.

— Asseyez-vous, jeunes gens, asseyez-vous. Max va vous apporter de quoi vous rafraîchir.

Un majordome noir au crâne rasé, vêtu entièrement de blanc comme les autres domestiques, apparut sur la terrasse, un plateau à la main. Jules choisit un thé glacé, son compagnon un grand verre de bière brune et tous deux se calèrent dans des fauteuils en osier.

— Quitte à vous surprendre, Félix, reprit Servadac une fois qu'ils furent servis, je pensais bien vous voir. Peut-être pas cet après-midi, mais… Où est-il ? Ah ! le voilà.

Il brandit la une du *Populaire* avec une moue amusée.

— *Mort d'un homme d'esprit*. C'est fin.

— J'ai rédigé l'article dans la nuit, je n'ai pas eu vraiment l'opportunité de…

— Non, non, ne vous défendez pas, un journaliste doit frapper l'imagination de ses lecteurs, c'est normal. De même qu'il doit disposer des informateurs les plus fiables. Vous semblez d'ailleurs bien renseigné sur ce qui est arrivé à ce malheureux Gordon.

— J'ai des relations dans la police, répliqua Félix, maintenant sur ses gardes.

— Tant mieux, tant mieux, j'en ai moi-même quelques-unes assez haut placées et je m'emploie aussi à les cultiver. Mais pardonnez-moi, j'inverse les rôles. C'est à vous, je présume, de poser vos questions. Vous êtes la presse.

— Nous… nous souhaitions en apprendre davantage sur Will Gordon, commença Félix. Vous faites autorité en matière de spiritisme et nous nous sommes dit que vous deviez sûrement le connaître.

— Je le connaissais, évidemment. Depuis son installation à Paris, pour être exact. Vous voulez mon avis sur lui en tant que médium ? Ce n'est pas difficile, il était le meilleur. Et de loin. Le meilleur, mais aussi le moins bien disposé à assumer ce don.

— Ce qui signifie ?

— Gordon est né dans une famille misérable de Manchester, il a été livré très jeune à lui-même. Il a commis quelques menues bêtises pour survivre, presque insignifiantes. Puis de plus considérables. Lorsqu'il a découvert ses extraordinaires facultés, le pli était pris. Un homme ne se refait pas. Il se maquille, il se déguise, mais il reste lui-même.

— Selon vous, Gordon était un voyou ?

— En un sens.

— La rumeur prétend que les séances qu'il organisait étaient truquées. Le mouvement des tables, les apparitions… Pour un médium aussi doué, c'est paradoxal, non ?

Servadac croisa ses doigts jaunes et desséchés sous son menton glabre.

— Gordon a été le premier médium à obtenir la matérialisation complète de périsprits. Certains de personnages fort célèbres et de haute qualité. Il faut pour cela une sensibilité puissante, qui aide l'âme du revenant à concentrer son enveloppe fluidique en un point précis de l'espace. Ce même fluide, le reste du temps invisible, que les défunts utilisent pour mouvoir des objets ou pour communiquer. Seulement voilà, les esprits ne sont ni des saltimbanques ni des domestiques. Il ne suffit pas d'agiter une clochette pour qu'ils accourent et se donnent en spectacle à heure fixe. Gordon croyait pouvoir tirer bénéfice de ce lien avec nos autres sphères, mais il se trompait : en certaines occasions, il échouait à établir le contact. Dans ces cas-là, et plutôt que de nuire à sa réputation, il avait recours à de vulgaires subterfuges. C'est l'une des raisons qui nous ont éloignés l'un de l'autre.

— La révélation de ces… arrangements, lorsqu'elle sera connue du public, ne risque-t-elle pas de porter un coup fatal au spiritisme ?

— Vous voulez dire que les fautes d'un seul rejailliraient sur tous ? Mon jeune ami, c'est que vous n'avez rien compris à la nature particulière de notre doctrine. Le spiritisme n'est pas une mode, figurez-vous, c'est une religion. La religion nouvelle des temps nouveaux. Une religion fondée avant tout sur des observations scientifiques, auxquelles de nombreux savants s'associent : physiciens, chimistes, médecins, spécialistes du corps ou de l'univers, et pas des moins connus. Aucun à ce jour n'a pu nier la réalité des manifestations : des coups sont frappés, des meubles bougent, s'élèvent, des enveloppes lumineuses apparaissent, des mots se forment qui forment à leur tour des phrases… Et cela partout dans le monde. De New York à Berlin, de Buenos Aires à Bombay. Aucun escroc, si habile fût-il, ne pourrait orchestrer un tel jaillissement de phénomènes. Il y a juste qu'après des siècles de maturation l'humanité est enfin prête à recevoir l'enseignement des esprits. Alors, supposer que le spiritisme disparaîtrait avec les errements de Gordon, ce serait tourner le dos aux mathématiques sous prétexte qu'un enfant a triché en calcul.

— Beaucoup continuent de douter, cependant. L'Académie des sciences a remis un rapport très prudent sur la question et…

— Des imbéciles, déclara froidement Servadac. Les mêmes, probablement, qui se sont moqués de Benjamin Franklin lorsqu'il a eu l'idée de son paratonnerre. Or, que je sache, l'électricité est désormais une réalité scientifique, admise et irréfutable. Les mêmes aussi qui vous auraient brûlé il y a deux siècles si vous aviez osé prétendre qu'une machine portant des charges formidables traverserait un jour le pays à des vitesses inconnues. Pourtant, chaque campagne aujourd'hui réclame son chemin de fer. Les mêmes, enfin, qui le samedi se moquent de nos pratiques, mais vont prier le dimanche à La Salette où la Vierge est apparue à deux bergers. Et avec la bénédiction de Rome, encore… Ce n'est donc pour moi qu'une affaire de temps avant que les sceptiques nous rejoignent.

— En admettant que cette nouvelle… religion, comme vous dites, grandisse en popularité et en nombre, il lui faudra un chef. Souhaiteriez-vous être celui-là ? se hasarda Félix.

Le marquis de Servadac retrouva son sourire, comme après une réflexion d'enfant.

— Le pape du spiritisme, c'est ce que vous envisagez pour moi ? Non, mon jeune ami, mille fois non ! Et cela pour deux raisons au moins. La première, et je m'en félicite, c'est que le spiritisme n'a nul besoin d'Église. Nous portons notre foi en nous-mêmes, à travers nos incarnations successives. Nous sommes ici sous notre forme terrestre, attendant d'en être libérés pour franchir de nouvelles étapes, gagner de nouvelles planètes, plus policées et plus proches de Dieu. Vers la perfection et l'immortalité, qui sait… Alors une tiare, un sceptre, quelle vanité ! Quant à la deuxième raison, elle est d'ordre pratique. Regardez-moi : je suis vieux, fatigué, usé. Mon corps se meurt et je l'abandonnerai bientôt…

Il leva les bras au ciel.

— Mais tout cela nous écarte de Gordon, ne croyez-vous pas ? Et ce n'est pas en fouillant de mon côté que vous confondrez son assassin.

— De quel côté chercher, en ce cas ?

— Hélas ! je ne suis ni policier ni journaliste. Ainsi que je le laissais entendre, nous nous fréquentions de moins en moins depuis quelques mois. Vous dire à quoi il passait son temps ou s'il avait des ennemis… D'ailleurs, qui n'en a pas ?

— Sa maison, insista Félix, savez-vous où il habitait ?

— Il changeait souvent de domicile, de peur que les autorités ne l'arrêtent et ne l'expulsent. Pour le reste, je crains que mes informations ne…

Bam ! Félix se redressa d'un bond en renversant son siège : il venait de vider la moitié de sa bière sur sa chemise et se secouait les mains de manière comique pour tenter de sauver son pantalon.

— Pardonnez-moi, marquis, le verre m'a glissé des doigts, je… J'espère n'avoir rien cassé, c'est ridicule. Avec cet article cette nuit je n'ai pas dormi et…

— Ne vous frappez pas, mon garçon, vous n'avez fait de mal qu'à votre chemise. Max ! Emmène Monsieur à la salle d'eau.

Le grand Noir s'approcha, releva le fauteuil et entraîna Félix sur l'aile gauche du pavillon. Jules se sentit aussitôt vulnérable, d'autant que le marquis le dévisageait curieusement.

— C'est un jeune homme intelligent notre Félix, mais un peu emporté, non ? Comme son père. C'est grâce à lui que vous êtes entré au *Populaire* ?

Jules fit non de la tête, ce qui, pour n'être pas absolument vrai, n'était somme toute qu'un demi-mensonge.

— Je vous pose la question car les Montagnon ont des parts importantes dans le journal et ce sont des choses qui aident. Mais vous-même, à quoi vous intéressez-vous en particulier ?

Il fit faire deux tours de roue à son véhicule d'infirme et se planta à cinquante centimètres de Jules.

— Voyons, puisque vous semblez incapable de parler, je répondrai à votre place. La chronique mondaine ? Sans doute pas, vous n'avez rien de mondain dans l'allure. Les questions scientifiques ? Peut-être. La hauteur du front, l'acuité du regard, l'oreille intuitive conviendraient. Mais vous avez l'œil rêveur aussi et une retenue naturelle dans l'expression qui...

Servadac fit mine de s'excuser.

— Vous ne vous offusquerez pas, je l'espère, de ce petit jeu improvisé de physiognomonie ? Deviner le caractère des hommes sur leur visage a toujours été une marotte. Et l'on sait que chez les vieillards l'âge accuse ce genre de manie. Où en étais-je ? De la science, oui, ce n'est pas exclu. Mais un désir de fuite, impropre à l'équation ou au laboratoire. Alors quoi ? Le menton est rond, à peine souligné : vous vous aimez bien et la solitude ne vous pèse pas. Des lèvres sensuelles, mais sans excès : vous n'êtes pas guidé par les femmes, ou du moins pas encore. D'ailleurs, il émane de vous une singulière part d'enfance. Le léger bouclé du cheveu incite à la fantaisie, mais, la force du nez atteste la volonté et l'immense ambition. Quant à l'exercice du corps, il ne vous déplaît pas, mais, à vous considérer, il reste occasionnel. L'énergie, je l'ai éprouvé tout à l'heure, est comme un torrent qu'il faudrait mieux contenir et plus adroitement diriger. Bien. Que voilà une énigme de jeune homme silencieux !

Jules, incapable du moindre mouvement, regardait le marquis de Servadac avec un mélange de fascination et d'effroi, comme s'il assistait à l'autopsie de sa propre personne. Le vieil homme poursuivit :

— En toute franchise, le journalisme ne me paraît pas la voie indiquée à votre tempérament. Il vous faut une occupation, je ne dirai pas plus élevée, ce serait exagéré, mais où vous puissiez dominer davantage. Oui, dominer et vous surprendre, sans vous ménager pour autant. Avez-vous des dispositions pour la musique ?

Par chance, le retour de Félix mit un terme aux spéculations professionnelles du marquis. En le voyant revenir, pans de la veste écartés, chemise copieusement inondée, Servadac ne put s'empêcher de se réjouir.

— Si je ne m'abuse, Félix, c'est ce que dans votre jargon on appelle se mouiller. Malheureusement, je ne puis vous offrir de vêtements de rechange, ni vous proposer d'attendre que les vôtres soient secs. Il me reste en effet une personne à recevoir, et je dois m'habiller après pour la réception de l'empereur aux Invalides.

Il avait prononcé ces mots d'un ton faussement désinvolte, de manière que les jeunes gens comprennent bien à qui ils avaient affaire. L'entretien était clos et ils n'obtiendraient rien de plus.

Félix et Jules prirent donc congé sur-le-champ. Au lieu de se montrer déçu en quittant la propriété, le journaliste arborait toutefois un sourire triomphal.

— Vous pensez être le plus malin, monsieur le marquis ? C'est ce que nous verrons ce soir !

7

— Tu feux m'effiquer c'qu'on fait à ?

Onze heures sonnaient à l'église voisine de Charenton et l'on ne pouvait pas dire que Jules allait mieux. Il allait d'autant moins bien que Félix l'avait traîné en pleine nuit à l'arrière de la propriété de Servadac – sur l'étroit sentier grillagé qui bordait la ligne de chemin de fer de ceinture – et qu'il avait évidemment son idée sur les intentions du journaliste. Celui-ci posa à terre le sac en toile qu'il portait en bandoulière.

— Si je t'avais raconté plus tôt, tu ne m'aurais pas suivi, chuchota Félix en sortant du sac une corde avec deux grappins et deux lampes.

— Mais c'est fiolafion omicile ! protesta Jules.

— C'est la surprise du marquis, mon cher... D'ailleurs, je n'espère pas que tu viennes, seulement que tu m'attendes ici avec la lampe. Et s'il m'arrive quoi que ce soit, que tu avertisses la police. À qui d'autre veux-tu que je demande ça ?

Il tendit un briquet à Jules.

— Dès que je suis de retour, tu agites la lumière, que je repère où sortir.

— Es fou !

— Écoute, Servadac cache quelque chose dans son pavillon gothique, j'en suis persuadé. Ce n'est pas un hasard s'il l'a construit sur le monticule d'Éloée. Qui plus est, il a réalisé des travaux récemment, les riverains me l'ont dit. Des travaux nocturnes et bruyants, avec des charrettes pleines de tuyaux et du gros matériel sous des bâches. Pas pour rafraîchir les peintures, à mon avis. Quant à sa brouille avec Gordon, je n'en crois pas un mot. C'est un prétexte. De près ou de loin, le marquis est impliqué dans ces meurtres et il n'a accepté de nous recevoir que pour mieux nous endormir. Comme la police, elle, ne prendra pas le risque de vérifier, il faut bien que quelqu'un s'en charge.

Il lança le grappin dont les pointes recourbées se fichèrent au sommet du mur.

— Et four enter ?

— Il y a une fenêtre dans la salle d'eau du pavillon. Lorsque j'ai renversé ma bière, tout à l'heure, j'ai tourné la poignée de la crémone. C'est discret, et, à moins qu'ils ne l'aient remarqué, une simple poussée devrait l'ouvrir. Dans le cas contraire, je jetterai un œil à la maison. La cérémonie des Invalides durera bien jusqu'à minuit, ça me laisse un peu de temps. Il faut que j'y aille, maintenant, le dernier train est dans dix minutes.

Jules ne voyait aucun rapport entre le pavillon gothique et les horaires de train, sinon la manifestation soudaine d'une démence précoce. Mais il était trop tard pour retenir le journaliste. Celui-ci se hissa le long de la corde, enjamba le mur, puis fixa le deuxième grappin pour se laisser descendre de l'autre côté. Un bruit sourd signala qu'il avait touché le sol. Malheureusement, une lueur apparut au même instant sur la gauche du sentier, à cent mètres environ. Quelqu'un approchait avec une lampe…

L'inévitable grain de sable dans les rouages si bien huilés de Félix! Avec ce grillage dans le dos, Jules n'avait d'autre solution que de battre en retraite sur la droite en attendant que l'importun s'éloigne. Sauf que sur la droite, précisément, une deuxième lumière apparut à son tour. Moins de cent mètres, cette fois. Il ne s'agissait pas de promeneurs, à l'évidence, plutôt d'une ronde de surveillance des gardiens de Servadac autour de la propriété. La première pensée de Jules fut pour l'énorme dogue aux babines molles et aux crocs pointus. De quoi se sentir pousser des ailes… Il coinça la lampe dans sa veste, saisit la corde et se mit à grimper. La lueur de droite était à moins de cinquante mètres. Arrivé en haut, il tira sur le grappin pour le dissimuler. Dans le même mouvement, il bascula côté jardin, resta un instant suspendu en l'air puis glissa à l'aide de l'autre corde. Il s'accroupit ensuite dans l'herbe en tâchant de retenir sa respiration. Après quelques secondes, les deux gardes se croisèrent à portée de voix.

— Quelque chose à signaler?

— Rien par là. Je te l'avais dit, c'est du vent cette histoire, on serait aussi bien au lit.

— T'as entendu le marquis, non? Alors discute pas et ouvre les yeux, ce sera mieux pour tout le monde.

Et ils se séparèrent. Cela faisait deux informations au moins. L'une inquiétante: Servadac avait renforcé sa sécurité; l'autre rassurante: le chien n'était pas de la partie.

Avec mille précautions, Jules prit la direction du pavillon gothique, courant d'un bosquet à l'autre en tentant d'apercevoir Félix, se félicitant au passage que cette nuit ne soit pas plus claire que la précédente. Il trouva son ami, agenouillé sous une fenêtre et absolument immobile.

— Jules, qu'est-ce que tu… ?

— Domessiques Seradac, sont dehors !

— Ça prouve que j'ai raison, murmura Félix sans se démonter, c'est déjà ça. De toute façon, il est l'heure…

Un grondement puissant se précisait en effet au sud, celui du dernier train en provenance de l'embarcadère d'Austerlitz. Roulement de bielles et de pistons, sifflement de la vapeur sous pression, fracas des cent tonnes d'acier lancées sur les rails, de plus en plus vite, de plus en plus près.

— C'est parti ! lâcha le journaliste.

Il se positionna devant la fenêtre et, lorsque le mugissement de la locomotive fut tout proche, donna un violent coup sur l'huisserie. Les deux battants s'ouvrirent en claquant.

— À nous deux, gentil marquis !

Ils se hâtèrent de passer l'un après l'autre dans la salle d'eau, escaladant le rebord avant de refermer la croisée.

— En temps normal, souffla Félix, personne n'habite ici, mais on n'est jamais trop prudent.

Jules était heureux de le lui entendre dire. Ils allumèrent leurs lampes en réglant la flamme au minimum, puis entrouvrirent la porte du couloir : calme plat.

— Allons-y. Garde ta veilleuse aussi près du sol que possible, ce sera plus discret.

— Qu'est-ce qu'on ferfe ?

— Je ne sais pas. Ce que manigance Servadac.

Ils avancèrent dans le couloir, sous le regard hostile d'une dizaine de trophées de chasse alignés sur le mur : une hure de sangliers et des têtes de cerfs, dont les prunelles s'enflammaient dès qu'elles accrochaient la lumière. Félix négligea le rez-de-chaussée et se dirigea vers le large escalier métallique qui s'enroulait autour d'une sorte de donjon central, réplique intérieure des deux tours qui flanquaient le pavillon.

— La forteresse dans la forteresse. On va commencer par l'étage, voir où il donne.

Ils gravirent les marches, leurs pas se perdant dans un épais tapis rouge. Le donjon était bâti en pierre grise et s'élevait jusqu'au toit, approximativement sous la grande flèche que l'on voyait de l'extérieur. Il était aveugle et ne semblait offrir aucune issue visible. Sur le palier qui l'enserrait, plusieurs pièces se distribuaient à droite et à gauche.

— Comment fait Seradac four enir ici ? s'étonna Jules.

— L'étage a dû être conçu avant qu'il soit cloué à son fauteuil. Et puis ses serviteurs doivent le porter. Essayons par là.

Ils pénétrèrent dans une haute salle aux volets clos, reliée à la suivante par une ouverture en ogives. On aurait pu se croire dans un musée ou un cabinet de curiosités : des vitrines avec de la vaisselle ancienne, souvent ébréchée, des outils d'artisans divers, ferronniers, tonneliers entre autres, un araire, un rouet, des mannequins vêtus comme au Moyen Âge, capelines, surcots, poulaines, etc. L'autre pièce accueillait des armures en pied, que les reflets de la lampe semblaient rendre vivantes. Cottes d'armes à plaques, brognes à anneaux, chapeaux de fer, heaumes gravés, genouillères à pointe, de quoi relancer si nécessaire une nouvelle guerre de Cent Ans – Paris n'était-il pas d'ailleurs la proie d'une invasion anglaise ?

Une troisième pièce était consacrée aux armes et à tout ce que l'homme avait inventé ces derniers siècles pour trancher, entailler, assommer, fendre, broyer et éparpiller ses semblables… Sur le linteau de la porte, de pseudo-armoiries figuraient un squelette tête en bas qui grimaçait en considérant sous lui une Terre stylisée, avec en demi-cercle huit lettres d'or : SERVADAC.

— Au moins, s'ils nous attrapent, marmonna Félix, on sait ce qui nous attend.

Ils redescendirent l'escalier et entreprirent de fouiller le niveau inférieur en quête d'un passage vers le donjon. Deux chambres inutilisées, une cuisine qui servait à remiser des boissons, une salle à manger en croissant – elle épousait le côté de la tour –, rien que de très classique.

Face à la salle d'eau, cependant, le salon offrait un peu plus de mystère. Sa décoration était d'inspiration maritime et avec ses parois boisées, son plafond comme une charpente de bateau, ses lampes tempête suspendues aux madriers, on se serait imaginé sans peine dans le ventre d'une caravelle ou d'un brick. Aux murs, des tableaux de mers déchaînées sous des ciels de tourmente et des poissons inconnus à long nez ou à nageoires exotiques, naturalisés dans des cadres en ébène. Mais, hormis les bergères et les canapés, deux éléments du décor attireraient d'abord l'attention. Au centre, une grande fontaine taillée dans un immense coquillage, tout blanc et festonné, comme ceux qui servaient de bénitiers à l'église Saint-Sulpice. La fontaine produisait un mince filet d'eau qui chantait doucement dans la pièce et, plus extraordinaire encore, diffusait autour d'elle des senteurs d'iode et d'embrun. Au fond, un orgue de belle facture dressait en demi-cercle une vingtaine de tuyaux de cuivre et semblait comme une couronne enchâssée dans la coque d'un navire. Jules connaissait vaguement les orgues pour avoir travaillé sur plusieurs opérettes avec son ami Aristide Hignard, musicien et organiste passionné. L'instrument lui parut raffiné en dépit de sa taille modeste et il supposa que le marquis de Servadac devait en jouer lui-même puisque apparemment aucun siège n'était prévu sous le clavier.

— Il y a une porte, s'exclama Félix, là !

Le journaliste éclairait le pan de mur entre la fenêtre et l'orgue. Effectivement, on voyait le contour d'une porte se dessiner dans le lambris, y compris la légère enflure des gonds, sans qu'il y ait pourtant de poignée apparente.

— Elle s'actionne sans doute de l'intérieur, dit-il en tentant de glisser les doigts dans les rainures. Elle doit conduire au donjon.

Jules observa l'encadrement de plus près. Une issue, en effet. Mais pourquoi en avoir condamné l'entrée depuis le salon ? À moins qu'une poignée ne soit inutile et qu'il n'y ait un mécanisme secret. Un mécanisme accessible depuis une chaise roulante... Son regard balaya la pièce. L'orgue... Bien sûr, l'orgue !

Il retourna vers l'instrument : peut-être fallait-il composer un air ou une série de notes pour déclencher l'ouverture de la porte ? Non, trop fastidieux et d'un usage malcommode en cas d'urgence. Il examina la console sur la droite du clavier : il y avait un nombre élevé de boutons de registre rapporté aux dimensions du buffet. Les boutons de registre, simples tirettes en bois, permettaient au musicien de choisir les groupes de tuyaux avec lesquels il souhaitait jouer – les registres. Or huit boutons de registre pour seulement vingt tuyaux, c'était excessif. D'autant que l'un de ces boutons était toujours tiré. Et si la console servait aussi de tableau de commande ? Et si ce bouton en particulier...

— Ifi ! appela Jules.

Félix se précipita.

— Tu as trouvé quelque chose ?

— Amire !

Avec un geste théâtral, Jules repoussa le bouton dans son logement. La fontaine s'arrêta aussitôt de couler.

— Sut !

Il essaya alors une deuxième, une troisième, puis une quatrième tirette, mais sans succès. À la cinquième, enfin, il y eut un déclic et la porte pivota légèrement.

— Oui ! s'enthousiasma Félix.

Une poussière fine montait de l'obscurité. Ils avaient devant eux un plan incliné qui menait à un demi-étage éclairé par une lucarne au ras du jardin. L'espace, assez réduit, était occupé par des sacs de gravats, des briques, des tiges de cuivre et des bobines de fil. Il y avait aussi deux portes, l'une fermée par un gros verrou, l'autre, renforcée de clous et de plaques de fer, mais sortie de ses gonds et posée contre le mur, sans doute pour faciliter durant les travaux le transport des matériaux.

— Le marquis est un cachottier, décidément. Une chance qu'il laisse son coffre-fort ouvert...

Derrière le monstre de métal, une deuxième rampe descendait à la base du donjon, défendue par un simple portillon en bois. Il céda sur un coup d'épaule et les deux jeunes gens pénétrèrent à l'intérieur de la tour.

— Ça alors ! s'extasia Félix en levant sa lampe aussi haut que possible.

Ils étaient dans le laboratoire de Servadac. Un laboratoire étrange de par sa forme circulaire, mais aussi de par la taille inhabituelle des objets et des meubles. Tout avait été surbaissé pour faciliter le travail en chaise roulante : la table, l'établi, le point d'eau, les étagères. Les rayonnages étaient remplis de bocaux avec de petits animaux morts dans des solutions jaunes ou verdâtres, et de livres écrits dans des langues étrangères.

Mais c'est à l'électricité que le marquis semblait s'intéresser le plus. La moitié des étagères croulaient sous des éléments de circuit : bouteille de Leyde, piles de Volta, condensateurs rudimentaires, hélices en laiton, plusieurs aimants, des pinces multiples, une roue de Barlow, etc. Plus une vingtaine de fioles dont une au moins était remplie de mercure. La table, par contre, était vide et protégée d'une housse.

— Il y a eu des aménagements dans cette partie-là.

Félix éclairait un petit escalier très raide et une sorte d'élévateur mécanique qui fonctionnait à l'aide de poulies.

— On glisse le fauteuil sur la plate-forme, mima-t-il, quelques tours de manivelle et hop, envolé le marquis !

Ils montèrent les marches pour gagner le deuxième niveau.

— Le plancher a été refait, constata Félix, qui ouvrait la voie. Et la maçonnerie est fraîche. Touche.

Puis, découvrant l'étage dans son ensemble, il s'arrêta net.

— Qu'est-ce que c'est encore que cette dinguerie ?

Le sol de la pièce était couvert de bandes métalliques jointes entre elles et enduites d'une sorte de vernis. Au centre, un lit en fer et une chaise en bois se trouvaient à un mètre de distance, tous deux dotés de sangles pour attacher un homme. Derrière le dossier de la chaise et derrière la tête de lit, deux casques – en cuivre ou en zinc, difficile de dire – pendaient de deux potences. Ces casques étaient reliés entre eux par une série de fils métalliques qu'une perche en Y maintenait en hauteur. Au pied du lit, Jules reconnut une grosse pile à électrolytes, proche de celle qu'utilisait le docteur Marie pour stimuler son nerf facial.

— Ce type est dangereux, assena Félix, il faudrait l'enfermer. Tu as une idée de ce qu'il cherche ?

Jules ne se donna pas la peine de répondre. Les seuls mots qui lui venaient étaient tous en « isme » – magnétisme, spiritisme, crétinisme… – et il aurait été bien en peine de les prononcer. Il avança au fond de la pièce jusqu'à un pupitre noir où des lettres étaient disposées en rond, autour d'un OUI, d'un NON et d'un triangle de feutre. Quelle que soit la nature de ces recherches, elles impliquaient en tout cas un médium. Et qui d'autre que Gordon, puisqu'il était le meilleur ?

Un fracas de tôle déchira soudain le silence, comme si le plancher se fendait sous leurs pieds. Le journaliste, la main posée sur un boîtier qui saillait du mur, haussa les épaules, l'air penaud.

— J'ai… j'ai à peine frôlé la manette, je t'assure. Si j'avais supposé que…

Ses derniers mots furent emportés par un grincement épouvantable : l'armature métallique du plafond s'ouvrait au-dessus d'eux, dévoilant la haute flèche du pavillon gothique, tandis qu'un câble arrimé au toit se déroulait jusqu'au sol. Jules était fasciné.

— Filons ! cria Félix en le tirant par le bras.

Ils dégringolèrent l'escalier, traversèrent le laboratoire en quatre enjambées, remontèrent vers le demi-étage.

— À la salle d'eau !

Ils repassèrent devant l'orgue et la fontaine, mais les gardiens avaient été plus prompts : il y avait déjà du bruit dans l'entrée. Des voix d'hommes et le cliquetis d'une serrure… Jamais ils n'auraient le temps d'atteindre la fenêtre pour s'enfuir !

— Ça s'annonce mal, soupira Félix.

— L'autre forte ! lança Jules.

Ils firent volte-face et se replièrent sur le demi-étage en claquant le panneau lambrissé derrière eux. Il y avait une chance que de simples domestiques ignorent le mécanisme secret.

— Et maintenant ? demanda Félix.

— Le ferrou !

Ils se jetèrent sur la deuxième porte et son puissant loquet. Le raisonnement de Jules était simple : si des travaux avaient eu lieu dans le donjon, il était peu probable qu'ouvriers et matériaux aient emprunté le délicat salon du marquis. Cette deuxième ouverture devait donc mener quelque part et peut-être vers l'extérieur. Le verrou leur résista, cependant, et ils durent conjuguer leurs efforts pour que la mollette consente à se débloquer.

— Dépêchons, ils approchent !

Ils s'engagèrent dans un genre de corridor qui paraissait s'enfoncer sous le parc sur une bonne centaine de mètres. Puis la galerie amorça un coude vers le sud et ils durent ralentir un peu : le sol dallé faisait place à de la simple terre battue mêlée de cailloux.

— Ce qui serait drôle, c'est qu'on aboutisse dans la maison, non ? Sous le lit de Servadac, tiens !

Désopilant, en effet.

Ils continuèrent ainsi quelque temps puis butèrent sur une nouvelle porte, verrouillée comme la précédente. Au loin leur parvenaient des éclats de voix. Le loquet s'ouvrit sans difficulté, mais, de l'autre côté, il y avait un mur. Jules passa les mains sur la paroi : ce n'était pas de la pierre mais du plâtre. Ils poussèrent de toute leur force, sans résultat. Le piétinement des pas et les exclamations s'amplifiaient. Félix eut alors la bonne idée de faire coulisser le mur. Miracle : celui-ci s'ébranla puis finit par glisser latéralement sur une sorte de rail central. Ils écartèrent encore un rideau couvert de salpêtre, puis débouchèrent dans une cave voûtée, jonchée de déchets et d'excréments. Ils pouvaient apercevoir au loin le miroitement du ciel sur l'eau.

— La Seine, c'est la Seine ! se réjouit Félix.

Ils parvinrent à l'air libre, hors d'haleine. Le souterrain les avait conduits sur le quai de Bercy, bien au-delà de la rue Grange-aux-Merciers.

— On va se séparer, haleta le journaliste, ça leur compliquera la tâche. Tu files vers la Bastille, je vais vers Charenton. Rendez-vous à onze heures demain comme convenu au journal. Lucien Morcel tient à te voir !

Jules reprit sa course vers le quai de la Rapée en s'obligeant à ne pas se retourner. Il dépassa deux mariniers en train de débarquer des ballots de leur péniche et un groupe de chiffonniers en maraude, à l'affût des débris de ferraille que le fleuve charriait sur ses rives. Il atteignit sans encombre l'escalier en bois qui permettait de rejoindre le pont de Bercy : nulle trace de poursuivant derrière lui. Il prit ensuite la direction de la Bastille et se fondit parmi la foule qui sortait des théâtres.

8

Le lendemain, à onze heures précises, Jules toquait à la porte capitonnée du patron du *Populaire*. Autour de lui, le vacarme des presses à vapeur évoquait une immense salle des machines, saturée d'encre et de papier.

— Ouvert ! cria une voix autoritaire.

Il pénétra dans le bureau où Félix se tenait déjà en compagnie de deux autres personnes.

— C'est Jules Verne, l'ami dont je vous ai parlé.

Le plus âgé, qui devait être Lucien Morcel, esquissa un geste de bienvenue.

— Parfait ! Vous êtes ponctuel, c'est appréciable.

Puis il se tourna vers son collaborateur.

— Merci pour ces précisions, Froment, je vous appellerai si j'ai besoin de vous.

Le dénommé Froment se retira sans un mot tandis que Lucien Morcel invitait Jules à s'avancer.

— Venez, n'ayez pas peur. Montagnon m'a dit combien votre aide lui était précieuse. Notre succès est donc aussi un peu le vôtre, regardez…

Il déplia la une du *Populaire*.

— *Après Will Gordon, l'assassin frappe à nouveau au Pré-Saint-Gervais*. La première édition s'est arrachée avant dix heures. Les bibliothèques de gares et les marchands de vin ont été pris d'assaut. Quant aux crieurs, vous avez dû les apercevoir au pied de l'immeuble, ils piétinent en attendant de nouveaux exemplaires. Si tout va bien, nous dépasserons les quarante mille aujourd'hui. Et ce n'est qu'un début ! Prenez un siège, je vous en prie.

Jules s'installa dans le fauteuil crapaud à la droite de Félix. Lucien Morcel avait la cinquantaine passée, un embonpoint naissant, mais le souci évident de son apparence : il portait un costume blanc immaculé avec un long nœud papillon noir qui lui barrait le col et un lorgnon doré qui pendait négligemment sur son revers. Il avait des traits allongés de fouine, une mèche brune comme une virgule sur le front et des yeux rapprochés dont l'un louchait nettement vers l'intérieur. Malgré ces défauts marqués, il émanait de son visage une force et une énergie peu communes.

— Vous êtes parent avec les banquiers Vernes ? demanda-t-il tout à trac.

Jules avala sa salive et se donna le temps de répondre. Il avait à cela deux bonnes raisons au moins... La première, s'assurer que son nerf facial n'allait pas le lâcher : il s'était réveillé le matin sans plus aucune douleur, mais avec de petits boutons rouges de la base du cou au menton – une réaction à la strychnine dont il s'était abondamment frotté ? Restait à savoir si cette rémission était durable. Par ailleurs, il se voyait mal avouer que quelques années plus tôt, à l'instigation de son père, il avait cherché un lien généalogique avec la famille Vernes, dans l'espoir d'obtenir recommandation ou un emploi – c'était l'époque où son père voulait encore croire qu'il choisirait un métier convenable. Cette tentative pour se raccrocher à l'arbre des banquiers s'était heureusement soldée par un échec.

— Parent avec les banquiers Vernes ? Pas que je sache, non.

Une réponse impeccable, avec tout ce qu'il fallait de syllabes, dans l'ordre et clairement audibles.

— Dommage, soupira Lucien Morcel. J'ai plein de projets pour le journal : des planches en couleur, davantage de faits divers, un format plus commode… Le public est mûr, il n'y a qu'à voir comme il se jette sur ces crimes. Nous pourrions tirer à cent mille exemplaires en trois mois ! Mais à un sou le numéro, il me faut l'appui d'une banque. Baste ! n'y pensons plus, les Vernes ne savent pas ce qu'ils perdent !

Il s'assit à son bureau, disparaissant presque derrière une montagne de livres et de papiers.

— Revenons à ces meurtres. Montagnon m'a exposé les faits et il prétend que vous saurez leur trouver plus de sens que n'importe qui. Vous avez une idée sur le ou les auteurs ?

— Pas directement, non. Mais j'ai beaucoup réfléchi depuis hier, en particulier sur le dernier crime et sur cet appareil de Daguerre.

— Montagnon m'a montré la plaque, en effet. C'est moi qui lui ai conseillé de ne pas en faire état dans son article, pour éviter que la brigade ne vienne fourrer son nez chez nous. De toute manière, cette plaque est inutilisable.

— Il n'empêche que le tueur l'a laissée sur place, observa Jules. Il a pris la peine de disposer le cadavre de manière à le photographier et, cependant, il a abandonné le contenu de l'appareil.

— On a pu le surprendre durant son manège, vous ne croyez pas ? Il suffit que quelqu'un soit entré dans l'atelier au mauvais moment et il aura été contraint de s'enfuir.

— C'est toujours possible. Encore que le visiteur en question aurait sans doute remarqué le corps et averti la police. Ce qui ne s'est pas produit. Il y a donc de sérieuses chances pour que l'assassin n'ait pas été dérangé du tout. Surtout un 15 Août. Et s'il n'a pas été dérangé, c'est qu'il a délibérément laissé la plaque dans la chambre noire.

— Mais pour quelle raison ? s'étonna Morcel. Photographier sa victime est une aberration en soi. Se désintéresser ensuite du résultat est une absurdité !

— Pour quelqu'un d'ordinaire, sans doute. Imaginons pourtant que je sois arrivé là-bas dix ou vingt minutes après le drame. Les sels d'argent n'auraient pas eu le temps de noircir au soleil, ou pas complètement : une empreinte aurait subsisté sur la plaque.

— L'image du cadavre, oui, et après ?

— Peut-être du cadavre ou peut-être d'autre chose. En l'occurrence, l'image ne pouvait être identifiée qu'à condition de découvrir rapidement le crime. Disons une demi-heure maximum après qu'il a été commis. Ensuite, l'impression commençait à disparaître.

Jules avança alors l'argument qu'il avait retourné dans sa tête toute la nuit.

— Il y a là selon moi comme un pied de nez volontaire aux autorités. Car de deux choses l'une : ou bien la police se montrait assez efficace pour sauver le daguerréotype – récupérant du même coup un élément crucial de son enquête – ou bien elle arrivait trop tard et devait admettre son échec. Ce qui nous ramène indirectement au meurtre de Gordon…

— Je ne vous suis plus.

— Félix et moi discutions de ce point l'autre soir. Pourquoi avoir décidé de tuer le médium à l'issue d'une séance publique, alors que les participants étaient encore dans l'escalier ? Et qu'un inspecteur – mais le meurtrier l'ignorait-il vraiment ? – se dissimulait dans l'assistance ? N'est-ce pas un camouflet terrible pour notre police, pour la brigade de sûreté en particulier ? Et l'occasion pour un tueur vaniteux de montrer son audace ? Ces deux bizarreries que constituent le premier meurtre et l'oubli de la plaque sont explicables si l'assassin se plaît à braver la police.

Morcel fixait Jules avec une étrange acuité – ou, plutôt, son œil droit le fixait, le gauche se perdant quelque part sur le bras du fauteuil.

— Intéressant, murmura-t-il enfin. Montagnon m'avait vanté votre imagination, mais… Un genre de défi lancé aux autorités, c'est ce que vous pensez ? Pourquoi pas. Ces meurtres en eux-mêmes sont déjà peu ordinaires. Et l'hypothèse en tout cas devrait séduire nos lecteurs. Retenez l'idée, Montagnon, il y a matière à articles. D'autres points communs entre ces meurtres ?

Les soixante francs de commission s'annonçaient plutôt bien. Jules poursuivit, en s'efforçant de ne rien laisser paraître :

— Oui. Gordon était médium et se fournissait chez Dandrieu pour ses représentations. Lui et l'ébéniste appartenaient donc à la mouvance spirite. Or, qui dit spiritisme, dit aussi voyance, double vue, capacité d'appréhender l'invisible et l'au-delà. Ce n'est évidemment pas un hasard si tous les deux sont morts d'une balle dans chaque œil…

— Et que faites-vous des faux billets dans la sacoche du médium ?

— Gordon était probablement lié à ce trafic. À moins que, par une habileté suprême, l'assassin n'ait rempli le sac de faux billets pour égarer la police. Après tout, cela ne déparerait pas le personnage.

— Si je puis me permettre, intervint Félix, il me semble que ce portrait du tueur correspond trait pour trait au marquis de Servadac. Qui a les hommes de main nécessaires pour mener à bien ces meurtres ? Qui est assez pervers pour les concevoir et les mettre à exécution ? Qui s'est maintes fois heurté à la police par le passé et se réjouirait sans doute de la ridiculiser ? Qui enfin aurait des raisons d'éliminer un spirite ? Gordon menaçait peut-être de révéler ce qui se tramait à l'intérieur du donjon. Peut-être même s'en était-il ouvert à l'ébéniste Dandrieu ? N'oublions pas sur quoi nous sommes tombés dans le pavillon gothique !

Lucien Morcel se leva et fit quelques pas vers la fenêtre, comme s'il réfléchissait déjà à sa prochaine une :
Le marquis de Servadac, suspect numéro un !

— Quel est votre sentiment, Verne ?

— Je pense que Servadac est très capable d'avoir commis ces crimes. Il en a les moyens et la malignité. Et, quelle que soit la nature de ses expériences, elles prouvent qu'il n'est pas aussi faible et détaché de la vie qu'il veut bien le prétendre.

— Servadac est un gros poisson, tempéra Morcel. Dangereux, qui plus est. Si *Le Populaire* évoque son laboratoire secret, il accusera Montagnon de s'être introduit chez lui. Et il n'aura pas tort. Il nous intentera un procès et, vu ses relations, il obtiendra la saisie du journal. Au moins provisoirement. Tant que nous n'aurons pas de preuves plus concrètes contre lui, nous nous garderons donc de l'attaquer. Continuez votre enquête et…

Il se figea soudain en apercevant quelque chose par la fenêtre.

— Des sergents de ville… Ils viennent ici. La police a lu le *Populaire*, on dirait !

Il chaussa ses lorgnons et montra la porte.

— Sortez par-derrière, vite, vous éviterez de les croiser. Moi, je leur servirai une histoire à ma façon. Pour le reste, Montagnon, je compte sur vous : allez à la morgue comme convenu, puis à l'enterrement du médium. Je vous dépêcherai un messager si nécessaire.

Les deux jeunes gens quittèrent le bureau aussitôt. Ils traversèrent la salle de fabrication où les presses mécaniques continuaient à cracher feuille sur feuille et rejoignirent en courant l'escalier de service. Un étage plus bas, à l'arrière de l'immeuble, une équipe de crieurs faisait les cent pas, attendant la nouvelle livraison du journal.

— Eh ! Montagnon ! l'apostropha un gamin avec une bouille hilare. T'as pas dix exemplaires pour moi ?

— Ça vient, ça vient, répondit le journaliste.

— Une petite pièce, alors ? C'est que tu vas être célèbre maintenant !

Sans s'arrêter, Félix et Jules remontèrent la rue des Deux-Anges et obliquèrent vers la Seine par les Petits-Augustins. Contrairement à ses concurrents, *Le Populaire* n'avait pas installé son siège rive droite, sur le boulevard Montmartre, mais rive gauche, côté Saint-Germain-des-Prés. Lucien Morcel y perdait en prestige mais se rattrapait sur le bail et sur la tranquillité, répétant à l'envi qu'il s'y sentait plus à l'aise et plus libre. Jusqu'à aujourd'hui du moins…

— On enterre Gordon ? demanda Jules, tandis qu'ils fendaient la petite foule d'étudiants qui sortait des Beaux-Arts.

— À cinq heures cet après-midi, au Père-Lachaise, oui. La police s'en débarrasse avant que Victoria n'arrive, on ne sait jamais. Et puis, avec cette chaleur…

— Tu es censé porter une gerbe ?

— Non, on se tiendra à l'écart. L'occasion est trop belle de voir ensemble les gens qui fréquentaient Gordon. Quitte à en interroger quelques-uns plus tard.

— Servadac y sera ?

— Aucune idée. Mais si c'est ce qui t'inquiète, ajouta-t-il avec malice, le Père-Lachaise est interdit aux dogues d'un mètre cinquante de haut…

Jules le gratifia d'une grande bourrade dans le dos.

— Fais le malin ! Je te rappelle que ta brillante expédition d'hier a failli tourner au désastre !

— On s'en est sortis et ça valait la peine, non ? Tu ne peux pas passer tes journées chez toi à attendre la gloire derrière ta table, la plume à la main ! Il y a la vie, aussi, le monde !

Vieille rengaine de Félix lorsqu'il souhaitait traîner son ami quelque part ou lorsque, après une soirée décevante, il faisait mine de se justifier. Jules estimait d'ailleurs qu'il n'avait pas tout à fait tort.

— Et pourquoi doit-on se rendre à la morgue ?

Ils débouchaient à cet instant devant la bibliothèque Mazarine. La rue sur le quai était encombrée de voitures et le trottoir était plein de flâneurs qui déambulaient sous le chaud soleil de midi. Félix dut hausser la voix pour couvrir le martèlement des roues sur le pavé.

— À cause des casquettes et des blouses violettes : les deux hommes que tu as repérés hier à l'atelier Dandrieu.

— Ceux qui ont découvert le corps de l'ébéniste ? Ils travaillent à la morgue ?

— C'est plausible. Depuis trois mois, le personnel a ce genre d'uniforme. De quoi rendre l'institution plus présentable après les problèmes qu'il y a eu.

— Quels problèmes ?

— Un scandale qui a été plus ou moins étouffé, mais dont l'un de nos journalistes a eu vent. Froment, celui qui était dans le bureau de Lucien Morcel tout à l'heure.

— Un scandale à la morgue !

— Détournement de cadavres, rien de moins. En tout cas, c'est ce que Froment suppose. D'après lui, ça a commencé l'été dernier, avec l'épidémie de choléra. Jusqu'à cinquante morts par jour, dont quelques-uns qui finissaient allongés sur le marbre sans personne pour les réclamer. Certains employés de la morgue ont alors eu l'idée de les vendre. À des étudiants en médecine, probablement. Un macchabée par-ci, un macchabée par-là… Sur le nombre, ils ne prenaient pas grand risque. Et puis, quand l'épidémie est retombée, ils ont continué, mais plus discrètement. À cinquante francs pièce, c'est un joli morceau de lard dans la soupe ! Sauf qu'au mois de mai un contrôleur tatillon a relevé des anomalies. L'un des garçons morgueurs a avoué et il a tout pris sur lui. Les autres ont été blanchis. Le greffier a été renvoyé et l'administration a durci ses règles : pour chaque cadavre non réclamé, c'est le préfet et lui seul qui délivre désormais le permis d'inhumer. Fin du trafic. Mais, selon Froment, il est impossible que d'autres garçons morgueurs n'aient pas été au courant. Si ça se trouve, tes deux types en font partie.

— Moret... Moret et Boucheron, si je me souviens bien.

— Apparemment, ils venaient chercher Dandrieu hier après-midi, non ?

— Tu veux dire que Dandrieu serait aussi garçon morgueur ?

— Si son atelier vivotait, il pouvait vouloir compléter ses revenus ailleurs.

— Y compris en trafiquant des cadavres ?

— C'est ce qu'on va vérifier.

La morgue de Paris se trouvait à cinq minutes de là, sur l'île de la Cité, après le pont Saint-Michel. C'était une ancienne boucherie réaménagée en imposant tombeau grec, qui d'un côté donnait sur la Seine – pour faciliter le transport des dépouilles – et de l'autre s'ouvrait sur la rue du Marché-Neuf. C'était aussi un lieu de promenade prisé, puisque n'importe qui pouvait venir identifier un cadavre de sa connaissance. À en juger par le nombre de ceux qui chuchotaient dans le vestibule, une proportion inattendue de Parisiens comptait des disparus parmi ses proches... Tous ces visiteurs se massaient avidement sur la gauche, derrière les trois grandes baies vitrées qui dominaient la salle d'exposition. Là, une dizaine de tables en marbre noir, garnies d'un petit oreiller et légèrement inclinées pour la commodité de vue, accueillaient les malheureux défunts en quête d'identité.

L'offre du jour était pourtant réduite : seulement deux corps de noyés, nus, à l'exception du linge qui leur couvrait le sexe – ce qui, semblait-il, ne décourageait pas les commentaires. Leurs pauvres habits étaient pendus à des crochets au-dessus d'eux, pantalons souillés et chemises délavées, chaussures déformées par l'eau ou l'usure du temps. Le mince filet de liquide qui leur coulait sur le front ne suffisait pas à ralentir le travail des chairs : malgré l'épaisseur du verre, une odeur de décomposition un peu sure flottait dans le bâtiment.

— À se demander de quel côté de la vitre l'homme est le plus pitoyable, murmura Jules.

Ils se dirigèrent ensuite vers une porte où était écrit en grosses lettres : BUREAU DU GREFFIER-DIRECTEUR. Sur le mur, un avis aux familles précisait que, pour les disparitions plus anciennes, on pouvait toujours consulter les registres. Félix frappa deux fois. Après un moment, la porte s'ouvrit, et, au lieu d'un fonctionnaire à la mise austère, ils trouvèrent l'un des garçons morgueurs de la veille, vêtu d'un violet du plus bel effet.

— Monsieur le directeur…, commença Félix.

— Le directeur mange, le coupa Moret, le trapu avec les cheveux en bataille. Repassez d'ici une heure.

Il s'apprêtait à leur refermer la porte au nez, mais Félix lui glissa un billet.

— C'est que nous sommes pressés : nous repartons ce soir pour la province. Si vous aviez l'amabilité de nous recevoir ne serait-ce qu'un instant.

Le garçon morgueur hésita, puis empocha l'argent d'un geste vif. Il s'effaça pour leur permettre d'entrer. Jules nota qu'il avait les manches retroussées et que ses mains dégoulinaient d'eau.

— Rapide, alors. Je suis au lavoir et le vieux, là-bas, y sent déjà pas bon. Ce serait pour quoi ?

— Nous cherchons une amie de notre mère, une nommée Jeanne Rossignol. Nous devions lui amener un paquet, mais elle n'est pas chez elle et ses voisins affirment qu'ils ne l'ont pas vue depuis le printemps. Nous avons fait forcer son verrou, toutes ses affaires sont là, mais elle a bel et bien disparu. En désespoir de cause, nous nous demandons si…

Sa voix mourut sur les derniers mots de manière assez convaincante.

— C'était quel genre ?

— Une dame de soixante ans, les cheveux blancs, les yeux bleus, un gros grain de beauté sur la joue.

— Depuis le printemps, vous dites ? Ça me rappelle rien, mais il en passe tellement. C'était quel mois ?

— Avril, je pense.

Le front du garçon morgueur se rembrunit.

— Avril, on n'a plus les registres.

Jules vola au secours de Félix.

— Déjà l'an dernier, elle n'avait plus toute sa tête. Elle a pu se perdre, trouver refuge dans un asile quelconque et décéder ensuite.

L'employé fit signe qu'il comprenait : derrière ses allures un peu rugueuses, il n'avait rien d'un imbécile.

— Ce qui y a, c'est que je peux pas vous laisser seuls dans le bureau. Et de toute façon, dans dix minutes, je ferme. D'ici là, si vous craignez pas les morts, vous avez qu'à venir avec moi au lavoir. Les registres sont là-bas sur l'étagère.

Félix et Jules saisirent chacun l'un des deux gros volumes marqués respectivement « Mai-juin 1855 » et « Juillet-août 1855 ». Ils suivirent le morgueur dans la pièce voisine, une salle d'eau carrelée de blanc, avec deux larges éviers d'où partaient des tuyaux souples fixés sur les robinets. Une charrette à bras tout en longueur reposait sur l'un de ces éviers et la poitrine d'un vieillard en émergeait, sa tête reposant au fond du bac.

— Excusez l'odeur, mais dès qu'on ouvre la fenêtre, y a les mouches.

Jules détourna les yeux et s'assit sur une chaise crasseuse en tentant de respirer le moins possible. Il prit le registre à la première page et se mit à le parcourir en diagonale. Des suites de dates avec des descriptions physiques, des vêtements, des âges approximatifs, des lieux de découverte des corps, des causes probables de décès. Deux fois sur trois, un nom était porté dans la colonne de droite avec la mention : « reconnu ». En dessous, l'adresse de la famille et le cimetière où le défunt était enterré. Pour le tiers environ qui restait anonyme, seuls figuraient le numéro du permis d'inhumer et une inscription, toujours la même : « Cimetière de l'Est, 83e ».

Le morgueur, quant à lui, ne paraissait pas mécontent de la visite. Il nettoyait le cadavre à grande eau, mais sans brutalité, avec une espèce d'attention aimante, comme on l'aurait fait pour un enfant.

— Pour lui, c'en est fini des problèmes, philosophait-il tout haut. Il a eu son content de tristesse. Sous le pont Royal on l'a ramassé. M'est avis que son cœur s'est laissé aller parce qu'il était fatigué de battre pour pas grand-chose. On peut être miséreux et pas aimer la misère, vous croyez pas ?

— Je peux vous poser une question ? essaya Félix. Il y a plus d'hommes que de femmes sur vos listes…

— Une femme pour cinq hommes, c'est le rapport. Chez les noyés surtout. Les femmes, elles crient qu'elles se jettent à l'eau, mais les hommes, ils sautent. Pour les enfants, par contre, y a pas de différence.

— Vous récupérez des enfants ?

— Un par semaine, ou quasiment. Des avortons surtout, des même-pas-nés. Des nourrissons, aussi, mais moins.

— Et des morts violentes, des gens tués avec des armes à feu par exemple, vous en recevez ?

— Bien sûr ! Pas des bons gars, en général, des qui ont ce qu'ils méritent. Ou certains qui ont pas eu de chance, ça dépend.

— Récemment, ça s'est produit ?

Le garçon morgueur attrapa un torchon gris pour essuyer le buste ruisselant du vieillard.

— Ouais. Mais c'était pas un perdu. Un gars de chez nous, plutôt.

— Quelqu'un qui travaillait à la morgue ?

L'autre se retourna, l'air méfiant.

— C'est des histoires pour la police et c'est pas ça qui vous aidera à retrouver votre dame. Et puis c'est l'heure que je termine.

Félix paraissait sur le point de renoncer, persuadé sans doute qu'il n'en apprendrait pas davantage, lorsque Jules le vit subitement pâlir. Le journaliste se replongea dans le registre, comme s'il venait d'y découvrir une information capitale. Puis il s'adressa de nouveau au morgueur.

— Une dernière chose, juste par curiosité. Que signifie donc : « Cimetière de l'Est, 83e » ?

— Le cimetière de l'Est, expliqua Moret, c'est le Père-Lachaise. Et la 83e division, c'est la fosse commune. Là où on enterre les cadavres qui ont pas de nom. L'administration fournit les cercueils et le fossoyeur les empile.

— Et la 79e division ?

— La 79e division, c'est la catégorie au-dessus. Le carré des pauvres, pour ainsi dire, ceux qui ont à peine de quoi payer la sépulture. On les a mis là parce que c'est tout près de la fosse commune et qu'on voulait pas les mélanger avec les jolies tombes du cimetière. Dans la mort, c'est pareil que dans la vie, y a pas d'égalité.

Pendant que le morgueur replaçait le corps sur la charrette, Félix soumit le registre à Jules.

— Là, souffla-t-il.

Jules se pencha à son tour et lut :

« 17 juillet 1855 : Homme, trente ans env., brun, yeux bleus, bonne santé, pantalon et chemise toile coton beige, sandales cuir, trouvé canal Saint-Martin niveau rue d'Angoulême, trois coups de couteau au ventre. »

Et dans la colonne de droite :

« Reconnu le 20 juillet. Nom : Dandrieu Edmond. Famille : Dandrieu Louis, fossé Béco, Pré-Saint-Gervais. Cimetière de l'Est, 79e. »

9

— Fameux hasard, non ? lança Félix dès qu'ils se retrouvèrent sur le quai du Marché-Neuf. Deux mois à peine avant d'être assassiné, l'ébéniste avait déjà eu un fils ou un cousin ou un je-ne-sais-quoi qui s'était fait trucider. Trois coups de couteau et au canal ! Ça donne une idée des loisirs de la famille !

— Possible, fit Jules, qui ne partageait pas ce point de vue. Tu as eu raison en tout cas de poser la question du cimetière : on profitera des obsèques de Gordon pour visiter la 79ᵉ division. La pierre tombale nous renseignera peut-être sur les Dandrieu.

— Tu penses qu'il y a un lien entre ces meurtres ?

— Trois coups de couteau et deux balles dans les yeux, ce n'est pas tout à fait pareil. Je doute qu'il s'agisse du même meurtrier et encore moins du même mobile. D'un autre côté, c'est un indice supplémentaire sur les fréquentations de l'ébéniste.

En réalité, Jules avait une deuxième hypothèse, mais il ne tenait pas pour l'instant à subir les objections de Félix : on verrait bien au Père-Lachaise.

— Tout ça m'a donné faim, s'exclama le journaliste, mi-sincère, mi-provocateur. Je connais un gentil restaurant derrière Notre-Dame, pas trop cher et roboratif. C'est moi qui t'invite.

Ils s'enfoncèrent dans l'île de la Cité en direction de Notre-Dame. Jules n'avait jamais compris comment on pouvait laisser à ce point le cœur de Paris à l'abandon : les immeubles étaient décrépis, lézardés, certains toits s'effondraient de l'intérieur et d'autres s'effritaient par morceaux sur les passants. Les ruelles étaient pour la plupart immondes, de vrais coupe-gorge, avec leurs étages proches à se toucher et leurs caniveaux malodorants où serpentait une eau grasse. Il se souvenait de la nuit du 26 janvier, quand Félix et lui s'étaient rendus en pèlerinage rue de la Vieille-Lanterne, là où Gérard de Nerval venait de se pendre. Le froid était glacial, la bise leur sifflait méchamment aux oreilles et ils avaient cherché refuge dans l'un de ces tapis-francs de la Cité qu'affectionnait tant le poète. Le bouge était rempli de silhouettes improbables, de trognes avinées et de dos tordus, de conversations sournoises et de clins d'œil inquiétants. Au lieu de gloser un verre à la main sur *Les Chimères* ou *Les Filles du feu* comme ils en avaient l'intention, ils avaient avalé leur absinthe en vitesse et déguerpi aussi sec, se retournant de temps en temps pour s'assurer qu'on ne les suivait pas. N'était pas Gérard de Nerval qui voulait…

Et même aujourd'hui, inondé de lumière, le quartier restait noir et repoussant, une immense flaque de boue au pied de Notre-Dame. Par bonheur, cela ne dissuadait pas les curieux de venir admirer la cathédrale : quelques dizaines de touristes arpentaient le parvis le nez en l'air, au milieu de saltimbanques qui jouaient avec des torches et de marchands de camelote à trois sous. Parmi eux, un vieux photographe ambulant s'agitait en criant : « Portraits à la seconde ! Le meilleur souvenir de Paris ! Vous et Notre-Dame ! » Il poussait devant lui une brouette recouverte d'une armature en toile qui contenait son attirail. Dès qu'il avisa Jules et Félix, il se précipita à leur rencontre.

— Mes beaux jeunes gens, un portrait ? Trois secondes de pose, le résultat en moins de quinze minutes !

Félix l'écarta d'un revers de la main.

— Merci, nous allons déjeuner.

— Pour vous, trois francs seulement ! Cinq si vous m'en prenez deux !

Il était tout rouge, suant et soufflant sous sa barbe en broussaille et ses cheveux ébouriffés.

— Vous préférez le confort d'un atelier, c'est ça ? continua-t-il.

Il leur tendit deux morceaux de papier découpés.

— Prenez, ce sont des réductions pour le studio Pelladan. Oui, le grand studio Pelladan ! Vous ne les perdrez pas, hein ?

Jules était sur le point de passer son chemin, lorsqu'un détail lui sauta au visage : l'appareil de photographie sur la charrette était muni d'un petit cache en cuivre pour protéger l'objectif. Un cache qui lui rappela aussitôt l'espèce de couvercle métallique trouvé près du corps de Gordon la nuit du meurtre. Il s'arrêta net.

— Excusez-moi, je peux regarder votre appareil ?

— Ah ! l'appareil, bien sûr, le jeune monsieur est connaisseur. C'est un modèle à soufflet avec un excellent recul.

— Et l'objectif ?

Le photographe dévissa le cache.

— Un Petzval amélioré avec une double lentille de ma fabrication. D'une parfaite luminosité et d'une rigoureuse précision, vous ne serez pas déçu !

— Permettez ?

Jules lui emprunta le cache tandis que Félix revenait sur ses pas.

— Qu'est-ce qu'il y a ?

— La même taille, observa Jules, le même filetage. C'est exactement ce qu'il y avait sous la table l'autre soir. Un cache pour appareil photographique !

— Tu veux dire l'objet ramassé par l'inspecteur Lafosse, celui dont il ignorait la provenance ?

Au seul mot d'inspecteur, le vieil homme reprit son bien des mains de Jules.

— Je ne sais pas ce que vous cherchez, mes beaux seigneurs, mais si vous ne voulez pas de mes portraits, d'autres amateurs s'impatientent.

Félix prit sa décision très vite.

— Je vous les paie, vos portraits, et sans que vous vous donniez la peine de les faire. Si du moins vous acceptez de répondre à quelques questions.

— Des questions ? fit le photographe. Mais le temps que j'y réponde, mon bon monsieur, tous mes clients auront déserté le parvis ! Il faudra que je les piste au Louvre, aux Tuileries ou je ne sais où. Mon repas sera perdu et mon estomac pleurera misère jusqu'au dîner !

La ficelle était grossière et Jules estima le bonhomme culotté. À sa grande surprise, Félix ne prit pas la mouche.

— S'il n'y a que cela, vous êtes notre invité. L'Auberge des Deux-Tours, ça vous convient ?

Jules avait rarement vu quelqu'un manger avec autant de gloutonnerie. Émile, puisque c'était le nom du photographe, absorbait avec une égale voracité tout ce qu'on lui présentait : olives farcies aux anchois, galantine de gibier, langue de bœuf fourrée, selle d'agneau aux pois, tranche de melon, compote de poires grillées accompagnée de brioche et, pour glisser, quatre verres de vin de Mâcon. Le tout à deux francs quarante, Félix ayant royalement opté pour le plus copieux des menus – cela non plus ne laissait pas d'étonner Jules. Entre chaque plat – plutôt qu'entre deux bouchées, où l'intervalle était trop court –, Émile expliqua qu'il travaillait pour Pelladan, l'un des plus gros studios de Paris, situé sur le boulevard des Italiens. Avec trois autres commis photographes et en fonction de l'ensoleillement, il était chargé d'écumer les lieux touristiques ou de s'occuper des tirages à l'atelier. Le soir, il tenait une baraque de photos exotiques sur le Champ-de-Mars, et, avec l'Exposition universelle, il lui arrivait aussi de surveiller le comptoir Pelladan au palais de l'Industrie. Tenir un tel emploi du temps nécessitait de prendre des forces !

Quand vint le moment des liqueurs et qu'il le sentit plus en confiance, Félix passa aux choses sérieuses.

— Vous l'avez sans doute remarqué, mon ami et moi nous intéressions tout à l'heure au cache en cuivre de votre appareil.

— Cela ne m'a pas échappé, en effet.

— Nous aimerions savoir s'il est facile de s'en procurer, et où ?

Émile se recula de la table pour se donner un peu d'aise.

— À ma connaissance, on ne les vend pas au détail. Il vous en coûtera le prix de l'appareil.

— C'est-à-dire ?

— Pas moins de deux cents francs chez un opticien, et encore, avec des lentilles ordinaires.

— C'est une somme… Beaucoup de gens en achètent ?

— Les particuliers choisissent en général des modèles plus économiques. Mais tous les ateliers qui tiennent à satisfaire leur clientèle en disposent. Des appareils comme le mien, voire de plus chers encore. Celui qu'emploie M. Pelladan en vaut près de mille.

— Et combien y a-t-il d'ateliers sur Paris ?

— Il s'en ouvre chaque semaine. Tout le monde veut avoir son portrait, les bourgeois comme les ouvriers. L'immortalité pour quelques sous, qui n'en a pas rêvé ? Et avec les progrès qui s'annoncent, cela ne risque pas de faiblir : on doit compter déjà plus de cent studios dans la capitale.

Une centaine de studios, cela signifiait au moins autant d'appareils et de caches, probablement plus. À quoi il fallait ajouter les riches amateurs que ce genre de dépense n'effrayait pas. Tout recensement paraissait donc impossible. Félix abattit alors sa dernière carte : la plaque que Jules lui avait confiée pour la montrer à Lucien Morcel.

— Que pensez-vous de ceci ?

Émile défit le papier journal et siffla entre ses dents.

— Ma foi, vous l'avez laissée trop cuire !

— Mais encore ?

— Eh bien… C'est un daguerréotype, un quart de plaque à l'ancienne. On les utilise de moins en moins aujourd'hui.

— Pourquoi cela ?

— Disons que les plaques métalliques ont fait leur temps. À l'origine, elles valaient pour leur simplicité :

peu de matériel, peu de manipulation, un rendu satisfaisant bien qu'assez froid à mon goût. Mais elles ont aussi de gros défauts : elles sont fragiles et s'altèrent rapidement à la lumière. Surtout, elles ne sont pas reproductibles. Une prise de vue, un résultat, point final. De nos jours, on leur préfère les plaques en verre enduites au collodion, un mélange à base d'éther et de fulmicoton. Une fois le verre impressionné en négatif dans la chambre obscure, il suffit de le mettre en contact avec un papier sensible et d'exposer le tout au soleil : l'image se reproduit en positif, et à volonté. C'est moins cher, de meilleure qualité, et il suffit d'une séance pour obtenir un grand nombre d'exemplaires.

— Selon vous, poursuivit Félix, on peut encore tirer quelque chose de cette plaque ?

— Quelles ont été les conditions de prise de vue ?

— En plein soleil, à midi. La plaque a dû rester deux heures dans l'appareil.

— Deux heures ! Vous parlez d'une insolation ! Et quel sujet pouvait bien mériter ce temps de pose ?

— Voilà justement ce que nous ignorons.

Émile picora du doigt les dernières miettes sur la table.

— Si je comprends bien, vous voudriez savoir ce qu'il y avait sur cette plaque ?

— En quelque sorte.

— Sauf qu'après deux heures d'exposition, retrouver une empreinte tiendrait du miracle !

— Et vous seriez capable de ce miracle ?

Émile hésita.

— Le studio Pelladan est connu pour ses techniques très sûres de développement, je ne le nie pas. On pourrait procéder par vapeurs et par bains successifs. Mais cela reste aléatoire. Et, de toute façon, mon patron ne m'autorisera pas à utiliser son matériel pour autre chose qu'une commande de l'atelier.

Félix eut une mimique entendue.

— Rien ne vous oblige à le prévenir, je vous dédommagerai en conséquence : dix francs pour l'essai, vingt francs si vous réussissez.

La lèvre inférieure du vieil homme se mit à trembler.

— C'est que je risque tout de même de perdre ma place !

—Trente francs tout rond et vous m'informez demain de vos progrès, ça vous va ?

L'offre acheva de balayer les scrupules du photographe. Son visage s'épanouit et il tendit sa main bien ouverte.

— Marché conclu !

C'était un curieux endroit que le Père-Lachaise. Pas vraiment dans la ville mais pas en dehors non plus, un grand parc arboré avec ses écureuils et ses oiseaux, et, de-ci, de-là, alignées comme à l'école ou à l'écart dans un bosquet, ses tombes et ses sculptures. Le cimetière de l'Est avait ouvert ses portes cinquante ans plus tôt et connut un engouement spectaculaire dès lors qu'on y fit transporter quatre corps illustres : Molière et La Fontaine, Héloïse et Abélard, venus rejoindre sous les charmilles un détachement de maréchaux. Il devint alors du dernier chic d'y bâtir sa sépulture et la bonne société parisienne s'empressa d'investir les lieux – peut-être plus rapidement qu'elle ne l'aurait voulu, vu les ravages du choléra…

Si l'on ne disposait pas des milliers de francs nécessaires à l'achat d'une concession perpétuelle, si l'on désirait malgré tout jouir après sa mort du bon air de

Charonne, il ne restait que la partie humble du Père-Lachaise, celle située tout à fait au nord-ouest, dans l'extension de 1850. Il fallut d'ailleurs aux deux jeunes gens un gros quart d'heure pour la rejoindre, le temps de traverser entièrement la nécropole, de monter la butte du Mont-Louis et de dénicher le coin des pauvres. Il est vrai que les divisons 83 et 79 ne payaient pas de mine : des allées platement géométriques, pas de végétation ou presque, aucun ornement. La fosse commune ressemblait à n'importe quel carré de terre fraîchement retournée et les tombes voisines étaient réduites au minimum. Une dalle en pierre, un nom gravé, au mieux, une croix. Jules et Félix passèrent chacune d'elles en revue, triste litanie de destins oubliés : « Maxime Charmant, 1798-1852 » ; « Henri Lavigne, 1809-1851 » ; « Adrienne Vasseur, 1801-1854 » ; « Héloïse Gauchet, 1828-1854 » – celle-là était née la même année que Jules, ce qui lui donna le frisson. Etc.

Au bout d'une demi-heure de cette macabre recension, il fallut se rendre à l'évidence : il n'y avait aucune trace d'Edmond Dandrieu.

— C'est incroyable ! s'énerva Félix. Le garçon morgueur a dû se tromper !

— C'était inscrit sur le registre, rétorqua Jules. Mais dans un sens, cela ne me surprend guère. Il n'y a probablement jamais eu d'Edmond Dandrieu…

— Quoi ?

Jules retira sa veste et remonta ses manches en s'assurant que personne ne les écoutait. Il n'y avait dans le lointain que des bruits de marteaux, sans doute les ouvriers qu'ils avaient croisés tout à l'heure sur le mur d'enceinte.

— Nous savons déjà qu'il y a eu détournement de cadavres à la morgue, n'est-ce pas ? Nous savons aussi que le scandale a été découvert et que, depuis le printemps, des mesures ont été prises : c'est désormais le préfet qui délivre seul les permis d'inhumer pour les morts anonymes.

— Je sais tout cela, c'est moi qui te l'ai appris !

— Alors tu sais l'essentiel : Edmond Dandrieu n'était pas un mort anonyme.

— Forcément, puisque l'ébéniste l'a reconnu ! Mais je ne vois pas en quoi…

— Détrompe-toi ! Un corps identifié est rendu à sa famille, à charge pour elle d'assumer les formalités et l'enterrement. Or, avec ces nouvelles directives, il devient d'une certaine manière plus facile d'escamoter un mort reconnu qu'un mort anonyme : on évite l'intervention du préfet.

— Tu veux dire qu'Edmond Dandrieu n'aurait aucune parenté avec l'ébéniste ? Qu'il ne serait même pas un Dandrieu ?

— C'est probable. L'ébéniste ne l'a demandé que pour mieux le revendre. Souviens-toi des indications du registre : le corps a été conduit à la morgue le 17 juillet et Dandrieu l'a réclamé le 20. Trois jours pour reconnaître un membre de sa propre famille, il ne faut pas être physionomiste ! En réalité, c'est quand il a été sûr que personne ne s'intéresserait au cadavre qu'il se l'est approprié. Et pour ce qui est de la tombe, il se l'est économisée : il n'imaginait pas qu'on comparerait un jour le livre de morgue aux sépultures du Père-Lachaise !

— Mais c'est pire que tout ! Une fausse identité et pas de funérailles ! En plus, ce n'est pas le genre d'opération qu'on peut répéter trop souvent…

— Sauf à prétendre que la moitié des Dandrieu finissent dans la Seine ! Non, c'est exclu, évidemment. Il faut donc voir le pseudo-Edmond comme une véritable exception. Or je doute que l'ébéniste ait accepté de laisser son nom sur le registre pour quarante ou cinquante francs. On a dû lui proposer beaucoup plus.

— Tu as une idée en tête ?

Ils revenaient en allongeant le pas vers le cœur du cimetière, impatients de retrouver la fraîcheur des tilleuls et des noyers. Jules était partagé.

— Je me demande, en fait, si tu n'as pas vu juste, soupira-t-il.

— À quel sujet ?

— Servadac. Qu'est-ce qu'il peut bien trafiquer dans son laboratoire ? De l'électricité, une chaise, un lit… En admettant qu'il mène ses recherches sur l'homme, pourquoi un lit et pas deux chaises ?

Félix se frappa la paume de la main.

— Mais bien sûr, tu as raison ! Il se sert de cadavres pour ses expériences ! C'est lui qui les achète ! D'où le lit ! Et comme depuis le printemps il y a pénurie de corps volés à la morgue, il a chargé Dandrieu de lui en fournir à n'importe quel prix ! Pour finir par l'éliminer, exactement comme il l'a fait avec Gordon !

Le journaliste dut suspendre sa démonstration car ils atteignaient la partie la plus fréquentée du cimetière. Des couples, des familles éplorées, des veuves en noir qui trottinaient sous leur mantille : la ronde des visiteurs du Père-Lachaise. Pour leur part, Félix et Jules s'inclinèrent devant Nerval et Balzac et saluèrent à distance Frédéric Soulié, l'auteur des *Mémoires du Diable*. Puis ils descendirent d'une traite vers le peintre Géricault, avant de chercher, du côté de Chopin, un point haut pour surveiller la division 10, celle où devait avoir lieu l'enterrement du médium. Ils trouvèrent leur bonheur au pied de la statue de Vivant Denon, le savant et diplomate, qui offrait à la fois un paravent convenable et un excellent belvédère.

Ils n'eurent pas très longtemps à attendre : le cortège était à l'heure. Une trentaine de personnes, *clergyman* en tête, suivaient le cercueil porté par deux fossoyeurs. Félix, plus familier du monde, chuchotait ses commentaires.

— Pas de Servadac, le vieux serpent hésite à se montrer. Pas d'imprimeur Batisson non plus, il s'est bel et bien volatilisé, celui-là. Par contre, tu vois la femme un peu forte avec le chapeau à volants ? C'est la tenancière du Cygne rouge, celle qui était hier dans l'antichambre du marquis. Elle est partout, décidément ! Il va devenir urgent de l'interroger, tu ne crois pas ?

Il ajouta, l'œil gourmand.

— Tu ne serais pas pour aller présenter nos hommages vespéraux à ces dames ? Une sorte de sacrifice sur l'autel du journalisme ?

— Désolé, mais Le Cygne rouge est très au-dessus de mes moyens.

— Disons que c'est *Le Populaire* qui régale. Pourvu que tu lui livres quelques détails croustillants, Lucien Morcel se fera un plaisir de te rembourser ! Et d'ici là, je fais l'avance. Tiens, tu vois la jeune femme au fond ? Toute fine avec l'ombrelle noire... Tu lui piques une broche abeille sur la poitrine, on pourrait la confondre avec l'inconnue de la rue Cloche-Perche. Quoique non, se ravisa-t-il, elle est trop grande. Et juste à côté, le nez sur ses chaussures, il y a le conseiller d'État Panaget, un vieil ami de mon père. Je ne le savais pas à ce point admirateur du médium ! Sous le petit frêne à gauche…

Félix meubla ainsi l'éloge funèbre – ils n'en saisissaient que des bribes depuis leur promontoire –, distillant sa chronique informée des us et personnalités spirites, jusqu'au moment où la procession se dispersa. La cérémonie n'avait pas duré vingt minutes et le journaliste était un peu déçu de l'affluence.

— Il aurait dû y avoir trois cents personnes au moins. Tout s'est enchaîné trop vite : les gens n'ont pas été prévenus. Et, à l'inverse, pas un sergent de ville. Cela te paraît normal ?

Ils attendirent cinq minutes de plus, le temps que les fossoyeurs scellent la tombe, puis ils quittèrent leur perchoir pour aller l'observer de plus près. Elle était cernée de couronnes et de fleurs et ne portait aucune inscription, comme si la mort hésitait entre le provisoire et le définitif. Détail lugubre, la dalle mortuaire ne s'emboîtait pas parfaitement sur son socle : elle était posée de guingois, avec un jour d'au moins un demi-centimètre.

— Ils ont bâclé le travail, fit Jules, voilà pourquoi ils ont terminé si vite !

Félix se pencha à son tour et passa son doigt dans l'interstice en hochant négativement la tête.

— C'est tout ce qu'il y a de plus intentionnel, au contraire. Juste de quoi glisser un pied-de-biche et soulever la pierre. Si tu veux mon avis, quelqu'un leur a graissé la patte pour qu'ils laissent le tombeau ouvert. Quelqu'un qui a l'intention de récupérer le corps !

10

Jules n'avait jamais eu l'occasion de fréquenter un établissement aussi prestigieux que Le Cygne rouge. Une fois, après avoir chaperonné son cousin Hilaire – dont c'était la première visite à Paris – de musée en musée et du Panthéon à l'Arc de triomphe, il avait fini de l'épuiser dans une assez bonne maison de Montmartre, à cinq francs le bonheur. Hilaire s'en était retourné dans sa province avec une très haute idée de la capitale. Mais l'immeuble du Cygne rouge était, lui, d'une autre classe et ses habitués d'un autre rang : on était ici rue de la Banque, à deux doigts de la Bourse. Privilège de la fortune, Félix n'eut qu'à se présenter au guichet pour qu'aussitôt s'ouvrent grandes les portes du paradis. Trois voitures de louage étaient garées dans la cour et un majordome en uniforme carmin les conduisit au vestiaire, où ils n'avaient d'ailleurs rien à déposer. Une petite bonne strictement vêtue esquissa un pas vers eux, mais une seconde, qui attendait au pied de l'escalier de marbre, fut plus prompte.

— J'accompagne ces messieurs, Philomène. Préviens la sous-maîtresse que je les emmène au salon vert.

Ils la suivirent jusqu'à l'étage dans l'un de ces nombreux couloirs qui permettaient aux visiteurs de circuler sans jamais se rencontrer. Elle les installa dans un boudoir en forme d'œuf où, des tentures aux tapis, tout était d'un délicat vert amande.

— Si vous voulez bien patienter un moment, nous avons beaucoup de visiteurs avec l'Exposition et…

— Quel est votre prénom ? l'interrompit Félix.

— Savannah.

— Il ne me semble pas vous avoir déjà vue ici, Savannah. Je m'en souviendrais…

Elle était en effet belle à couper le souffle. Élancée, la taille délicieusement prise dans un tablier blanc, elle avait surtout un visage de fée, le teint pur et très clair, un nez minuscule et d'immenses yeux émeraude sous une cascade de cheveux roux. Elle rosit en croisant les mains dans son dos.

— Moi, monsieur, je vous ai aperçu quelquefois. Je m'occupais du linge jusqu'à présent, mais la maîtresse a pensé que je serais plus utile à recevoir les hôtes.

— Je veux bien le croire, s'exclama Félix, votre maîtresse a du goût ! Et précisément, puisqu'il est question d'elle, il faut que je lui parle.

— Hélas, monsieur, elle n'est pas là de la journée. Mais la sous-maîtresse va venir et s'il y a quelque chose que…

Félix prit un air contrarié.

— C'est fâcheux. J'avais une demande un peu particulière à lui soumettre. Vous êtes certaine qu'elle ne reviendra pas ?

— Pas ce soir, à ce qu'on m'a dit. Mais je vais chercher tout de suite la sous-maîtresse.

Elle s'esquiva avec des grâces de danseuse.

— Si la patronne n'est pas rentrée du cimetière, réfléchit tout haut Félix, c'est qu'elle a filé rendre ses comptes à Servadac. Où se situe la tombe de Gordon, comment l'ouvrir, comment s'emparer discrètement du corps… Je te parie que le fric-frac aura lieu ce soir. Si nous arrivons à les surprendre, ce sera la preuve définitive que le marquis est dans le coup. Jules, tu m'écoutes ?

Mais les pensées de Jules s'étaient perdues quelque part dans les plis de coton du tablier de Savannah. Il remontait le couloir avec elle, tenait sa main sur la rampe, vibrait au claquement de ses talons sur le marbre. Il était à vrai dire assez coutumier de ces arrachements à soi-même : il y avait eu Caroline lorsqu'il était enfant, Herminie un peu plus tard, puis Honorine, puis Laurence, puis d'autres… Chaque fois, il ressentait le même genre de sentiment, entre possession et dépossession, c'était selon. Chaque fois, ses transports n'avaient été que médiocrement payés de retour. Ainsi allait sa vie…

— C'est la petite Savannah qui te laisse rêveur ? Attends le mois prochain, elle aura troqué son tablier bien sage pour un déshabillé de Venise. Tu l'auras pour vingt francs et tu t'épargneras bien de la peine. Et ne te fie pas trop à sa mine : elle sait pertinemment où elle est.

Félix était de ceux qui ne faisaient aucun crédit à l'homme en général et encore moins à la femme en particulier.

Mais, déjà, Savannah était de retour.

— La sous-maîtresse s'excuse, elle ne peut pas se libérer tout de suite : elle a un ministre anglais à s'occuper et il y a comme un problème de langue. Mais si vous êtes pressés, je peux vous mener maintenant au grand salon.

Le journaliste acquiesça et Savannah les entraîna par un corridor aveugle jusqu'au cœur palpitant du Cygne rouge, le légendaire salon d'honneur. Il y avait là une quinzaine de jeunes femmes qui supportaient la chaleur grâce à la légèreté de leurs voiles et à de beaux éventails colorés dont elles jouaient avec des balancements suggestifs. Des blondes et des brunes, des opulentes et des menues, des sourires aguicheurs et des regards timides, très jeunes pour la plupart, certaines qui se dérobaient sous des vapeurs de tulle, d'autres qui s'offraient à pleine peau.

Le credo de la maison étant l'invitation au voyage, la moitié de ses déesses avaient traversé les mers et les continents : une Arabe, une Annamite, une Nubienne au corps tendu comme un arc, une Russe à la chair laiteuse, une Indienne dont le sari ne dissimulait que le troisième œil, etc. Sur les murs, des panneaux peints tout en longueur donnaient une interprétation nouvelle à quelques scènes mythologiques, avec une grande économie de vêtements mais une invention méritoire dans les attitudes et les poses. Au milieu des sofas, des canapés, des ottomanes et d'innombrables bibelots chinés dans le monde entier – ou peut-être au rayon colonial de La Belle Jardinière – un nain à chapeau de cow-boy enchaînait les airs américains sur un piano droit. Au plafond, flanqué d'une pulpeuse Léda, un cygne rouge sang témoignait avec vigueur que, pour s'être transformé en animal, Zeus n'avait rien perdu de sa divinité.

Félix se décida très vite : il s'approcha de la superbe négresse et l'attira vers la porte du fond. Pour Jules, les choses étaient moins simples. Il n'y aurait pas eu Savannah, il se serait empressé auprès de l'Indienne ou de l'Annamite, tempéraments plutôt rares dans les maisons modestes où il avait ses habitudes. Mais il se sentait gêné devant la jeune fille et, pour tout dire, vaguement honteux. Sans compter la quinzaine de paires d'yeux qui le fixaient avec des haussements de sourcils et des clignements charmeurs.

La jeune bonne devina son embarras.

— Vous préférez peut-être voir les chambres, si vous ne les connaissez pas ?

— J'allais vous en prier, approuva-t-il, soulagé.

Ils sortirent à leur tour par le fond et Savannah lui offrit une visite en règle des lieux, dont Jules comprit qu'elle était aussi une répétition générale avant l'examen que la jeune fille ne manquerait pas de passer un jour devant sa maîtresse.

— Ici, la chambre du Maharadjah, avec son baldaquin en ivoire, son brûle-parfum et sa mer de coussins. Là, le harem du Sultan, entièrement décoré de mosaïques et pourvu d'une piscine à eau chaude. Les deux sont présentement retenues. Plus loin, vous avez la chambre japonaise…

Et ainsi de suite pour chacune des pièces. Au bout d'un quart d'heure de ce catalogue, Jules était fourbu, comme s'il avait accompli un tour du monde de la diversité horizontale – à l'exception de la Pagode de Pékin, qui tenait, elle, du particularisme vertical.

— Et si vous n'êtes toujours pas décidé, conclut Savannah, il nous reste aussi les petits cabinets de curiosité.

Elle le poussa dans une alcôve sombre et minuscule, puis tira le rideau qui cachait un miroir sans tain à hauteur d'homme. De l'autre côté, un sénateur âgé s'escrimait en soufflant à revivre les splendeurs des *Mille et Une Nuits* dans un décor d'azulejos et d'orangers. Mais l'illustre roi perse n'était qu'un triste barbon et Schéhérazade ne risquait guère la mise à mort…

— Merci bien, déclara Jules en refermant le rideau, je ne suis pas amateur.

Savannah eut alors une moue de dépit.

— Je me suis mal expliquée, monsieur, c'est ça? Je n'ai pas été convaincante?

— Si, au contraire, c'était parfait.

— Vraiment? Et ma diction, vous l'avez trouvée bonne, ma diction?

— Excellente, très claire…

— Tant mieux, fit-elle, rassérénée.

Puis, sur le ton de la confidence.

— Parce que voyez-vous, c'est très important pour moi. Je ne veux pas rester ici toute ma vie : je veux devenir actrice.

— Actrice! Voilà une coïncidence! s'enflamma-t-il. J'écris moi-même pour le théâtre.

Le visage de la jeune fille s'illumina.

— Vous écrivez pour le théâtre?

— Oui, je termine ces jours-ci une pièce pour le Gymnase. Je pourrais vous recommander au directeur, si vous voulez.

— Vous feriez cela?

— Ma foi… Vous connaissez des scènes?

— Un peu, bredouilla-t-elle. Enfin, non. Mais je sais des fables!

— Nous pourrions en travailler certaines, proposa Jules, soudain très concerné par la carrière de Savannah. À quelle heure quittez-vous le soir?

— Demain, c'est la fin de semaine, on ouvre plus tôt. J'embauche à huit heures pour apprêter les chambres et je débauche à six.

— Eh bien, je peux passer vous prendre à six heures si vous le souhaitez? J'apporterai quelques textes.

Elle baissa les yeux.

— C'est très gentil de votre part! D'habitude, les hommes, ce n'est pas mon avenir qui les intéresse… Mais moi, je ne veux pas devenir comme ces demoiselles, vous comprenez?

— Vous vous en sortirez très bien, j'en suis sûr. Et promis, demain, vous aurez votre lettre pour le Gymnase. D'ici là, pardonnez-moi, mais je crois que je vais me contenter d'attendre mon ami.

Elle le ramena donc jusqu'au petit boudoir, tout en l'assaillant de questions sur les pièces qu'il avait écrites, celles qui avaient été jouées, dans quels théâtres et avec quelles comédiennes. Pour ne pas la décevoir, Jules se crut obligé de gonfler un peu son importance et ses succès. Mais avait-il d'autres moyens de prolonger ce tête-à-tête? Et puis il ne s'agissait pas de mensonges, juste d'anticipation…

Après quelques minutes de ce précieux échange, Félix réapparut dans le salon vert, un large sourire aux lèvres. S'il fut surpris de les trouver ensemble, il n'en laissa rien paraître.

— Vous direz à la sous-maîtresse de débiter ma visite sur le compte de mon père. Et vous la féliciterez encore pour la diligence de son personnel. Quant à nous, mon cher Jules, le soleil est sur le point de se coucher: le devoir nous appelle!

— Fermé!

Jules essaya à son tour, mais l'imposant portail du Père-Lachaise ne voulait rien savoir.

— Ce n'est peut-être pas pour ce soir, murmura-t-il. Ou bien nous nous sommes trompés.

— Tu parles! Allons vérifier à la conservation.

Ils longèrent le mur sur la droite jusqu'à l'entrée des bâtiments administratifs. Cette fois, la porte n'opposa aucune résistance.

— Tu vois, ils ont des complices, c'est évident ! On va faire le tour par Chopin, ce sera plus sûr.

Ils avancèrent à demi courbés derrière les tombes. Sous le clair de lune, le cimetière n'était plus qu'un océan noir peuplé de vaisseaux fantômes, avec ses croix en guise de mâts et ses statues mortuaires comme figures de proue. Au fur et à mesure qu'ils approchaient de la division 10, ils distinguaient de plus en plus nettement des lueurs vacillantes et des silhouettes. Félix leva le poing en signe de victoire. Ils gravirent le talus jusqu'à rejoindre Vivant Denon et, découvrant la scène en contrebas, écarquillèrent les yeux : ce n'était pas exactement ce à quoi ils s'attendaient… Au lieu des sbires de Servadac, une dizaine de personnes encapuchonnées faisaient cercle autour de la sépulture de Gordon, éclairées par quelques torches. La dalle avait été déplacée et trois hommes s'efforçaient de hisser la dépouille hors du tombeau.

— Mais pourquoi sont-ils si nombreux ? s'enquit Jules.

— Ils ne doivent pas être là pour voler le corps, répondit Félix. C'est plutôt un genre de rituel spirite, je présume.

Les trois hommes posèrent le cadavre enveloppé de son linceul sur une couverture. Puis tous l'entourèrent en entonnant une prière à mi-voix.

— Gordon avait raconté quelque chose à propos de l'âme et de ses difficultés à quitter le corps, non ? Ils cherchent sans doute à l'aider ou je ne sais quoi.

Jules se souvenait effectivement des paroles du médium sur le trouble qui saisissait l'esprit au moment de la mort et sur la période qui lui était nécessaire pour s'extraire de son enveloppe charnelle. De là à profaner des cercueils habillés de robes à capuchon…

La petite communauté s'agenouilla ensuite, chacun de ses membres se tenant par la main. L'un des participants lança alors un début d'invocation.

— Esprit de maître Gordon, premier parmi les maîtres spirites, passeur éclairé des fluides de l'au-delà…

Ce timbre grave évoquait quelqu'un à Jules, mais il n'eut pas le temps de s'interroger davantage : Félix se jeta sur lui et le renversa à terre. Au même instant, des cris s'élevèrent de partout à la fois.

— Police ! Plus un geste ! Les bras en l'air !

— Ne bouge pas, chuchota le journaliste, ils peuvent nous voir.

— Il y en a un qui s'enfuit ! hurla un policier.

Un coup de feu retentit, puis un deuxième, et Jules redressa lentement la tête. Une brigade de sergents de ville avait investi la division 10 et tenait en respect les disciples de Gordon. Plus loin, une course-poursuite s'était engagée avec un ou deux fuyards qui furent bientôt maîtrisés.

— Fouillez-moi le périmètre, ordonna l'inspecteur Lafosse, je veux tous ces salopards !

— On ne peut pas rester ici, lâcha Félix, viens.

Ils reculèrent prudemment tandis qu'à vingt mètres de là un sergent allumait sa lampe et partait à l'assaut du talus. Jules et Félix se faufilèrent en rampant derrière une rangée de tombes et s'aplatirent au sol du mieux possible. Le faisceau lumineux balaya l'allée à quelques centimètres d'eux, mais sans les atteindre. Lorsque le policier se fut éloigné, ils reprirent leur progression à quatre pattes vers le fond du cimetière. Une fois à l'abri, ils coururent vers l'échafaudage qui servait aux travaux de l'enceinte et sur lequel ils avaient remarqué des ouvriers dans l'après-midi. Ils grimpèrent aux échelles et sautèrent de l'autre côté du mur.

— C'était le boiteux, haleta Jules.

— Pardon ?

— Celui qui invoquait Gordon quand la police est arrivée, c'était le concierge de la rue Cloche-Perche.

— Tu es sûr ?

— Certain, j'ai reconnu sa voix.

— Tant mieux, Lafosse n'a pas fait le voyage pour rien ! J'aurais préféré que ce soit Batisson, mais bon… En tout cas, pas de trace de Servadac.

— Qui a alerté la brigade de sûreté, d'après toi ?

— Elle devait surveiller l'enterrement, tout à l'heure. Elle est restée discrète pour ne pas effrayer la bande et réussir son coup.

— Quoi qu'il en soit, cela confirme notre hypothèse : le boiteux n'a pas tué Gordon. Sinon, il ne serait pas venu ce soir.

— Si tu le dis…

Félix suggéra alors qu'ils retournent au journal – il devait remettre son nouvel article à Lucien Morcel –, mais Jules déclina. Il avait une pièce à terminer et comptait y consacrer la nuit et la journée du lendemain – sans oublier son rendez-vous avec Savannah. Ils se séparèrent donc rue de la Roquette et Jules sauta dans le premier omnibus qui desservait la porte Saint-Martin.

De retour chez lui, il fit un brin de toilette, s'assit à sa table avec un morceau de brioche, et commença à relire quelques passages de sa *Monna Lisa*.

Elle a ce tour exquis, ce galbe gracieux,
Ce beau qui satisfait la raison et les yeux !
Qu'elle passe, ou s'arrête, ou se lève, ou repose,
C'est toujours un chef-d'œuvre incessant qu'elle expose
Sur ces fonds variés que prête le hasard ;
Son type est merveilleux ; il appartient à l'art !

L'argument de la pièce pouvait se résumer ainsi : la Joconde était amoureuse de Léonard, mais celui-ci était-il capable d'aimer autre chose que la perfection de son génie ? L'intrigue se nouait durant leur dernière rencontre, lorsque Monna Lisa prenait conscience qu'un tel amour était sans issue : le peintre chérissait la toile davantage que le modèle. Le sourire de la Joconde se voilait alors de cette gravité mystérieuse qu'on lui voyait au tableau du Louvre…

L'histoire n'était pas mauvaise, les personnages connus – ce qui ne gâtait rien –, et Jules avait mis du sien dans les deux caractères : l'artiste préoccupé par son œuvre d'une part et l'amour douloureux de qui n'est pas aimé d'autre part. L'ensemble était en vers, un genre qui l'amusait, et ne durait qu'un seul acte. De quoi s'intégrer facilement aux programmes du Gymnase où l'on jouait plusieurs pièces à la suite en un soir. D'où venait, dans ces conditions, qu'il n'ait jamais été réellement satisfait de son texte ? Il le remaniait depuis des mois et des mois, des années, même. Il avait écrit entre-temps des drames, des vaudevilles, des comédies… Mais *Monna Lisa* lui résistait. Trop artificiel ? Manquant de chair et de vérité ? Il se revoyait auprès de Savannah quelques heures plus tôt, transi et passionné comme un débutant : voilà le genre de sentiment qu'il fallait faire vivre sur scène !

Il s'allongea sur le lit la plume à la main et reprit sa lecture. Avec tous ces événements, pas évident de garder les idées claires. Sans parler de la fatigue. Pourtant, il devait terminer la pièce au plus vite. S'il la finissait dans les quatre jours, sûr que le Gymnase la prendrait. Et son directeur se ferait un plaisir aussi de recevoir Savannah. Qui sait, même, de l'engager, pourquoi pas ? Après tout, on ne pouvait rien refuser à un futur auteur à succès… Et Savannah était si jolie ! Il ferma les yeux malgré lui, épuisé. Dans son rêve, la Joconde était rousse.

11

Boum ! Boum ! Des coups frappés à la porte. Jules se réveilla en sursaut. Il enfila sa robe de chambre et courut ouvrir. Félix entra comme une trombe.

— Tu n'es pas encore levé ? Tu as travaillé tard ?
— Euh… dormi, plutôt.
— Je vais fermer les rideaux. Tu as des bougies ?
— Hein ?

Sans attendre la réponse, le journaliste occulta l'unique fenêtre et se mit en quête de chandelles dans le tiroir.

— Émile arrive, il doit amener le matériel.

Jules plongea la tête dans sa bassine d'eau et se frotta les yeux : il ne comprenait rien.

— Tu peux m'expliquer ? Et lentement, de préférence.
— Émile, le photographe de Notre-Dame. Je lui ai confié la plaque, hier, tu te souviens ? Il a débarqué chez moi à onze heures avec une sacrée nouvelle : on va peut-être savoir ce qu'il y avait sur le daguerréotype !
— Peut-être ?
— C'est compliqué. Mais j'ai pensé qu'il valait mieux que tu en sois. Je peux pousser tes papiers ?
— Si tu éloignes ton briquet : c'est le brouillon de *Monna Lisa*, j'aimerais autant qu'il ne parte pas en fumée ! Je suis censé écrire aujourd'hui et…

Émile passa sa tête échevelée par l'encadrement de la porte. Il tenait une sorte de valise bien à plat devant lui.

— Ouf ! Cinq étages, ma foi… Sont-ils là ces jeunes gens ?

La bougie daigna enfin s'allumer et une clarté funèbre se répandit dans la pièce.

— Ici, posez tout sur la table.

— J'espère que le concierge est une personne de confiance, s'inquiéta le vieil homme. J'ai laissé ma charrette avec votre voiture.

— Jules en répond comme de lui-même, n'est-ce pas, Jules ?

Non, Jules ne répondait de rien, il n'était pas en état. Et puis le concierge de l'immeuble était un détestable filou à la solde du non moins détestable propriétaire de l'immeuble. Il préféra se taire.

— Pourriez-vous répéter à mon ami ce que vous m'avez confié tout à l'heure ? demanda Félix.

— À propos de la plaque ? Bien sûr ! Pour moi, il ne fait aucun doute qu'elle a été préparée par un professionnel. Ou au moins par quelqu'un qui s'y connaissait vraiment. Pas un simple amateur.

— Pourquoi cela ? interrogea Jules.

Le photographe ouvrit sa valise : l'intérieur était divisé en compartiments avec plusieurs fioles et divers instruments. Il choisit un petit coffret à rainures d'où il extirpa la plaque avec précaution.

— D'abord, à cause de son excellent poli : seul un artisan confirmé a pu l'obtenir. Mais ce n'est pas tout. Une fois lissée, la plaque doit être sensibilisée à la vapeur d'iode. Et, durant l'opération, sa surface argentée vire au doré. Or, si vous observez la tranche de celle-ci, vous verrez qu'elle est restée d'un jaune très pâle, presque gris.

Ils ne risquaient pas d'observer grand-chose : la lumière était uniformément sépulcrale.

— En d'autres termes, cette plaque n'a été que modérément sensibilisée, et volontairement sans doute. Ce qui autorise une exposition plus longue au soleil et nous laisse un espoir de la sauver.

— Le métal était quasiment noir lorsque je l'ai ramassée, objecta Jules. L'exposition a dû malgré tout être trop forte.

— Cher monsieur, je n'ai rien promis !

Avec des gestes sûrs, Émile assembla une série de planchettes pour former ce qu'il appelait une boîte à mercure. Il glissa au centre une lampe à alcool et, sur la paroi, un petit thermomètre.

— J'ai laissé reposer votre plaque dans une solution spéciale pour éliminer la couche superficielle la plus abîmée. Le but est de trouver dessous sinon le daguerréotype intact, du moins son empreinte. L'inconvénient est qu'en agissant de la sorte on perd beaucoup de sels d'argent. Si des fois une image subsiste, elle risque d'être insaisissable ou de s'effacer rapidement.

— D'où cette intrusion inopinée, précisa Félix : il se peut qu'à peine apparue ses contours disparaissent. Et tu n'aurais pas voulu manquer ça, je suppose ?

Jules était désormais bien réveillé. Fasciné, il regardait le photographe verser du mercure sur une coupelle, le mettre à chauffer sur la lampe à alcool, éteindre celle-ci une fois les soixante degrés atteints, puis introduire la plaque et refermer la boîte.

— Les vapeurs de mercure se fixent toujours sur les parties les plus insolées, commenta-t-il. Cela devrait permettre de développer ce qui peut l'être encore. Vous voulez bien me surveiller le thermomètre ? Quand il tombera à quarante-cinq degrés, nous enlèverons la plaque.

Comme des enfants, Jules et Félix se penchèrent docilement sur la boîte à mercure. De son côté, Émile prit dans sa valise deux récipients en verre et y versa le contenu de deux fioles différentes.

— Quarante-cinq degrés ! annonça Félix.

Le vieil homme ôta le couvercle de la boîte et une odeur de métal lourd leur monta aux narines. Il saisit la plaque avec des pincettes et la plongea successivement dans chaque récipient.

— Le premier bain, c'est de l'hyposulfite, expliqua-t-il, pour évacuer les sels qui n'ont pas réagi à la lumière : on ne conserve ainsi que l'image elle-même. Quant à la deuxième solution, c'est du chlorure d'or. Elle sert à stabiliser le daguerréotype et à lui donner une teinte plus agréable. Attention, vous allez pouvoir ouvrir les rideaux. Vous êtes prêts ?

Jules s'exécuta et le vieil homme approcha de la fenêtre en clignant des yeux. Il fit jouer la plaque dans le soleil.

— Là, vous voyez ?

Sous la lumière rasante, en effet, on apercevait des ombres et des dégradés qui, par un effort de l'esprit, pouvaient suggérer des formes.

— C'est presque imperceptible, murmura le journaliste.

Émile tourna le rectangle de cuivre dans l'autre sens et Jules crut distinguer une silhouette.

— On dirait une femme, allongée sur une banquette ou un meuble de ce genre. La tête ici, montra-t-il avec le doigt, les cheveux, les épaules, la ligne des bras qui se rejoignent... On devine un coussin ou un dossier derrière. Les traits, par contre, ne sont pas discernables, ni le reste de la banquette.

— Vous avez de bons yeux, mon garçon, meilleurs que les miens !

— En tout cas, cela n'a aucun rapport avec…

Il faillit ajouter : avec le cadavre de Dandrieu et l'atelier du Pré-Saint-Gervais, mais il se retint à temps.

— Et dans le coin en bas, intervint Félix, qu'est-ce que c'est ?

Il y avait des espèces de signes, effectivement, comme des lettres mal dessinées. Le photographe tira une loupe dorée de sa chemise.

— Un poinçon, constata-t-il. *JSP*…

— *JSP* ? Ça signifie quoi ?

— Les photographes laissent souvent une marque sur les daguerréotypes, c'est une façon de signer leurs travaux. Ils ont un poinçon, comme un cachet. Les traitements, ici, ont pu l'altérer.

— *JSP*, ce sont des initiales ?

Émile se gratta la barbe comme s'il n'était pas certain de devoir répondre.

— Des initiales, oui.

— Et vous les connaissez ?

— Si je les connais ? Eh bien… Vous m'avez payé pour sauver votre plaque, je m'y suis efforcé. Pour le reste…

— Donc vous les connaissez, déduisit Félix. Soit. Je vous ai promis trente francs hier si vous nous aidiez, j'en rajoute dix aujourd'hui pour les initiales.

Le regard du vieil homme allait de l'un à l'autre.

— C'est que… Vous jurez de ne pas dire que ça vient de moi ?

— Vous avez notre parole.

— *JSP*, c'est Jacques Saint-Paul. Jacques Paul, en réalité. Mais il met Saint-Paul pour faire plus distingué.

— Il est photographe ?

— Euh, oui. C'est un ancien commis de M. Pelladan.

— Ancien ?

— M. Pelladan s'est séparé de lui il y a quatre ou cinq mois.

— Pour quel motif ?

— Le patron n'a pas l'habitude de se justifier devant ses employés ! Il était en colère contre Jacques, ça oui, mais je n'en sais pas plus.

— Et vous, que pensiez-vous de lui ?

— Un bon commis. Mais je ne le fréquentais guère en dehors du studio, je n'aimais pas ses manières.

— À savoir ?

— Nous ne sommes pas de la même génération, vous savez. Moi, j'ai servi dans la Grande Armée, on m'a appris l'obéissance et le respect. Lui, c'est un chien fou, toujours prêt à griller les étapes : s'installer à son compte, avoir de la clientèle, gagner beaucoup d'argent…

— Où peut-on le trouver aujourd'hui ?

— Il a ouvert un atelier à la butte Chaumont. J'y suis allé par curiosité, une fois. Une petite maison blanche dans une rue à l'écart. Pas vraiment le boulevard des Italiens !

— Et les gens vont à la butte se faire photographier ?

— Quelques ouvriers du quartier, sans doute. Mais Jacques se déplace surtout à domicile : il est spécialisé dans les portraits de défunts.

— Les portraits de défunts !

— C'était l'une de ses spécialités chez Pelladan. De plus en plus de familles veulent un souvenir de l'être cher avant qu'on ne l'emporte. Un souvenir plutôt morbide, d'après moi.

— Est-ce que Saint-Paul utilise des daguerréotypes comme celui-ci ? fit Jules en désignant la plaque.

— Possible. Les temps de pose sont plus longs, mais ça ne dérange pas vraiment les modèles !

— Nous devons le rencontrer, décida Félix, vous allez nous y conduire.

— Certainement pas ! Je n'ai aucune envie qu'il me voie ! Et puis mon patron revient de l'Exposition à trois heures, j'ai intérêt à avoir replacé la valise d'ici là !

— Il est midi et demi, répliqua le journaliste. Je ne vous oblige pas à entrer chez Saint-Paul, juste nous indiquer la maison.

Le photographe lui tendit la plaque tout en marmonnant dans sa barbe.

— En plus de ça, je n'ai même pas déjeuné.

— Entendu, sourit Félix, je vous accorde un franc de plus pour le repas. Mais c'est mon dernier mot.

Émile leva vers lui des yeux malicieux où toute réticence avait disparu.

— Cela fait donc quarante et un francs au total. Vous les auriez sur vous ?

Jules était à l'arrière du cabriolet décapotable et savourait le courant d'air frais qui lui baignait le visage. Il avait Émile en face de lui et une partie de la charrette photographique en équilibre sous les jambes. Félix faisait office de cocher et menait l'équipage à vive allure dans la rue de la Grange-aux-Belles : « Yah ! Yah ! » La jument écumait sous le soleil et les passants s'écartaient en leur jetant des regards effarés.

— Votre ami va nous tuer ! Avant le déjeuner, ce serait dommage !

— Il n'a jamais su prendre son temps... Au fait, Émile, j'ai une dernière question à propos de la plaque. Pour être franc, ce n'est pas le portrait d'une femme que nous attendions. Se peut-il qu'on photographie un sujet et qu'un autre apparaisse ?

Émile tenta de domestiquer les cheveux que le vent lui rabattait sur le front.

— Avec le daguerréotype, il y a une possibilité, oui : le réemploi. Il arrive qu'on reprenne une plaque dont l'impression n'a pas été satisfaisante. On la lave, on l'enduit à nouveau d'argent et on l'utilise comme si elle était neuve. Maintenant, avec l'exposition qu'a subie la vôtre, il se peut que les sels aient tous brûlé et que, malgré nos précautions, il ne soit rien resté de la deuxième prise de vue. Les traces qui subsistent pourraient alors être celles de la première image : il suffit qu'on ne l'ait pas convenablement frottée et nettoyée au préalable.

— Quelqu'un a donc pu se servir d'un daguerréotype réalisé par Jacques Saint-Paul ?

— Absolument. Plus le daguerréotype est vieux, même, plus il a de chances d'avoir marqué le métal.

Jules hocha la tête. Cette histoire de daguerréotype l'agaçait au plus haut point : il avait beau la retourner dans tous les sens, il n'arrivait pas à lui trouver de logique. Pourquoi le meurtrier avait-il pris le cadavre de Dandrieu comme modèle ? Pourquoi avait-il ensuite négligé la plaque au risque qu'elle se détériore ? Pourquoi le portrait de cette femme surgissait-il après développement ?

Un quart d'heure plus tôt, tandis qu'Émile finissait de ranger les fioles, Jules avait tâché de convaincre Félix d'aller à la police : manifestement, cette affaire les dépassait... Le journaliste lui avait rétorqué qu'ils seraient aussitôt arrêtés pour dissimulation de preuve et mis au secret. Ils n'avaient d'autre choix, selon lui, que de poursuivre l'enquête eux-mêmes. Au passage, il lui avait glissé une enveloppe avec la moitié des soixante francs versés par Lucien Morcel. Quant à Monna Lisa, le journaliste assurait qu'ayant attendu quatre siècles déjà, elle n'était plus à deux jours près...

Ils parvinrent au pied de la butte Chaumont, sorte de friche accidentée de vingt hectares, abandonnée aux carriers et aux batteurs de plâtre qui en extrayaient le gypse. L'endroit avait mauvaise réputation : on y avait longtemps pendu les condamnés à mort, des carcasses blanchies de chevaux s'accumulaient sur l'ancien chantier d'équarrissage et les vidanges de Paris s'y déversaient à ciel ouvert. Surtout, les collines étaient truffées de passages et de galeries dont tout un peuple de miséreux et de bandits avait fait son repaire. Quelques maisons avaient cependant poussé autour de rues improvisées, maigres filets urbains jetés depuis Belleville ou la Villette à l'assaut des premières pentes.

— Tu vois le bâtiment en brique rouge ? cria Félix en se déhanchant. C'est l'imprimerie de Batisson. Les loups ont l'instinct grégaire !

— Après le croisement, il faut prendre à droite, indiqua Émile. Vous pourrez me laisser au début de la rue, l'atelier est un peu plus haut dans l'impasse.

Le cabriolet s'immobilisa et Jules aida le vieil homme à descendre sa charrette.

— Il y a une taverne là-bas, À la Truie qui flanche. L'enseigne n'est pas reluisante, mais la patronne mijote un haricot de mouton, je vous le recommande. Et si des fois on ne se revoit pas, vous pouvez toujours me demander ensuite chez Pelladan ou à la baraque du Champ-de-Mars. Je suis votre obligé, mes seigneurs...

Il esquissa un semblant de révérence puis s'éloigna en tirant sa brouette. Jules remonta dans la voiture et ils se garèrent à deux cents mètres de là dans un cul-de-sac. Sur la façade de la dernière maison, on pouvait lire en lettres anglaises : *Studio Saint-Paul*.

— On va se faire passer pour des clients. Tu ne voudrais pas ton portrait en écrivain, par exemple ? On pourrait l'afficher à l'entrée du Gymnase !

Mais la porte était close et un petit écriteau signalait : *Fermé jusqu'à mon retour*. Imparable, en effet.

— On dirait qu'il y a un jardinet là derrière.

Félix manœuvra le portail et ils longèrent la bâtisse toute blanche jusqu'à un terre-plein gazonné. Sur des montants de bois rigoureusement alignés, quelques cadres photographiques prenaient la lumière du soleil.

— Saint-Paul ne travaille pas seulement les daguerréotypes, fit remarquer Jules. Ce sont des cadres pour tirage par contact ou quelque chose de ce genre. Sur papier, en tout cas, pas sur cuivre.

La porte à l'arrière de la maison n'était pas verrouillée.

— Monsieur Saint-Paul ? cria Félix en appuyant sur le bec-de-cane. Pardonnez-nous d'arriver comme des voleurs, nous avons besoin de vous en urgence et…

Mais personne ne répondit.

— On devrait attendre qu'il revienne, tu ne crois pas ?

— Au contraire, murmura le journaliste, c'est l'occasion ou jamais d'en apprendre davantage. Viens !

Ils empruntèrent le couloir qui donnait sur la cuisine et l'escalier, puis débouchèrent dans l'atelier proprement dit.

— Merde, grogna Félix.

La pièce avait été entièrement retournée… Les papiers, les plaques, les appareils, les tiroirs, tout était par terre.

Dans le coin prise de vues, un canapé Directoire regardait vers les fenêtres, enveloppé d'un système de tringles avec des rideaux de couleur pour varier les fonds. Félix tira l'ensemble d'un geste sec. Jacques Saint-Paul gisait, étendu sur les coussins, un bras pendant sur le tapis, la tête formant un angle inhabituel avec le corps et les deux orbites ensanglantées.

— Merde de merde !

— C'est l'assassin, c'est lui, articula Jules.

— Et cette ordure a fait une photographie…

Le journaliste s'approcha d'un gros appareil semblable à celui d'Émile, monté sur un trépied et délibérément tourné vers le cadavre.

— Ne touche à rien, conseilla Jules. C'est à la brigade de s'en occuper. Protège seulement l'objectif.

Félix revissa le couvercle qui pendait à une cordelette et Jules fit le tour du canapé. Jacques Saint-Paul devait avoir une trentaine d'années. Il portait un pantalon de bonne coupe et une chemise jaune désormais striée de coulures sombres. Sa main droite était crispée sur sa jambe, les doigts ouverts, comme s'il avait tenté d'arrêter les balles de son agresseur.

— Le sang est déjà séché. Le meurtre a eu lieu il y a au moins une heure. À lui non plus l'assassin n'a laissé aucune chance.

— Et pourquoi ce désordre ? interrogea Félix.

— Il cherchait quelque chose. Des photographies, peut-être. Il y en a partout. Comme si on les avait examinées avant de les éparpiller.

Jules se baissa pour en prendre une au hasard : un petit garçon aux yeux fermés, habillé et coiffé comme un dimanche, les bras sagement croisés sur un bouquet. Celle d'à côté montrait une vieille dame très digne, cheveux blancs en couronne, visage de cire, serrant un crucifix sur sa poitrine. À côté encore, un homme de quarante ans environ, presque chauve, les traits amaigris et le nez busqué, ses mains étrangement poilues croisées sur le ventre. Chacune de ces épreuves papier était signée : *J. Saint-Paul.*

— Tu sais ce que je pense, Félix ? Cette femme qu'on a cru voir sur le daguerréotype… C'est aussi le portrait d'une morte. Les oreillers, la position des bras, les yeux qu'on ne distingue pas…

— Possible. Mais Saint-Paul ne s'intéressait pas qu'aux morts, il semblerait. Tu as vu ces photographies ?

Le journaliste lui tendit une liasse qu'il venait de ramasser dans le tiroir entrouvert d'une commode. Jules la passa en revue. Que des femmes. Bien vivantes celles-là. Court vêtues ou dévêtues tout court, dans des poses lascives ou mutines. Une partie de ces images avaient été prises au studio et l'on reconnaissait le canapé, les coussins agencés de toutes les manières possibles et des accessoires dispersés dans la pièce. D'autres avaient pour décor des chambres plus ou moins cossues, voire franchement sordides. Certaines de ces épreuves figuraient en quatre ou cinq exemplaires.

— Il trafiquait des photographies interdites. Je doute cependant qu'on l'ait assassiné pour cela. Il ne doit pas être le seul photographe de Paris à arrondir ses fins de mois !

— Alors pourquoi avoir tout chamboulé ?

Jules reposa le paquet et se dirigea vers la petite salle du fond plongée dans la pénombre. En ouvrant grand la porte, il donna assez de lumière pour apercevoir des cuves, des fioles, un lavabo, des lampes à alcool et des bougies : le laboratoire de développement. Sur une étagère, des plaques de verre et des feuilles de papier, ainsi que des tirages ratés. Il y en avait une bonne pile, ce qui intrigua le jeune homme. Quel intérêt de les conserver ? En les amenant au jour, il vit que tous étaient anormalement sombres, avec seulement des taches plus claires par endroits. D'une image à l'autre, certains éléments revenaient, plus ou moins flous selon l'intensité de l'éclairage : des montants tubulaires, des fils, des barreaux de lit ou de chaise. Comme si Saint-Paul avait photographié dans le noir une succession d'éclairs ou de…

Servadac… Les recherches électriques menées dans le donjon… Le lit, la chaise, la batterie, les casques reliés par des fils de cuivre… Saint-Paul était de mèche avec Gordon et le marquis ! Il avait photographié leurs expériences ! Voilà quel était le lien entre ces meurtres !

— Jules ! lui lança le journaliste depuis la pièce voisine. Je crois que j'ai découvert ce que voulait l'assassin !

Une épreuve à la main, Jules sortit du laboratoire. Félix était accroupi près du cadavre et brandissait un calepin noir.

— Il était dans la poche arrière de son pantalon, normal qu'il ne l'ait pas trouvé ! C'est plein de noms et d'adresses. Peut-être de quoi remonter jusqu'au tueur !

— Moi aussi, j'ai une surprise…, commença Jules.

Mais il se tut aussitôt. Ils venaient de percevoir comme un craquement dans le couloir. Un craquement léger, mais un craquement tout de même. Puis un deuxième. Une marche… *Des* marches.

Quelqu'un descendait l'escalier en essayant de ne pas faire de bruit.

12

Les deux jeunes gens se regardèrent. De la main, Félix invita Jules à poursuivre comme si de rien n'était.

— Une sacrée surprise, oui, fit celui-ci d'une voix qui sonnait faux. Figure-toi que ce n'est pas n'importe quelle photographie que je tiens là !

Tandis qu'il maudissait ses piètres talents de comédien, le journaliste, lui, rasait les murs et se rapprochait de la porte. Une marche grinça à nouveau.

— Quand tu sauras d'où vient cette image, tu n'en croiras pas tes yeux, ça, non !

Félix bondit dans le couloir en hurlant.

— Qui êtes-vous ? Qu'est-ce que vous voulez ?

Pour toute réponse, il y eut un coup de feu et Jules se précipita. Il vit Félix qui chancelait en se tenant le côté et une silhouette noire qui s'échappait par la porte. Il n'eut que le temps de rattraper son ami avant qu'il ne s'effondre.

— Un homme, un homme avec un grand chapeau. Je n'ai pas pu voir son visage, trop sombre… Il a sauté les dernières marches et…

— Calme-toi, on va se poser doucement.

De la pointe du pied, Jules attira une chaise et aida Félix à s'asseoir. Le journaliste était touché au bras gauche et sa manche se couvrait de sang à gros bouillons.

— Il y a des chiffons dans le laboratoire, ne bouge pas.

Il s'assura que le jeune homme ne risquait pas de tomber et courut prendre les linges qui séchaient au-dessus de l'évier. Lorsqu'il revint, Félix était tout pâle, mais il souriait crânement.

— Serre fort ou je vais me vider comme un goret.

Jules tenta de déchirer la chemise autour de la blessure, mais il ne voyait rien à cause du sang. La balle, semblait-il, était entrée dans la partie molle du bras, sans que l'on puisse être sûr qu'elle en soit ressortie. Il improvisa un garrot à dix centimètres de la plaie, arrachant à Félix des grimaces de douleur.

— Tu te venges parce que je t'ai réveillé ce matin, c'est ça ?

— Économise ta salive.

— Il va falloir m'emmener à Saint-Louis, Jules, et vite. Mon cousin est médecin là-bas, il saura quoi faire.

— Tu vas pouvoir marcher jusqu'à la voiture ?

— On n'a pas le choix. Il faut se dépêcher tant que j'ai des jambes.

Jules empoigna Félix par la ceinture et passa la tête sous son bras valide. Ils traversèrent ainsi le couloir et le jardin jusqu'au cabriolet. La rue était déserte : l'assassin n'avait pas attendu son reste et personne n'avait bougé alentour. On pouvait tranquillement revolvériser son prochain dans ce quartier sans que quiconque lève le petit doigt !

Jules installa Félix sur la banquette puis sauta sur le siège du conducteur.

— Comment s'appelle ton cousin ?

— Henri Bertholet. Ce n'est pas qu'il m'aime beaucoup, mais il a le sens de la famille.

Jules tira sur les rênes et la jument fit docilement demi-tour. Par chance, l'hôpital Saint-Louis se trouvait à quelques minutes en redescendant vers la rue de la Grange-aux-Belles.

Jules prit soin d'éviter les ornières et, une fois arrivé devant l'hôpital, pénétra dans la cour en criant.

— Place ! Place ! Un blessé !

Des gens s'attroupèrent, dont deux infirmières à qui il demanda d'aller quérir le docteur Bertholet. On amena une civière et Félix fut bientôt transporté à l'intérieur des immenses bâtiments vers un cabinet de consultation.

— Le docteur Bertholet va venir, certifia l'une des infirmières, il termine avec un patient.

Elle découpa la chemise de Félix et entreprit de le déshabiller.

— Le calepin de Saint-Paul, souffla le journaliste, prends-le avant qu'il ne se perde.

Jules fourra le carnet dans sa veste à l'instant où Henri Bertholet ouvrait la porte. C'était un grand sec à la mine sévère, avec une fine moustache qui lui ourlait la lèvre supérieure et des cheveux luisants plaqués sur les tempes. Il avait l'air tout sauf de bonne humeur.

— Félix ? Bon Dieu, qu'est-ce que tu as encore inventé ?

— Un coup de pistolet dans le bras. J'enquêtais sur le meurtre de Gordon. Tu sais, mes articles dans *Le Populaire*...

— Si tu crois que j'ai le temps de lire *Le Populaire* ! Et les journalistes se font tirer dessus, maintenant ?

— Nous étions sur le point d'arrêter le meurtrier.

— Bien sûr, toujours la folie des grandeurs ! Fais voir.

Il choisit dans un tiroir une espèce de cuillère métallique et commença à l'ausculter.

— La balle est toujours là, il va falloir l'extraire. Ce ne sera pas une partie de plaisir, je te préviens. Tu aurais mieux fait d'aller à l'Hôtel-Dieu, ils sont équipés, eux. Ici, c'est un hôpital pour les maladies de peau.

— Ça s'est… ça s'est produit tout près, à la butte Chaumont, gémit Félix d'une voix éteinte. Surtout, ne préviens pas la police.

Bertholet saisit un tampon de coton qu'il imbiba d'un liquide odorant.

— Et puis quoi encore ? Les médecins sont tenus de signaler toute blessure liée à des actes de violence. Je ne vais pas mettre mon service dans l'illégalité parce que tu fréquentes n'importe qui ! Tiens, respire ça, tu diras moins de bêtises. Quant à vous, fit-il à l'adresse de Jules, vous allez devoir attendre dehors. Je vous avertirai quand ce sera fini.

Jules obtempéra à contrecœur. Il salua Félix une dernière fois et rejoignit l'immense galerie en pierre où des dizaines de malades patientaient sur des bancs. Beaucoup cachaient leurs affections sous des bonnets ou des vêtements trop longs et Jules hésita à prendre place entre un barbu emmailloté comme un bébé et un jeune garçon à qui il manquait la moitié des cheveux. Déjà qu'il subissait une éruption de boutons depuis la veille, il n'était pas utile d'y ajouter un psoriasis récalcitrant… Pour ces raisons de prophylaxie élémentaire, il resta debout parmi les panneaux de couleur destinés à l'information du public. Sous le titre : « Reconnaître la maladie, c'est hâter la guérison », ils illustraient avec un luxe de détails l'inépuisable richesse des misères cutanées. Jules était ainsi entouré d'un *Pemphigus bulleux* de la taille d'un homme – le dessin montrait une jambe constellée de plaques roses et de croûtes orangées –, d'un *Impétigo pustuleux*, comme un lichen jaunâtre qui mangeait le visage d'une vieille femme, et d'un *Herpès circiné* quasi bucolique, genre de framboises très mûres plantées en demi-cercles dans le cou d'une jeune fille. Lorsqu'il réalisa soudain que tout son corps le démangeait, il préféra aller s'aérer dans le parc.

Après quelques pas sous les ormeaux, Jules s'assit en face de la porte et sortit le carnet de Saint-Paul. Un format classique, en cuir noir, plutôt bon marché. Le photographe avait consacré une page à chaque jour de l'année, avec la date soigneusement écrite en haut, du 1er avril 1855 – à peu près l'époque où il avait été congédié de chez Pelladan – au 31 août. Il y notait ses rendez-vous, les adresses de ses clients, le nombre d'épreuves qu'on lui commandait, etc. Jules feuilleta d'abord le calepin au hasard, espérant tomber sur le nom de Servadac. Plus il y réfléchissait, en effet, plus il était persuadé que les épreuves sombres avec des taches de lumière provenaient du donjon du marquis. Il examina une fois encore l'exemplaire qu'il avait roulé dans sa poche : c'étaient bien les mêmes barreaux de lit et le même ovale du casque en cuivre. Mais l'on n'en apprenait guère plus sur la nature des recherches.

Il revint au carnet. Pas de Servadac, en toutes lettres au moins. À trois reprises, en mai, par contre, une initiale : *S*. Puis, le 20 juillet, à nouveau : *S. 21 h*. Or le 20 juillet était aussi la date à laquelle Dandrieu avait réclamé à la morgue le cadavre de son pseudo-cousin Edmond – ou pseudo-fils, ou pseudo-neveu, ou autre. De là à penser qu'il l'avait livré au marquis le soir même pour ses expériences électriques…

Jules se concentra ensuite sur les derniers jours de Saint-Paul. De nombreuses visites chez des particuliers, avec plusieurs mentions : *défunt* ou *décès*. Des portraits mortuaires, évidemment… Peut-être était-ce par ce biais qu'il avait rencontré Servadac. À force de photographier les morts, il avait pu acquérir une certaine notoriété dont le marquis avait eu vent. Dandrieu fournissait les corps, Gordon procédait à ses tours de passe-passe et Saint-Paul immortalisait le tout – si l'on peut dire.

À la date du jour, le vendredi 17 août, aucun rendez-vous n'était consigné – comme souvent le vendredi, le carnet l'attestait. L'assassin avait donc eu tout le loisir de mener à bien sa besogne. S'agissait-il d'un émissaire de Servadac ? Une silhouette sombre, un manteau, un grand chapeau, cela pouvait être n'importe qui. Batisson, l'imprimeur ? Quelqu'un d'autre ? Une personne en tout cas qui avait mis le studio sens dessus dessous. Et qui, insatisfaite du résultat, avait prolongé ses investigations à l'étage. Pour récupérer quoi ? Des photographies ? Le carnet ?

En survolant les dernières pages jusqu'à la fin du mois, Jules remarqua, outre les notations habituelles, des inscriptions sibyllines :

BIL PRANGEL (inversé)	$8 \times 10 = 20$	$17 \times 20 = 10$
BILDNAD (inversé)	$8 \times 10 = 20$	$17 \times 20 = 15$
BLINREB (inversé)	$8 \times 10 = 20$	$17 \times 20 = 15$

Les colonnes de droite n'étaient pas mystérieuses en elles-mêmes : 8×10 ou 17×20 correspondaient au format des épreuves, quart de plaque ou demi-plaque.

Les chiffres qui les accompagnaient exprimaient quant à eux des quantités : vingt exemplaires en quart de plaque, dix exemplaires en demi-plaque, etc. Mais que pouvait signifier la colonne de gauche ? Et quelles informations méritaient qu'on les dissimule de la sorte ?

Jules prit son porte-mine et recopia les signes avec soin. La science cryptographique l'avait toujours fasciné, à tel point qu'il s'était constitué une documentation sur le sujet. Mais la méthode employée ici n'opposait guère de résistance. Jacques Saint-Paul était photographe et les images négatives étaient certainement devenues pour lui une seconde nature. Rien de plus normal, alors, s'il avait voulu les dissimuler, qu'il ait écrit ces caractères à l'envers comme au sortir d'une chambre obscure : ⊥ pour *L*, Ǝ pour *E*, Ɔ pour *C* et ainsi de suite.

Ce qui donnait, une fois les mots restitués en positif.

LECHARPLIB
DANDLIB
BERNLIB

Par ailleurs, la répétition des trois dernières lettres : *LIB*, ne pouvait être le fruit du hasard. Il fallait donc qu'elle ait un sens. Or à qui Saint-Paul destinait-il des tirages par séries de vingt ou de trente ? À des revendeurs, naturellement. Au premier rang desquels, des librairies – *LIB* –, pourquoi pas ? Certaines – les moins fréquentables – étaient connues pour proposer sous le manteau des photographies interdites. Des photographies de jeunes femmes légèrement vêtues, en l'occurrence. Et voilà qui ramenait aux compétences multiples du studio Saint-Paul.

Jules reprit l'intégralité du calepin, page après page, à la recherche d'autres écritures inversées. Elles apparaissaient en réalité très vite, dès le mois d'avril, et sous une forme plus complète.

ורחИАЯʿЯ8ו|ЯЯОƆИЭ	*LECHARPLIB7ROCHE*
ᗡAᗡ⅃IᗺㄣϛᑫᑫAЯAᗡ	*DANDLIB45PARAD*
ᗺЯƎИ⅃IᗺIƖᘔ⅃MAЯ	*BERNLIB12LAMAR*

Lors de son installation à la butte, le photographe avait dû prospecter chez les libraires des environs en leur soumettant ses images illicites. Trois d'entre eux avaient accepté, et, pour leur première recension dans son carnet, Saint-Paul avait précisé leur adresse.

LECHARPLIB7ROCHE = LIBRAIRIE LECHARP( ) 7, rue ROCHECHOUART
DANDLIB45PARAD = LIBRAIRIE DAND( ) 45, rue de PARADIS
BERNLIB12LAMAR = LIBRAIRIE BERN( ) 12, rue LAMARTINE

Pour l'identité exacte de deux des libraires, Jules en était réduit aux conjectures : Lecharpin ? Lecharpentier ? Bernard ? Bernier ? Pour le troisième, en revanche, il avait sa petite idée...

— Vous êtes bien l'ami de M. de Montagnon ?

Une infirmière le tira subitement de ses pensées.

— Euh, oui, tout à fait.

— Le docteur Bertholet vous autorise à le voir.

Jules referma le calepin et se hâta vers le cabinet de consultation. Il trouva Félix allongé dans un lit à roulettes, un pansement volumineux sur le bras et les traits marqués par la souffrance.

— Jules... Ils ont averti la brigade de sûreté. J'ai demandé qu'ils insistent pour avoir l'inspecteur Lafosse.

Je vais tout lui raconter, ce sera mieux. Bertholet m'a juste promis qu'il ne parlerait pas de toi. C'est tout ce que j'ai pu obtenir.

— Ce n'est pas le grand amour, ton cousin et toi, on dirait ! Tu es sûr qu'il t'a retiré la balle, au moins ?

— Henri est un bon médecin. Mais il y a eu des histoires dans la famille. Quant à mon bras, je ne sais pas trop. À un moment, j'ai dû perdre connaissance.

— Il va te garder longtemps ?

— Il paraît que ce n'est pas grand-chose, les nerfs n'ont pas été touchés. Je devrais être à la maison demain. Mais toi, tu ferais mieux de partir avant qu'ils n'arrivent. Tu as le carnet ?

Jules le lui restitua en lui faisant un bref résumé de ce qu'il avait découvert. Félix hocha la tête, les paupières mi-closes.

— Une librairie Dandrieu, tu crois ? Cela ferait beaucoup pour un ébéniste, non ? Peut-être qu'il s'agit d'un homonyme ? Ou d'un vrai parent, cette fois.

Il toussa avec difficulté avant de reprendre :

— Il est même peut-être mort à l'heure qu'il est, va savoir ? Avec cet assassin en liberté, on peut tout... on peut tout...

Il sombra d'un seul coup dans un sommeil profond. Jules remonta le drap sur ses épaules et sortit de la pièce sans faire de bruit. S'il existait un libraire Dandrieu mêlé à cette affaire, il courait un danger réel, en effet. Et, malheureusement, il n'y avait pas cinquante personnes à Paris pour l'en avertir...

Jules tourna un peu en rond avant de réussir à quitter l'hôpital : Saint-Louis avait été bâti par Henri IV pour enfermer les pestiférés et ses ouvertures sur l'extérieur étaient plutôt rares. Une fois dans la rue, il eut le sentiment étrange de changer de monde. Les Parisiens faisaient preuve d'une incroyable légèreté. Ils allaient le long du canal Saint-Martin en devisant gaiement, mangeaient des glaces multicolores rue des Récollets, aspergeaient d'eau les enfants autour des fontaines, et, pendant ce temps, le tueur rôdait. Jules aurait voulu leur crier de se mettre à l'abri, de fermer leurs portes à clé, de n'ouvrir à personne… On l'aurait pris pour un fou, on lui aurait ri au nez. En un sens, c'était injuste. Pourquoi était-il le seul à savoir ? Pourquoi était-il le seul à devoir se rendre rue de Paradis ? Tiens, ce monsieur, là-bas, l'air si sérieux avec sa sacoche, il aurait très bien fait l'affaire, lui aussi. Il aurait trouvé les mots, sans aucun doute. Car que dire à un libraire menacé de mort qui trempait dans des trafics aussi louches ?

Jules déboucha boulevard de Strasbourg et fut frappé par l'agitation qui y régnait. Toute circulation de voitures y était proscrite et la chaussée était livrée aux badauds et aux innombrables ouvriers qui achevaient de monter des tribunes ou d'installer des barrières. À droite, la gare de Strasbourg avait été pavoisée d'une multitude de drapeaux anglais et français, sa verrière semblable à une fleur de lumière rehaussée de mille pétales rouge, orange et bleu. Sur le parvis, un régiment de musiciens écrasé par le soleil répétait inlassablement le *God Save the Queen*, sous les applaudissements d'un public enthousiaste – enthousiaste, mais peu connaisseur. Beaucoup d'immeubles encore en construction s'étaient vu décorer d'une façade provisoire en bois, qui donnait au boulevard une curieuse unité de théâtre. Des spéculateurs allaient d'un flâneur à l'autre, proposant des sièges aux fenêtres ou aux balcons à des prix exorbitants, tandis que des marchands ambulants discutaient avec la police des places qu'on leur avait allouées. La reine Victoria arrivait le lendemain à Paris et Paris avait déjà la fièvre.

Le numéro 45 se situait dans le premier tiers de la rue de Paradis. Une devanture noire avec des lettres dorées : *Librairie Dandrieu*. Cela faisait au moins un mystère d'éclairci. La peinture s'écaillait par endroits, le doré était piqué de taches, l'ensemble méritait sérieusement d'être rafraîchi. D'autant que les boutiques voisines, de cristal ou de porcelaine, avaient par comparaison plutôt fière allure. Jules s'apprêtait à examiner la vitrine, lorsqu'une vieille dame à chignon sortit du magasin, un missel relié à la main. C'était donc que l'on ne vendait pas ici que des œuvres interdites – sauf à considérer que ce *Missel des familles* puisse receler autre chose de moins avouable. Par ailleurs, on pouvait aussi en déduire que le libraire était toujours en vie – à moins, là encore, que la vieille dame ne soit venue lui régler son compte. Peu probable.

Rassuré sur ce qu'il allait trouver, le jeune homme fit tinter la clochette.

— Monsieur ?

Jules hésita sur le seuil. Le libraire était le sosie parfait de Dandrieu. Mais un Dandrieu qui aurait conservé ses yeux, pour autant que cette remarque puisse avoir un sens. Il devait s'agir du frère de l'ébéniste.

— Je... je viens pour un cadeau.

— Un cadeau ? Monsieur a raison, il n'y a pas de cadeau plus apprécié qu'un livre. Puis-je vous suggérer nos nouveautés ?

Il le conduisit avec obséquiosité jusqu'à une table inclinée où trônaient plusieurs ouvrages.

— Une publication posthume d'Honoré de Balzac, d'abord : *Les Paysans*, très belle édition au tirage réduit. Pour ceux qui auraient l'âme vagabonde, le *Voyage en Orient* de M. de Lamartine, ou l'*Histoire de la Turquie*, du même, qui sortent des presses ces jours-ci. Un volume complet des *Mystères de Paris* dans une reliure que vous ne trouverez nulle par ailleurs ; des poèmes de Victor Hugo réunis dans un…

— Je souhaiterais quelque chose de différent, l'interrompit Jules, un peu gêné.

Inexplicablement, le libraire s'anima.

— De différent ? Vous parlez d'or, jeune homme. Le commerce des livres a besoin de quelque chose de différent. Qui ait à la fois le souffle d'un Victor Hugo, l'ambition d'un Balzac, le goût de l'outre-mer d'un Lamartine, le sens des péripéties d'un Eugène Sue ! Ancré avec cela dans les progrès de son siècle et tourné vers l'avenir… Croyez-moi, un écrivain de ce calibre ferait la fortune des libraires et l'admiration du monde entier !

— L'admiration du monde entier, répéta Jules, abasourdi. Eh bien, c'est qu'à vrai dire… je cherche juste des photographies.

L'emphase du libraire retomba aussitôt.

— Des photographies… Évidemment. Quoi de plus naturel, vous êtes jeune. Comment nos livres pourraient-ils lutter ? Venez avec moi.

Ce Dandrieu-là était fou, il n'y avait aucun doute. Jules le suivit derrière le comptoir, dans une pièce minuscule taillée dans l'épaisseur de la bibliothèque, et dont la porte se confondait avec la tapisserie. Il alluma trois lampes à huile et lui montra des classeurs.

— Les petits formats sont à trois francs, les grands à quatre. Dans le portefeuille noir, vous avez les stéréogrammes. L'appareil est sur le bureau. C'est cinq francs l'unité. Prenez votre temps, j'ai l'habitude.

Et il le laissa seul, claquant la porte avec une pointe de mépris. Jules n'en revenait pas… Il y avait aussi des livres sur une étagère : une collection du marquis de Sade, des exemplaires illustrés du *Kama-sutra*, un anonyme, *La Prophétie du diable* et même le *Paris obscur* dont Jules avait lu un extrait chez les Montagnon. L'enfer de la librairie Dandrieu !

Jules se donna une dizaine de minutes avant de retourner vers le libraire pour discuter de Saint-Paul. En attendant, il ouvrit le premier classeur. Un défilé d'Èves plus accortes les unes que les autres, dans des décors et des lumières soignés. Le haut de gamme de l'illicite, en quelque sorte, et qui touchait parfois plus à l'art qu'à la débauche – et, touché, Jules l'était, c'était incontestable. Les photographies allaient seules ou par deux selon leur taille et certaines étaient coloriées à la main pour davantage de réalisme. Aucune de ces épreuves, bien sûr, n'était signée.

Par curiosité, il déplia ensuite le portefeuille noir et choisit un stéréogramme. Il s'agissait d'une photographie double qui, insérée dans le stéréoscope, permettait de voir en relief. L'effet était saisissant : la jeune femme, adossée à une colonne, semblait jaillir du papier pour inviter le spectateur à allumer son cigare. Le geste avait d'autant plus de force que Jules la connaissait : c'était l'une des filles du Cygne rouge. Fébrilement, il passa en revue les autres stéréogrammes : la chambre du Maharadjah, le harem du Sultan, la Pagode chinoise, un catalogue publicitaire entier à la gloire de la maison de la Bourse !

Il n'était cependant pas au bout de ses surprises. Sur l'une des vues qui réunissaient ces dames au salon, Jules aperçut Savannah à califourchon sur le bras d'un fauteuil. Il cligna des yeux pour s'assurer qu'il n'était pas victime d'une illusion binoculaire. Mais c'était bien elle... Elle ne portait plus son tablier blanc de petite bonne, ni son chemisier de coton, ni ses bottines à talons. Elle ne portait plus rien, en vérité. Sur la prise suivante, le photographe avait resserré le cadre et la beauté de Savannah éclaboussait l'image en gros plan. Jules sentit son cœur battre la chamade. Il mit les clichés de côté, rangea le stéréoscope et sortit.

— Vous avez fait votre choix ?

— Je prends ces deux-là.

— C'est pour offrir, m'avez-vous dit... Je mets un ruban ?

Mais Jules n'était plus d'humeur. Sèchement, il répondit.

— Une enveloppe suffira. Au fait, monsieur Dandrieu, ne seriez-vous pas le frère de ce malheureux ébéniste que l'on a retrouvé l'autre jour au Pré-Saint-Gervais ?

Le libraire haussa sévèrement les sourcils.

— Vous ne vous embarrassez pas de condoléances, jeune homme.

— Vous ne semblez pas particulièrement éploré non plus...

— Mes relations avec mon frère ne concernent que moi, il me semble. Vous êtes de la police ?

— Je travaille pour un journal.

— Alors je ne vois pas ce que nous aurions à nous dire de plus.

— Vous préférez peut-être que nous parlions de ces photographies ? Elles sont interdites à la vente, que je sache.

— Mais vous savez aussi bien que moi qu'on les achète un peu partout. Les temps sont durs pour les marchands de livres.

— Elles ne proviendraient pas du studio Saint-Paul, par hasard ?

Cette fois-ci, le libraire blêmit. Il lui tendit l'enveloppe en éludant la question.

— Vous me devez dix francs.

Sans le quitter du regard, Jules attrapa dans sa poche l'un des beaux billets de Lucien Morcel.

— Tenez. Quoi qu'il en soit, même si vous ne voulez pas répondre, vous serez intéressé d'apprendre que Jacques Saint-Paul est mort ce matin. Assassiné, lui aussi. Ce qui fait tout de même beaucoup de décès suspects parmi vos proches. Si je puis vous conseiller la prudence…

Il tourna les talons sans le saluer et, une fois sur le trottoir, consulta sa montre : juste assez de temps pour se changer avant de retrouver Savannah.

13

Il la regardait, elle ne le voyait pas. Elle l'attendait à quelques mètres du Cygne rouge, absorbée devant la vitrine d'une modiste, sans doute pour ne pas avoir l'air… Une robe d'été blanche, toute simple, avec un joli châle violet, un petit panier comme une bouquetière et les cheveux sagement tirés en arrière. Qu'est-ce qui l'attirait vraiment en elle ? Sa beauté, ses yeux d'ange, cette façon gracieuse qu'elle avait de se tenir, un oiseau délicat posé sur la branche ? Bien sûr. Mais autre chose, aussi. Autre chose qui le crucifiait plus sûrement et qu'il n'aurait su dire. Ne passait-on pas sa vie à rechercher son premier amour ? Sa cousine Caroline, par exemple… Caroline qui s'échappait en riant sur les bords de la Loire, Caroline qui grimpait comme un chat aux arbres de l'oncle Prudent… Leurs serments d'enfant, leurs disputes, tous ces moments bénis de solitude, envolés à jamais, et qui, pourtant, se prolongeaient encore dans le secret de son cœur. Les poèmes maladroits qu'il ne cessait de lui écrire, le baiser qu'elle avait déposé sur sa bouche un jour de juillet. Il en était si fier, de ce baiser, qu'en retournant à Nantes il s'était faufilé sur le plus gros trois-mâts du port en partance pour les Indes. Il voulait rapporter un collier de perles et de corail à Caroline. On l'avait découvert, bien sûr, on l'avait débarqué. Le bateau avait pris la mer…

Plus tard, Caroline avait été mariée à un barbon sans attraits. Et Jules, lui, était encore sur ce quai.

— Savannah ?

— Monsieur Verne ! Je me demandais si vous alliez venir !

Elle paraissait soulagée.

— Je vous l'avais promis, non ?

— Vous m'avez fait ma recommandation ?

Il agita l'enveloppe qu'il tenait à la main.

— Nous pourrions en parler autour d'un verre, vous ne pensez pas ?

Elle baissa la tête, hésitante.

— Si vous voulez.

— Le café des Variétés, ça vous irait ?

Elle acquiesça, les yeux figés sur la pointe de ses chaussures. Ils marchèrent en silence vers la rue Vivienne, croisant des financiers pressés qui descendaient de la Bourse et quelques grisettes en maraude. Les choses sérieuses commençaient plus loin, sous le passage des Panoramas : c'était la cohue de six heures et la foule roulait d'une boutique à l'autre sans pratiquement toucher terre. Les ombrelles de chez Farge, les bijoux de Monestier, les babas au citron de Félix, les jambons fins de Choquart, tout cela dansait dans le coin de l'œil et malheur à qui souhaitait remonter le courant.

Puis le torrent les déposa sur le boulevard et le boulevard lui-même semblait en crue : dandys, coquettes, familles à enfants, aristocrates en calèche, artistes avec leurs muses, saltimbanques, étudiants, touristes, ouvriers après leur journée de travail, tous ceux qui voulaient voir, tous ceux qui voulaient être vus, un fleuve humain qui prenait sa source à la Bastille, assiégeait les théâtres du Temple, submergeait les terrasses de Bonne-Nouvelle, léchait avidement le luxe des Italiens, puis s'en allait se jeter au pied de la Madeleine. Le méandre le plus dissipé de la Seine…

Jules entraîna Savannah à l'intérieur du café des Variétés.

— Allons au fond, nous serons plus tranquilles.

Il avait réfléchi à ce qu'il devait lui dire et n'avait pas choisi l'endroit par hasard : les boulevards étaient son territoire.

— Qu'est-ce qu'on sert aux amoureux ? demanda le garçon avec un clin d'œil.

— Punch glacé pour moi, répondit Jules.

— Pour moi aussi, sourit timidement Savannah.

Jules observa les tables les plus proches : des Anglais plongés dans un guide de la ville et trois jeunes gens qui débattaient bruyamment de la Crimée. Il décacheta l'enveloppe.

— Avant de vous confier la lettre, je souhaitais vous montrer ceci.

Il fit glisser les stéréogrammes sur le marbre, en les inclinant pour qu'elle seule puisse les voir. Elle lui décocha un regard foudroyant et se leva d'un bond. Il la retint par le bras, conscient qu'il n'employait pas là une technique de séduction très prometteuse.

— Attendez ! Il faut que nous discutions. Même quelques minutes. Après, vous pourrez partir. Je vous donnerai les photographies.

Elle se rassit, l'air hostile.

— Je suis désolé, s'excusa-t-il en replaçant les épreuves dans l'enveloppe. Je devais le faire pour mon ami Félix.

Il écrit des articles sur le meurtre de Will Gordon, le médium. Vous en avez entendu parler, peut-être ?

Elle fit vaguement signe que oui.

— Nous avons de bonnes raisons de croire que le photographe qui est venu au Cygne rouge était mêlé à ce crime. Je dis « était », car on l'a assassiné lui aussi. Je ne peux pas m'expliquer davantage, mais il y a eu une altercation et Félix a été blessé.

— Blessé ?

— Au bras. Il est actuellement à l'hôpital Saint-Louis.

— Quel rapport avec moi ?

— Vous vous souvenez de la séance de pose ?

Elle haussa les épaules.

— Si je m'en souviens, ça, oui.

— C'était il y a longtemps ?

Avant de répondre, elle laissa le garçon leur servir deux tasses transparentes où se mêlaient des parfums d'alcool et de fruits.

— N'allez pas vous faire de fausses idées, monsieur Verne. Je n'étais pas d'accord pour ces photographies.

— On vous a forcée ?

— C'est la maîtresse, soupira-t-elle en hochant la tête. Des filles étaient malades ce jour-là, la maîtresse a prétendu que cela ne faisait pas le compte. Que Le Cygne rouge passerait pour une maison de province. Elle est venue nous chercher avec deux autres lingères et elle nous a obligées à…

Sa voix s'éteignit sans qu'elle puisse achever sa phrase.

— Pardonnez-moi, balbutia Jules, je ne voulais pas raviver de mauvais souvenirs. Vous n'aviez donc aucun moyen de refuser ?

— C'était ça ou la porte, renifla Savannah. Et la porte, je sais où ça mène. J'ai une chambre à la Villette.

Ce n'est pas qu'elle soit grande, mais il faut bien payer le loyer et puis se nourrir. Tout est cher à Paris, je n'ai rien devant moi. Ce travail au Cygne rouge, c'est ma seule chance de m'en sortir d'ici que je sois comédienne. Parce qu'une fois à la rue, je n'ai pas d'illusion : au bout de dix jours, je retomberai dans une autre tolérance. Mais pas comme lingère ni comme bonne.

— Votre famille ne peut pas vous aider ? Même provisoirement ?

— Ma famille, monsieur Verne ? Si je retourne en Bretagne, mon père me tuera de ses propres mains ! Actrice, pour lui, c'est pire que prostituée. Alors si je dois attendre après son argent…

Le jeune homme se sentait de plus en plus stupide. Quel butor il avait fait ! Elle aurait dû le gifler.

— Et, euh, pour en revenir à ce photographe, il s'appelait Jacques Saint-Paul, n'est-ce pas ? Brun, la trentaine, taille moyenne…

Son embarras remit un peu de couleur aux joues de Savannah.

— C'est ça, oui. Mais son nom, je ne l'ai pas entendu. Quand ça s'est fini, j'ai couru me cacher à l'office. Ce que je sais, c'est que les filles parlaient d'un grand studio sur les boulevards.

— Le studio Pelladan ?

— Pelladan, voilà. Enfin, je crois. Il avait un drôle d'appareil avec deux espèces d'œilletons.

Un appareil stéréoscopique, à coup sûr. Beaucoup plus cher que les appareils ordinaires. Jules ne se rappelait d'ailleurs pas en avoir vu à l'atelier de la butte.

— Quand cela s'est-il produit, exactement ?

— Au début de l'année. Fin janvier ou début février. Il ne faisait pas très chaud.

Ce qui signifiait que Saint-Paul, à l'époque, était toujours au service de Pelladan. Avait-il pris ces photographies à l'insu de son patron ? Était-ce précisément la cause de son renvoi ? Ou bien le studio Pelladan participait-il lui-même au trafic ?

— Il y a souvent des photographes au Cygne rouge ?
— Pas vraiment. C'est la seule fois depuis que j'y suis.

Jules lui tendit l'enveloppe et plongea le nez dans sa tasse de punch. Il n'était pas très fier de son petit chantage. Du coin de l'œil, il la regarda sortir les deux stéréogrammes, les déchirer méticuleusement, puis remettre les morceaux dans l'enveloppe. Dix francs, tout de même…

— J'aurais encore une ou deux questions, reprit-il lorsqu'elle eut fini. Votre maîtresse a-t-elle jamais fait allusion à Will Gordon ou aux tables tournantes ?

— Vous savez, quand Mme Berthe nous parle, c'est pour nous donner ses ordres, rien de plus. Sinon, elle ne fait pas la conversation.

— Vous la connaissez depuis longtemps ?

— Depuis l'automne dernier, quand je suis arrivée à Paris. J'avais vingt-cinq francs en poche, toutes mes économies. J'ai fait le tour des théâtres, mais personne n'a voulu me recevoir. Et trois jours après, je n'avais plus un sou vaillant. C'est là que j'ai rencontré Mme Berthe. Elle attendait une fille qui venait de monter dans une loge à l'Opéra. Elle a commencé par me regarder puis elle m'a demandé ce que j'avais à piétiner devant l'entrée de service. On a discuté et elle m'a proposé un emploi de lingère.

La jeune femme leva les yeux au ciel.

— Notez, je sais bien ce qu'elle a en tête. Elle espère qu'un jour je rejoindrai les autres au salon. Mais je ne veux pas. C'est pour ça qu'il me faut un engagement.

Jules déplia la lettre qu'il avait préparée pour le directeur du Gymnase. Elle la lut et son visage devint aussitôt celui d'une petite fille qui ouvrait le cadeau tant convoité de ses étrennes.

— Merci, murmura-t-elle. Merci, oui.

— Je ne peux pas vous garantir que cela suffise, ajouta-t-il. Il faudrait que nous répétions quelques textes. Ou des fables, au moins. Si vous vous souvenez de certaines, nous pourrions…

Mais, d'un geste naturel, Savannah posa sa main toute fraîche sur la sienne.

— Pas ce soir, monsieur Verne, s'il vous plaît. Je suis tellement contente ! Grâce à vous, je vais devenir actrice ! Demain, je travaillerai dur, c'est promis. Et puis dimanche et puis les jours suivants. Je ne vous décevrai pas. Mais ce soir, j'ai envie de m'amuser un peu.

Il y avait dans ses yeux un irrésistible mélange de candeur et de flamme. Tout compte fait, Jules estimait avoir plutôt bien redressé la situation.

— D'accord ! s'exclama-t-il. Qu'est-ce qui vous ferait plaisir ? Que nous allions au théâtre ? On joue *La femme qui mord* aux Variétés, juste à côté. En nous dépêchant, nous avons une chance d'attraper le premier acte.

— Il fait si bon ! Pourquoi ne pas rester dehors ? Tout le monde parle des attractions du Champ-de-Mars…

— Excellente idée ! Accepteriez-vous que je vous accompagne ?

— À condition de ne pas rentrer trop tard : j'embauche à huit heures, demain.

— Je pourrais toujours vous ramener en fiacre à la Villette, si vous m'y autorisez.

Savannah ne répondit rien et but simplement une gorgée de punch. Jules se sentait pousser des ailes. Et l'idée du Champ-de-Mars tombait d'autant mieux qu'il avait besoin de l'avis d'Émile sur l'étrange photographie aux taches de lumière. Pour une fois que les événements s'enchaînaient dans le bon sens !

Ils quittèrent le café des Variétés alors que le jour commençait à décliner et que les premiers allumeurs de réverbères éclairaient le boulevard Montmartre. La foule était de plus en plus compacte et la queue aux omnibus se tortillait comme un serpent. Ils choisirent de l'éviter et de se rendre à pied vers le Louvre pour prendre un pyroscaphe, l'un de ces bateaux à vapeur qui faisaient la navette sur la Seine parmi les péniches et les bateaux-lavoirs. Savannah semblait ravie. Ils descendirent au terminus du pont d'Iéna et, au moment où il s'effaçait pour aider la jeune femme à gravir les marches, Jules eut l'impression qu'une ombre furtive se glissait sous l'escalier. Il écarquilla les yeux mais ne distingua rien d'autre que l'obscurité.

— Quelque chose ne va pas ?
— Non, un chat, sans doute.

Ils arrivèrent enfin sur le Champ-de-Mars qui resplendissait de musique et de lumière. La pelouse face à l'École militaire était couverte de baraques et d'enclos forains, de buvettes improvisées sous des lampions, de marchands de saucisses et de confiseries, avec un grand mât de cocagne au milieu. Une troupe d'accordéonistes accueillait les visiteurs – une autre foule, encore, à croire que tout Paris était dehors – et Savannah battit des mains.

— C'est merveilleux, monsieur Verne !
— Arrêtez de m'appeler monsieur ou je vous ramène tout de suite à la Villette.

Elle lui prit le bras en riant et l'entraîna dans un tour complet des attractions, à commencer par Rosa, la femme-baleine, dont une affiche certifiait qu'elle pesait deux cents kilos et qu'elle ne pouvait vivre hors de l'eau – une énorme créature, au vrai, assez repoussante, que l'on voyait en tenue de bain derrière une vitre sale, à moitié allongée dans un baquet. L'ogre ventriloque, ensuite, qui avait prétendument avalé une enfant de quatre ans et répondait aux questions du public avec une voix de petite fille, sans du tout remuer les lèvres. Puis le dresseur d'oiseaux et de rats – ces derniers d'une surprenante docilité –, le bossu qui avalait sa bosse et la rendait dans d'invraisemblables borborygmes, les boniments du célèbre Duchesne, l'arracheur de dents, qui ne se déplaçait qu'avec sa belle roulotte et son valet de pied ; Mme Jacqueline, la tireuse de tarots, qui promettait de l'amour aux femmes et de l'argent aux hommes – rarement le contraire ; les acrobates nains Tif et Tof, qui répandaient du verre pilé sous leur trapèze ; Mongo et son cirque de puces, etc.

Vers neuf heures, ils firent une halte au café de plein air pour manger des crêpes et boire du cidre, puis ils se dirigèrent vers les jeux d'adresse. Savannah poussa Jules à s'essayer au tir à la carabine : on y gagnait des poupées de porcelaine à condition de couper cinq fils de couleur tendus entre des anneaux. Jules eut une certaine réussite au premier tir – un fil vert – mais manqua les trois suivants. La jeune femme lui emprunta son arme – « Laissez donc faire les filles de la campagne ! » – et coupa net le fil rouge et le fil bleu avec les deux plombs restants.

— Le lot de consolation ! s'enthousiasma le forain. Un coupe-chou pour ce joli couple !

Jules aurait préféré une poupée ou une paire de rubans : difficile d'offrir un rasoir à Savannah sans se montrer désobligeant. Il tenta de se racheter avec le jeu de massacre, mais il avait beau lancer la pelote avec force, les cubes empilés tenaient bon, surtout l'exaspérante rangée du bas. Le jeune homme était en sueur et Savannah hilare.

— Je crois que je vais arrêter de me ridiculiser, déclara-t-il finalement. Peut-être pourrions-nous visiter la galerie photographique ?

Savannah se raidit et jeta un œil vers son panier où se trouvait encore l'enveloppe avec les stéréogrammes.

— Vous êtes sûr que…

— Je dois y rencontrer quelqu'un, insista Jules.

Elle s'inclina sans plus de commentaire et ils traversèrent la foire dans l'autre sens, vers l'entrée qui donnait sur l'École militaire. La baraque de curiosités occupait une place de choix dans la grande allée et le vieil Émile se tenait bien au guichet. Il proposait aux curieux ses tickets à cinq centimes, agrémentés du fameux coupon de réduction pour l'atelier Pelladan. Il accueillit Jules avec de grandes démonstrations.

— Monsieur Verne ! Quel plaisir ! Quel honneur ! Et quelle est cette charmante personne ?

— Je vous présente Savannah, une amie.

— M. de Montagnon n'est pas avec vous ?

— Il n'a pas pu venir, je vous raconterai. Nous aimerions deux places.

Jules paya le prix indiqué – il était écrit que les billets de Lucien Morcel ne passeraient pas la journée – et encouragea Savannah à commencer la visite sans lui.

— Elle est délicieuse, le complimenta Émile lorsqu'elle se fut éloignée, je vous félicite.

— Rien n'est fait, soupira Jules.

— Hélas ! Les femmes sont comme la lumière : indispensables, insaisissables…

— Je ne vous savais pas poète.

— De la poésie de photographe, monsieur Verne, rien de plus. Jacques Saint-Paul a pu vous renseigner sur le daguerréotype ?

— Il est mort, lâcha Jules sans ménagement.

— Mort ! Mais comment cela ?

— Assassiné. Quand nous sommes arrivés à l'atelier, le meurtrier était encore sur place. Il s'est enfui en blessant Félix au bras gauche.

— Mon Dieu ! Et c'est moi qui vous ai envoyés là-bas !

Des amateurs se présentèrent à la caisse, obligeant Émile à refréner ses questions.

— C'est en rapport avec les articles, n'est-ce pas ? reprit-il après les avoir servis.

— Vous êtes au courant ?

— Le studio est abonné au *Populaire*. Quand M. de Montagnon m'a dit son nom, j'ai fait tout de suite le rapprochement. Et puis votre histoire de plaque, là, ce n'était pas très clair. Comment est-il, maintenant ?

— Il a surtout besoin de repos. Il m'a aussi chargé de vous soumettre cette épreuve… Il y en avait une vingtaine du même type dans l'atelier de Saint-Paul.

Le vieil Émile lissa la photographie et l'examina sous la lampe.

— Qu'est-ce que c'est, d'après vous ? demanda le jeune homme.

— À première vue, un cliché raté. Mais j'en ai déjà vu de semblables ailleurs.

— Et de quoi s'agit-il ?

— Je ne voudrais pas m'avancer, mais, puisqu'il est question de médium, on dirait l'une de ces tentatives de plus en plus fréquentes pour photographier les esprits.

Photographier les esprits ! Jules s'attendait plutôt à quelque chose autour de l'électricité.

— Dans quel but ?

— Les étudier, je suppose. Ou fournir la preuve qu'ils existent. Notre maison a été sollicitée à une ou deux reprises pour suivre des séances spirites, mais à ma connaissance, le patron a toujours refusé. Il n'empêche que des images de ce genre circulent à l'occasion. Entre photographes, c'est plutôt un sujet de plaisanterie.

— Vous vous souvenez des gens qui ont fait appel à vous ?

— Moi, non. Mais posez la question à M. Pelladan, il est à l'intérieur.

— M. Pelladan est là !

Émile baissa d'un ton.

— Il fait toujours la fermeture, ne serait-ce que pour la caisse.

Jules le remercia et pénétra sans attendre dans la haute baraque. Plus qu'une simple galerie, il s'agissait de tout un univers assemblé comme un décor de théâtre. On entrait dans une sorte de forêt faite de faux arbres et de toiles peintes, plus ou moins éclairée selon les sections, chacune évoquant un continent différent : l'Asie sur fond de jungle, l'Afrique avec ses baobabs, l'Amérique et ses feuillus immenses. Les épreuves, quant à elles, étaient encadrées et accrochées sur des canisses : Indiens posant en plumes devant leurs tipis, villages en argile du Sahel, enfants noirs au sourire éclatant, Cambodgiennes dans leurs costumes traditionnels, temples hindous, etc. La deuxième partie était consacrée aux villes, y compris françaises, et à leurs monuments remarquables. Un savant éclairage donnait l'illusion de la nuit ou du jour, à l'image de ce que Daguerre avait inventé autrefois pour son Diorama, la grande salle où il présentait ses trompe-l'œil féeriques. Le visiteur qui suivait son chemin entre les panneaux avait ainsi le sentiment grisant de parcourir le vaste monde en quelques enjambées. Les exclamations de surprise fusaient d'ailleurs de partout : « La taille de cet immeuble ! » « Et tous ces gens sur ce bateau ! Ils sont au moins dix mille ! »

Tandis qu'il admirait un panoramique des toits de Londres, Jules surprit une conversation venant de l'allée voisine.

— Actrice ? disait une belle voix grave. Mais c'est merveilleux ! Savez-vous que j'ai photographié Eugénie Doche dans sa robe de Dame aux camélias ? Et Rachel en Phèdre ? Et même Rose Chéri ? Je les connais personnellement.

— Personnellement ? s'extasia Savannah.

— Bien sûr ! Et croyez-moi, leurs portraits font sensation dans la vitrine. Nous en vendons dix par jour !

La voix se fit enjôleuse.

— Peut-être aimeriez-vous avoir le vôtre, vous aussi ? Nous pourrions en tirer quelques exemplaires et les faire livrer dans les théâtres. À mes frais, bien entendu. Non, non, ne protestez pas. Il y a en vous une comédienne qui ne demande qu'à éclore, je le sens bien. Laissez-moi être l'instrument du destin…

Jules s'empressa de voler au secours de la jeune femme. Il tourna le coin de l'allée et vit Pelladan qui se penchait vers elle, feignant de replacer un cadre sur le panneau. Savannah ne bougeait pas, manifestement impressionnée.

— Monsieur Pelladan ? lança Jules.

L'autre se dégagea avec un geste de mauvaise humeur, aussitôt contrôlé.

— Monsieur ?

Il était grand, athlétique, la barbe et les cheveux coupés court, des traits puissants et volontaires qui devaient séduire la plupart des femmes. Pas Jules, qui lui trouvait quelque chose de faux et de désagréable. Les yeux, probablement. Des yeux très mobiles et très sombres, qui démentaient l'apparente amabilité du visage. Comme s'il portait un masque.

— Mademoiselle est avec moi, affirma Jules avec conviction.

— Vous êtes ?

— Jules Verne, je travaille pour *Le Populaire*.

— *Le Populaire* ? Bon journal. Eh bien, enchanté, monsieur Verne. Vous ne vous formaliserez pas, j'espère, mademoiselle et moi discutions de ses succès futurs. Mon offre tient toujours, ajouta-t-il en se tournant vers Savannah. Venez à votre convenance au studio, l'adresse est sur le coupon. Plutôt l'après-midi car le matin je suis à l'Exposition. Évidemment, si vous estimez que mademoiselle a besoin qu'on l'accompagne, l'invitation vaut aussi pour vous, cher monsieur.

— Patron ? cria une voix étouffée derrière la cloison. Il est onze heures.

— Très bien, Émile. Tu peux fermer le guichet, j'arrive.

En manière d'excuse, il fit un élégant baisemain à Savannah.

— Pardonnez-moi, la foire se termine et la police ne plaisante pas avec les horaires. Je dois m'assurer qu'aucun visiteur n'est resté en arrière.

Il rebroussa chemin, laissant Jules un peu stupide avec sa photographie et ses questions. Tant pis, Pelladan ne lui aurait pas répondu, de toute façon.

— Un beau parleur, grommela-t-il.

— Vous n'êtes pas jaloux, au moins ? s'amusa la jeune femme.

— Il ne m'inspire pas confiance, vous feriez bien de vous en méfier.

— Dites, vous n'allez pas faire comme mon père !

Et elle éclata de rire.

En sortant de la baraque, ils saluèrent le vieil Émile et lui demandèrent au passage où l'on pouvait louer des voitures pour la banlieue.

— C'est bien la première fois que je vais rentrer en fiacre à la Villette ! se réjouit Savannah.

Ils gagnèrent ensuite la station de la rue de Suffren et patientèrent quelques minutes, le temps qu'un véhicule à lanterne bleue – celle qui indiquait le dépôt de Belleville – veuille bien se présenter. Seul inconvénient, le cocher avait une haleine plus que douteuse.

— Deux francs la course, annonça-t-il en réprimant un hoquet. Et je dois être rendu au garage à minuit trente.

Jules scruta en vain la place et les rues proches : il y avait plusieurs voitures de la compagnie qui chargeaient de nombreux clients, mais toutes arboraient des lanternes jaunes, rouges ou vertes. Voyant qu'il hésitait, le cocher tenta de le rassurer.

— Foi de Bastien, m'sieu, y a pas meilleur équipage que moi sur le pavé de Paris ! Et si vous m'arrosez d'un p'tit quelque chose en plus, vous serez chez vous avant d'avoir fermé la portière !

Arrosé, à en juger par les vapeurs d'alcool, il l'était déjà copieusement. D'un autre côté, Jules avait bien conscience qu'il ne vivait pas là une soirée ordinaire. Au diable l'avarice… Il lui donna deux francs cinquante en espérant que le cabriolet n'en avancerait que plus droit.

— Un pourboire royal, milord, merci ! On roulera sur du coton, foi de Bastien !

Jules aida Savannah à s'asseoir sur la banquette et lui-même s'apprêtait à y monter lorsqu'une voix essoufflée l'interpella derrière lui.

— Monsieur Verne ! Monsieur Verne !

— Émile ?

— Excusez-moi, monsieur Verne, haleta le photographe. J'ai cru que je ne vous rattraperais jamais. Vous avez bien parlé de la Villette, tout à l'heure, n'est-ce pas ? Moi aussi, j'habite là-bas. Si vous aviez un bout de siège, ça m'éviterait de…

Jules consulta Savannah, qui haussa les épaules.

— Ça va, grimpez !

Il était trop bon, il le savait.

— Yehpiii ! hurla alors le conducteur, comme s'il s'alignait à Chantilly pour la course du Jockey-Club.

Ils franchirent la Seine à vive allure puis contournèrent les boulevards par la colline de Chaillot et la rue Saint-Lazare. Jules avait laissé le vieil homme et la jeune femme dans le sens de la marche et, confortablement installé sur la moleskine, il les regardait débattre des mérites comparés des différents quartiers de la Villette : ils habitaient à cinq cents mètres l'un de l'autre et avaient l'air de s'entendre comme larrons en foire. Il songea aussi au pauvre Félix sur son lit de douleur et aux expériences de Servadac dans son donjon. À quoi servait-il donc de photographier les esprits ? Et quel lien avec l'électricité ?

Soudain, en doublant Notre-Dame de Lorette, le cocher frappa des petits coups à la vitre intérieure.

— Faites excuse, milord. J' sais pas si c'est mon imagination ou quoi… J' crois bien qu'y a une voiture qui nous suit depuis le Champ-de-Mars !

14

Jules passa la tête par la portière. Un coupé noir, en effet, à une vingtaine de mètres derrière eux, tiré par un seul cheval. Le conducteur avait relevé le col de sa veste et enfoncé son chapeau, de sorte que l'on ne devinait rien de son visage. Quelque chose brillait cependant sur le siège à côté de lui. Une arme ?
— Qu'est-ce qu'il y a ? s'inquiéta Émile.
— Vous êtes sûr qu'il nous suit ? cria Jules au cocher.
— C'est ce qu'on va voir !
Le fiacre se déporta brutalement sur la gauche, vers la rue Neuve-Coquenard, puis tout aussi brutalement sur la droite derrière l'usine à gaz de la cité Napoléon. Ballottée sur la banquette, Savannah se cramponna au photographe.
— Mon Dieu, mais…
Un instant dérouté par la manœuvre, le coupé céda du terrain avant de leur emboîter très vite le pas.
— Pas de doute, milord, c'est nous qu'il chasse !
— Il y a moyen de le semer ?
Le cocher lui glissa un œil imbibé d'alcool.
— C'est le mari de la jolie dame, pas vrai ?
— Pire…

— Le père, alors ?

— Pire...

— Alors si c'est pire que le mari et le père, milord... Yehpii !

Il fouetta rudement les chevaux et Jules faillit tomber aux genoux de Savannah. Celle-ci tremblait, tout en essayant de faire bonne figure.

— C'est votre tueur, n'est-ce pas ? Il nous en veut à nous ?

— Je ne sais pas. Il n'a pas l'air de nous lâcher, en tout cas.

Le coupé noir s'était rapproché : il était à la fois plus rapide et plus maniable que le fiacre. Nouveau tangage, nouveau roulis, leur voiture s'enfila rue Rochechouart puis piqua au milieu de la rue de Dunkerque. Par chance, il n'y avait plus grand monde à cette heure. Il sembla alors à Jules que l'homme saisissait son arme. Avec le martèlement furieux des sabots sur le pavé, personne n'entendrait le coup partir.

— Ah ça, mon bâtard ! jura le cocher.

Leur poursuivant n'était plus qu'à dix mètres, le fusil contre la cuisse, les traits toujours indiscernables. Une balle pour le cocher, et le fiacre irait se fracasser tout droit sur les bouteroues des immeubles... Ou bien non, le tueur les rejoindrait, demeurerait un moment à leur hauteur, puis abattrait Jules par la portière. Le jeune homme tourna la tête : ils arrivaient sur la place du Nord. À gauche, l'hôpital Lariboisière, à droite, l'église Saint-Vincent-de-Paul. En face, le quartier de la gare du Nord, en chantier depuis des semaines. Il y avait même une barrière en bois qui obstruait en partie la chaussée pour interdire aux véhicules de passer.

— Hé ! s'étrangla Jules. Vous n'allez pas...

— Serre-moi donc par là, si t'en es capable ! s'époumona le cocher.

La voiture se souleva bizarrement d'un côté sans ralentir le moins du monde. À l'intérieur, on s'accrochait comme on pouvait. Le fiacre avait monté deux roues sur ce qui restait du trottoir et contournait allègrement la barrière. Devant lui s'étendaient une tranchée centrale en cours de comblement, des monticules de terre et une mince bande viabilisée qui permettait aux charrues de décharger du matériel. Les essieux gémissaient à fendre l'âme et, à chaque cahot, le chapeau d'Émile était projeté vers le plafond.

— Il va nous tuer ! Il va nous tuer !

Le coupé n'avait pas renoncé et s'était engagé derechef sur leurs traces. Il les rattrapait d'autant plus facilement que sa taille contraignait le fiacre à ralentir et que les chevaux donnaient des signes de fatigue. Jules ne voyait pas bien comment le cocher les sortirait de là : le chemin allait en se rétrécissant le long du fossé et des tranchées apparaissaient en perpendiculaire sous la masse puissante de la gare du Nord. Encore cinquante mètres à ce train et ils auraient le choix entre verser dans un trou ou se briser contre les remblais. Délicieuses perspectives…

Tout à coup, les chevaux se cabrèrent.

— Tout doux, mes beaux, tout doux ! s'égosilla le cocher, arc-bouté sur ses rênes.

La voiture pivota sur la droite comme si elle avait quitté le sol puis s'engouffra entre deux talus qui masquaient un croisement. Le fiacre se reçut lourdement dans la rue adjacente, elle aussi en pleins travaux. À travers la vitre, Jules entrevit le coupé qui négociait à son tour le virage, mais avec un temps de retard. L'une de ses roues chassa sur les graviers et, emporté par son élan, l'arrière du véhicule s'éleva à la verticale. L'attelage céda dans un terrible craquement et l'animal, soudain libéré, jeta une série de ruades. Le coupé roula plusieurs fois sur lui-même et disparut derrière le talus.

— Tu t'attendais pas à celle-là, hein! triompha le cocher en esquissant un bras d'honneur.

Il gratifia Jules d'un nouveau clin d'œil.

— Qui que ce soit, m'est avis qu'il vous laissera tranquille un moment. Faut dire, s'il connaissait pas l'endroit, il avait qu'à pas s'aventurer, pas vrai? Bon, on va toujours à la Villette?

La fin du trajet se déroula sans encombre, mais les trois passagers, encore sous le choc, gardèrent un silence pesant. Au fur et à mesure qu'ils s'éloignaient du centre, les réverbères étaient moins nombreux, les rues moins larges, le bâti plus clairsemé. La Villette était une excroissance greffée sur Paris depuis le canal de l'Ourcq, un vaste entrepôt où se déversaient par bateaux entiers le charbon, la farine, l'huile et le vin, et qui, au-delà de son port, accueillait dans de mauvais logements une population industrieuse et parfois misérable. Savannah elle-même habitait dans une ruelle triste et peu engageante, adossée au chemin de fer de ceinture. La maison qui faisait le coin paraissait sans vie et c'était pitié de la laisser là toute seule.

— Vous ne préférez pas que je vous accompagne?

— C'est une pension pour jeunes ouvrières, expliqua Savannah à voix basse, ils croient que je travaille dans un atelier de couture. Si la gardienne nous voit ensemble, jamais elle n'ouvrira. Déjà qu'il est tard…

Elle lui pressa le poignet.

— Mais vous pouvez me prendre au Cygne rouge demain, si vous voulez. Je repasserai mes fables, c'est promis.

Jules hocha la tête et la regarda s'engouffrer sous le porche miteux. Une pitié, oui.

— L'amour ! rigola le cocher. Bon, et où est-ce qu'on va, maintenant, milord ? Je dois être à minuit trente au dépôt, vous vous rappelez ?

Émile donna ses instructions au conducteur puis, une fois la voiture lancée, s'assit auprès de Jules avec un air de conspirateur.

— Pardonnez-moi de m'être imposé ainsi, monsieur Verne. Je me rends bien compte que je vous ai gêné avec la jeune fille. Mais je ne l'ai pas fait juste pour profiter du fiacre. Il y a un détail qui m'est revenu tout à l'heure, après notre conversation. J'ignore si c'est important ou pas, mais puisque vous dites que Jacques Saint-Paul est mort et que tout est lié à cette affaire d'Anglais…

Il s'embarrassait bien de circonlocutions.

— Je vous écoute, Émile.

— Voilà… Vous vous souvenez que je devais déjeuner à La Truie qui flanche, sur la butte Chaumont, ce midi ? Eh bien, une heure après environ, je redescendais vers les barrières, j'ai croisé une vieille connaissance. Quelqu'un qui venait de temps en temps au studio Pelladan et qui fréquentait un peu Jacques Saint-Paul. Pierre Batisson…

— Batisson, l'imprimeur ?

— C'est ça, l'imprimeur. Il a ses bâtiments derrière la poudrette de Montfaucon.

— Je suis au courant, Félix m'a montré l'endroit en allant à l'atelier Saint-Paul. Et que faisait-il ?

— Rien, justement. C'est ce qui m'a semblé pas normal. Il était seul, à pied, et il ne marchait pas vraiment vers la poudrette. Il attendait. Oui, j'ai eu l'impression qu'il attendait.

— Il attendait quoi ?

— Aucune idée. Il y avait quelques passants, mais…

— Vous lui avez parlé ?

— Surtout pas ! Pour peu qu'il aille raconter au patron que je traînais là-bas aux heures de travail avec la charrette !

Jules eut une illumination.

— Il était habillé en noir, avec un grand chapeau ?

— En noir ? Non, il portait une chemise tout ce qu'il y a de plus blanc. Le pantalon, peut-être… Mais pas de chapeau.

Un manteau et un chapeau, on pouvait toujours s'en séparer discrètement.

— Il vous a remarqué, lui ?

Les sourcils d'Émile se plissèrent avec anxiété.

— Je… je pense qu'il m'a vu, oui. Pourquoi ?

— Par curiosité, rien d'autre. Et, selon vous, Batisson était en relation avec Jacques Saint-Paul ?

Le vieil homme ne répondit pas immédiatement, comme s'il craignait soudain d'en avoir trop dit.

— Oui… Enfin, comme ça. Il est venu au studio à plusieurs reprises, mais allez savoir s'ils se voyaient au-dehors…

Quelque chose paraissait lui avoir traversé l'esprit qui le poussait à se taire.

— Un problème, Émile ?

— Pas du tout, monsieur Verne. Je réalise que je n'aurais pas dû vous déranger pour cette histoire. Ça n'a sans doute aucun rapport, et en plus je vous ai gâché votre soirée.

Jules aurait parié qu'il avait peur.

— Livraison à domicile ! clama le cocher.

Le fiacre venait de stopper dans une voie à peine éclairée, bordée d'immeubles sans grâce à deux étages. Le photographe se dépêcha d'ouvrir la portière.

— Merci, merci encore, monsieur Verne ! Et bon rétablissement à votre ami.

Il tendit aussi la main au cocher.

— Vous êtes un conducteur formidable, si, si ! La rue est en impasse, mais vous trouverez un peu plus loin à vous retourner.

Il donnait le sentiment très net de vouloir s'enfuir.

— Prochain arrêt ? interrogea le cocher.

Jules hésita. Il regrettait maintenant d'avoir abandonné Savannah. S'il avait insisté un peu… Il était presque tenté de revenir à la pension. Peut-être l'apercevrait-il à sa fenêtre ? La troisième à gauche au deuxième étage, avait-elle dit. Il pourrait attirer son attention et… Non, c'était puéril. Et puis il y avait *Monna Lisa*.

— Boulevard Bonne-Nouvelle.

— Bonne-Nouvelle ! C'est parti, milord.

Le fiacre s'enfonça dans l'obscurité et fit un demi-tour malcommode au fond du cul-de-sac. Avant de quitter la rue, Jules observa l'immeuble du photographe : quelle mouche l'avait donc piqué ? La seule évocation de Batisson suffisait-elle à l'effrayer ?

La voiture n'avait cependant pas fait cinquante mètres dans l'artère principale qu'un coup de feu retentit : blam ! Puis un second, aussitôt après : blam !

— Émile…

Les chevaux hennirent et Jules sauta du fiacre avant qu'il ne soit arrêté.

Émile !

Jules courut vers l'immeuble. Quel imbécile ! Émile, bien sûr !

La porte cochère n'était pas fermée. Une cour. Plusieurs entrées. Où se diriger ? Du bruit dans l'escalier en face. Jules se précipita. Des éclats de voix, du remue-ménage. Les gens sortaient sur le palier en tenue de nuit.

— Qu'est-ce qui se passe ? Des coups de feu, non ?
— À cette heure, tout de même !
— C'est le vieux du deuxième, on dirait.

Une lampe s'alluma, puis une autre.

— Par ici !

Quelqu'un tambourinait à une porte. Un grand type en tricot de corps avec des mains trapues.

— C'est coincé, nom de Dieu !
— Vous êtes qui, vous ? lança une voix aiguë.
— Un ami, se justifia Jules, un ami d'Émile. Vite !

Le grand type mit un coup d'épaule et la porte céda.

— De la lumière, c'est tout noir !

Jules arracha une lampe et se précipita. Une table renversée barrait le passage. La fenêtre était ouverte et produisait un courant d'air.

— Là ! s'exclama le grand type.

Émile était recroquevillé au pied de son lit.

— Du sang, c'est plein de sang ! Empêchez les femmes de venir !

Tout le monde se mit à discuter et à donner son avis en même temps.

Jules se pencha : le photographe avait effectivement le visage ensanglanté. Mais il respirait.

— Taisez-vous ! ordonna-t-il. Tous ! Et allez me chercher des compresses : il est vivant.

Nouvelle agitation, mouvement des curieux… Jules approcha encore la lampe. Émile avait une entaille au front. Elle partait de l'œil et remontait de biais vers le cuir chevelu. Elle saignait abondamment.

— De l'eau, amenez de l'eau. Et de l'alcool !

On lui passa un linge, puis une cuvette et une bouteille. Jules exécutait des gestes mécaniques, comme s'il avait pansé des blessures toute sa vie. Deux fois dans la journée, au moins... La plaie heureusement n'était pas profonde. Au moment où il la tamponna d'alcool – une eau de prune très fruitée – Émile gémit et grimaça. Il ouvrit l'autre œil, dans un concert d'applaudissements.

— Aahh !
— Émile, ça va ?
— Je... il m'a... il m'a tiré dessus, hein ?
— Qui vous a tiré dessus ?
— Je ne sais pas. Un homme... La fenêtre... Ouh, ma tête.

Avec l'aide du grand escogriffe en tricot de corps, Jules installa le photographe plus confortablement sur le lit.

— On va alerter la police, murmura-t-il à son oreille.
— Non, se rebiffa Émile. Je ne veux pas. Ce n'est qu'une égratignure. Et puis je me sens beaucoup mieux. J'irai demain.

La veille, sur le parvis Notre-Dame, lorsqu'il avait été question de l'inspecteur Lafosse, le vieil homme avait déjà eu ce type de réaction.

Que faire ?

— Monsieur, intervint une jeune femme depuis le palier, il y a votre cocher qui demande s'il doit attendre.

Jules prit sa décision.

— Qu'il retourne au dépôt ! Et vous aussi, vous feriez mieux de retourner chez vous. Je m'occupe de lui. Si j'ai besoin d'aide, je vous préviendrai.

Était-ce la fermeté de son ton, son habileté apparente à prodiguer des soins, l'heure avancée de la nuit ? Le petit appartement se vida en quelques minutes.

— Je lui réparerai sa serrure demain, proposa le grand escogriffe en refermant tant bien que mal la porte derrière lui.

— Merci… merci, monsieur Verne, souffla Émile, une fois le calme revenu. Décidément, je suis votre débiteur !

— Qu'est-ce qui est arrivé ?

— C'est… c'est flou. Il faisait sombre quand je suis rentré. J'ai vu les battants de la fenêtre… Je ne les laisse jamais ouverts comme ça, d'habitude. Après ce qui s'est passé dans la voiture, ça m'a mis la puce à l'oreille. Il m'a semblé que quelque chose bougeait dans l'angle. Je me suis affolé, j'ai voulu me mettre à l'abri. J'ai dû me prendre les pieds dans la table. Il y a eu un coup de feu, le front m'a brûlé… Je me suis senti partir. J'ai cru que j'étais mort. Et voilà.

— Vous étiez de ce côté, n'est-ce pas, près du lit ?

Jules promena la lampe sur le mur juste derrière. Il y avait deux trous dans le plâtre. L'un à hauteur d'épaule, l'autre environ un mètre plus bas.

— C'était moins une. L'assassin se doutait que les voisins allaient accourir et qu'il aurait très peu de temps. Il a dû tirer au jugé. Peut-être même vous a-t-il cru mort. Ensuite…

Jules fit le tour jusqu'à la fenêtre. Il escalada à moitié la rambarde pour examiner le toit : peu de pente, des cheminées, quelqu'un d'assez agile pouvait s'échapper par là sans difficulté. Il revint à Émile et lui servit un verre d'eau.

— Vous n'aviez pas une bouteille de prune, à l'instant ? minauda le vieillard.

— Buvez déjà ça. Et expliquez-moi pourquoi vous ne voulez pas qu'on appelle la police.

Émile se redressa sur son traversin. Il maintenait sa compresse en frissonnant.

— Nous avons eu quelques différends par le passé. De l'histoire ancienne, attention ! Je vous ai déjà dit que j'étais dans la Grande Armée ? Quand on m'a démobilisé, après Waterloo, j'ai fait certaines bêtises. J'avais vingt ans, et revenir à la vie civile, ça n'a pas été une partie de plaisir, croyez-moi. J'ai dû boire et me bagarrer plus souvent qu'à mon tour. Chaparder de quoi vivre, aussi. Dame ! j'avais perdu le goût du travail. C'est là où j'ai fait connaissance avec la prison. À Dijon... je suis de Bourgogne. Et c'est là aussi où je me suis frotté de politique. Rien de tel que des barreaux pour vous ouvrir la conscience ! Parce que les Louis XVIII, les Charles X, les Louis-Philippe, tout ça c'était la même canaille. Le pouvoir des riches pour le malheur des pauvres. En 1848, quand il y a eu la république, j'ai cru que c'était fini. Qu'on ne laisserait plus les profiteurs nous manger sur le dos. Mais on ne leur avait pas limé les dents assez court... Alors, quand Louis-Napoléon a fait son coup d'État, je suis descendu dans la rue. On était une centaine à se cogner avec les gendarmes devant la mairie de Dijon. J'ai pris un mois de cachot. Ils ont ressorti les vieilles affaires et ils m'ont mis en garde. À la prochaine incartade, j'étais bon. Depuis, paraît-il que je suis fiché dans toutes les préfectures de France. Un dangereux révolutionnaire... Tu parles ! Alors si je peux éviter ces messieurs...

— C'est pour cela que vous êtes monté à Paris ?

— Non. Je suis venu plus tard, quand j'ai perdu ma femme. Elle était malade et depuis longtemps. On avait un petit magasin d'optique qu'elle tenait de son père, mais il a fallu le vendre pour la soigner. Je me suis retrouvé veuf, sans ressources, avec encore une fille à m'occuper. Elle est toujours là-bas, d'ailleurs. Elle a un petit garçon, mais pas de mari. Bref, c'est pour elle que j'ai tenté ma chance à Paris. Une bonne partie de ce que je gagne, je leur envoie.

— Et le studio Pelladan ?

— J'y suis entré l'année dernière. Grâce au père de ma femme, j'avais de bonnes connaissances en optique et l'image m'a toujours intéressé. En plus de ça, parmi mes clients, il y avait le fils de Nicéphore Niepce, un gars de Chalon-sur-Saône qui aurait soi-disant été l'inventeur de la photographie. Du moins, avant que Daguerre ne lui pique son procédé… Bref, le fils de ce Niepce, c'était un gars calé, il m'a donné des tuyaux. Il prétendait même que j'avais un don pour la lumière.

Jules prit la bouteille de prune et en versa un fond dans le verre.

— Qu'est-ce donc qui vous a fait changer d'avis, dans le fiacre, à propos de Batisson ?

L'œil du vieil homme passait successivement de Jules à l'eau-de-vie, et retour.

— Mais rien, monsieur Verne, rien, je vous assure.

— Pas à moi, Émile. On a tenté de vous assassiner, ce soir, non ? Vous refusez la protection de la police, mais qui sait si le meurtrier ne recommencera pas demain ? Il connaît votre adresse, après tout. Si vous continuez à vous taire, personne ne pourra rien pour vous.

— C'est que, hésita Émile, il y a des choses, je n'aimerais pas qu'elles s'ébruitent. Surtout… C'est vous qui allez prendre la suite pour les articles ?

— Pardon ?

— M. de Montagnon m'a dit que vous travailliez ensemble. Jusqu'à ce qu'il soit remis, c'est vous qui écrirez dans *Le Populaire* ?

Jules balança une seconde avant de répondre.

— Ce n'est pas exclu, s'avança-t-il.

— Alors promettez-moi de ne jamais citer mon nom. Et de ne rien raconter qui puisse faire penser à moi.

— S'il n'y a que cela, vous avez ma parole.

— Vous doublez en plus la ration de prune ?

Le marchandage dans la peau !

Jules versa une rasade supplémentaire et lui tendit le verre. Le photographe prit une gorgée qu'il savoura bruyamment.

— Mmmmh ! Ça devrait m'assouplir la langue ! Vous désirez vraiment la vérité sur Batisson, monsieur Verne ? Et sur Jacques Saint-Paul ? Et sur Pelladan ?

— On ne va pas reculer maintenant, non ?

— Alors écoutez ça : je suis pratiquement sûr qu'ils ont fabriqué de la fausse monnaie.

De la fausse monnaie… Les faux billets dans la sacoche de Will Gordon ! Cela expliquerait bien des choses ! Jules feignit néanmoins la surprise.

— Mais comment ont-ils pu ?

— Grâce aux appareils, évidemment ! La plupart des billets sont imprimés en noir sur blanc, c'est leur talon d'Achille. À condition d'avoir le papier qui convient, un objectif très précis, les connaissances nécessaires, photographier des coupures n'a rien d'insurmontable. D'autres ont essayé il n'y a pas si longtemps.

Jules se souvenait en effet de vagues rumeurs il y a deux ou trois ans, sur une tentative de ce genre.

— À l'époque, poursuivit Émile, le gouvernement ne s'en était pas vanté : dormez tranquilles, bonnes gens !

Mais, chez les photographes, ça s'était su. Or, depuis, il y a eu de nouveaux progrès. Dans la qualité de l'épreuve et dans la ressemblance avec le modèle, mais aussi dans les possibilités de reproduction : avec une seule plaque de verre au collodion, on peut tirer des centaines d'exemplaires d'un billet de mille !

Beaucoup mieux que la loterie, en effet.

— Mais tous les photographes devraient être riches à millions, alors !

— Non, bien sûr. Déjà, il y a les risques. Quinze années de bagne, ça donne à penser ! Et puis techniquement, ce n'est pas à la portée de tous. Il y a les signatures à restituer, les médaillons, les vignettes, la finesse des caractères… Faire correspondre exactement le recto et le verso du billet. Seuls de vrais artistes en sont capables. Sans compter le problème du papier qui doit être le même que celui de la Banque de France. Et ça, ça ne court pas les chemins.

— D'où l'imprimeur Batisson, je suppose. Mais vous, comment avez-vous découvert tout cela ?

— Le hasard. Un matin, je suis arrivé au studio plus tôt qu'à l'habitude. J'ai surpris le patron et Saint-Paul qui se disputaient dans le laboratoire. Le patron criait très fort. Il hurlait qu'il ne souhaitait plus entendre parler de rien, que c'était devenu trop dangereux, qu'il avait une clientèle, qu'il ne voulait plus fréquenter des voyous de son espèce, etc. Saint-Paul répliquait que Batisson avait pris des engagements, qu'il avait payé un rouleau entier à la papeterie du Marais, que c'était la dernière fois et ainsi de suite. Que si Pelladan ne voulait plus en être, il n'avait qu'à leur donner la plaque et qu'ils se débrouilleraient pour confectionner les billets. C'est là que j'ai compris de quoi il retournait. Sauf que Pelladan est entré dans une rage folle. Ils se sont battus et il a flanqué Saint-Paul dehors. On ne l'a jamais revu boulevard des Italiens.

— Vous vous êtes bien gardé de nous en avertir avant d'aller à la butte Chaumont !

Émile lampa le fond du verre.

— Et vous, vous ne m'aviez pas caché que vous enquêtiez sur un meurtre ? À cachotterie, cachotterie et demie... En plus, si on arrête Pelladan, qu'est-ce que je deviens, moi ? Et ma fille ?

— Selon vous, c'est cet argent qui a permis à votre patron de financer son studio ?

— Là, vous m'en demandez trop. Je sais seulement que l'atelier fonctionne depuis deux ans et qu'il a dû lui falloir une sacrée poignée de billets ! Mais aujourd'hui, le commerce rapporte : il y a foule tous les jours et si Pelladan décroche le grand prix de l'Exposition, comme il l'espère, ce n'est pas près de s'arrêter.

— Il va remporter un prix ?

— La médaille d'honneur. C'est encore officieux, mais il a mis au point un procédé de plaque sèche qui pourrait bientôt remplacer le collodion humide. Plus besoin d'enduire le verre juste avant la prise de vue, il suffira de préparer des plaques à l'avance et de les utiliser à sa guise. Finie la charrette avec la chambre noire ambulante : vous prendrez votre appareil, quelques plaques sèches, et hop ! Et pour les particuliers, on en vendra des toutes prêtes. Plus de sensibilisation, plus de manipulation des produits, gain de temps, gain de place. On n'en est pas encore là, mais ça ne saurait tarder.

— Un artiste doublé d'un inventeur, donc...

— L'un des meilleurs de Paris, certainement. Il compte même que ce prix lui ouvre les portes de l'Académie des sciences.

— La consécration… On comprend bien, du coup, qu'il ne veuille plus avoir affaire à ses anciens amis.

— Vous ne marquerez pas ça dans vos articles, fit Émile en tendant à nouveau son verre.

— N'ayez pas d'inquiétude. Mais pour ce soir, ajouta-t-il en se levant, je crois que vous avez assez bu. Il vaudrait mieux dormir. Quant à moi, il faut que je réfléchisse. Vous auriez une chaise et une table où je pourrais m'asseoir ? Je vais veiller jusqu'à demain matin, m'assurer que tout va bien. De toute façon, j'ai besoin de quelques heures pour y voir clair.

Jules sortit son carnet, et s'installa sous la lampe en attendant qu'Émile s'assoupisse. Tout avait tendance à se mélanger dans son esprit : la photographie, les tables tournantes, les faux billets, Gordon, Dandrieu, Saint-Paul… Il avait un besoin urgent de poser des mots sur le papier.

Après un temps de réflexion, et tandis qu'Émile ronflait paisiblement, il commença à écrire.

— *Numéro 13, rue Cloche-Perche, annonça joyeusement Félix, c'est bien là.*

Le bâtiment dressait sur trois étages sa façade sombre et désolée, d'autant plus sombre et désolée que l'unique bec de gaz était en panne et que…

15

Jules avait passé une bonne partie de la nuit à écrire. Rien à voir avec sa *Monna Lisa*, et, pourtant, il se sentait le cœur léger, comme soulagé du poids qu'il avait couché sur le papier. C'était une histoire, désormais. Pas forcément de bon goût ni toujours vraisemblable, mais une simple histoire. Or Jules était fait pour les histoires…

Bientôt six heures. Il avait laissé Émile un moment plus tôt dans les vapeurs du sommeil et rentrait chez lui par la butte Chaumont. Le ciel, jusque-là très pâle, se teintait de rose et d'orangé, et les oiseaux, tout à la fraîcheur du matin, redoublaient de gaieté. Que pouvait-on craindre d'une journée pareille ?

Derrière les hangars qui servaient de dépôts, Jules aperçut au loin les toits de l'imprimerie. Un panache de fumée blanche s'échappait de la cheminée… Batisson profitait-il de l'aube pour faire le ménage dans ses affaires personnelles ? Intrigué, Jules quitta la voie principale et remonta sur la gauche le chemin crayeux bordé d'herbes sèches qui longeait les entrepôts. De ce côté, la brise apportait les effluves de la poudrette, là où séchaient en plein air les vidanges de Paris. De l'engrais puant pour les cultures, puisque de la mort, toujours, devait rejaillir la vie…

Parvenu à cinquante mètres de l'imprimerie, il s'arrêta pour tendre l'oreille. Les presses mécaniques paraissaient vrombir. Six heures, l'heure de la fausse monnaie ?

Jules avança prudemment en s'accroupissant derrière une rangée de fûts. Il voyait l'entrée, maintenant. Le portail était entrouvert et la chaudière semblait bel et bien cracher sa vapeur. Mais il avait beau plisser les yeux, d'où il était, l'intérieur lui demeurait invisible. S'aventurer plus loin aurait été stupide. Prévenir la brigade, voilà ce qui était raisonnable… Il se redressa pour faire demi-tour mais se figea aussitôt sur place. Max, le grand serviteur noir de Servadac, le tenait en joue au bout de son fusil. Sans un mot, il lui fit signe d'avancer vers le portail. Le marquis était de mèche avec Batisson !

Jules pénétra dans l'imprimerie les bras en l'air. Une seule des puissantes rotatives fonctionnait, alimentée par un réseau de tuyaux et une chaudière au fond. Le bâtiment était plus haut que large avec des fenêtres à quatre ou cinq mètres du sol, qui éclairaient trois presses mécaniques de belle taille et des ballots de papier contre les murs. Un ronronnement de locomotive couvrait le bruit de ses pas et Servadac ne l'entendit pas venir. Le vieillard en fauteuil était au milieu de l'atelier, entouré de trois de ses valets, qui portaient chacun un pistolet à la ceinture. À leurs pieds, un corps allongé : celui de Batisson, long tablier gris et mains attachées dans le dos, la tête tournée vers Jules. Il baignait dans son sang, deux orbites béantes à la place des yeux.

— Monsieur…, lâcha l'un des serviteurs avec un mouvement de menton.

Servadac fit pivoter sa chaise. Son visage décharné se fendit d'un mauvais sourire.

— Monsieur Verne ! Vous rendez décidément vos visites à des heures peu chrétiennes : l'autre nuit dans mon pavillon, chez mon ami Batisson aux aurores…

— Votre ami ! Il ne fait pas bon être de vos amis, on dirait !

— Il ne fait pas meilleur être de mes ennemis, vous vous en rendrez compte.

Il s'interrompit pour donner ses ordres.

— Germain, Petit-Jean, Colinot, continuez de passer l'imprimerie au peigne fin. Vous savez ce que je veux… Max, tu ne quittes pas des yeux notre invité.

Puis, de nouveau à Jules.

— Je constate avec plaisir que vous avez recouvré votre voix, vous allez pouvoir me parler de vos recherches !

— D'où qu'elles partent, rétorqua Jules, elles reviennent toujours à vous. Meurtres, faux billets, disparition de cadavres… Pour quelqu'un qui se sent près de mourir et que ni l'argent ni le pouvoir n'intéressent ! Ou bien auriez-vous oublié les beaux principes de votre doctrine ?

Le marquis le fixa comme il savait si bien le faire, vrillant son regard dans le sien.

— Ma doctrine… Vous êtes aveugle, jeune homme. Pire que ce pauvre Batisson. Vous avez des yeux, mais vous ne voulez pas voir. Le spiritisme, une supercherie, n'est-ce pas ? Will Gordon, un pitoyable illusionniste ? Vous étiez cependant présent le jour de sa mort, non ? Aux premières loges pour comprendre… La vérité vous tendait les bras, il n'y avait qu'à la cueillir. Mais vous lui préférez vos petites certitudes.

Cerné par des gredins en armes, Jules n'avait d'autre choix que de prier pour que quelqu'un surgisse. Et, d'ici là, prolonger la conversation.

— L'un de vos hommes était dans l'assistance, c'est ça ? Il s'est caché pendant que tout le monde sortait et il a tué Will Gordon ?

— Et voilà, vous refusez encore de m'écouter ! Faites un effort ! Tout s'est joué sous vos yeux, je vous l'ai dit. Vous vous rappelez la question que Gordon a posée à l'esprit ce soir-là : « Madame demande si la personne à qui elle pense maintenant est en danger oui ou non ? » Ce sont ses propres termes, ils m'ont été rapportés.

— Je me rappelle, oui.

— L'esprit a répondu : « Il va mourir, vite. » Et Gordon est mort dans l'heure qui a suivi. Cela ne vous ouvre pas les yeux ? Vous ne comprenez toujours pas ? C'est pourtant limpide : c'est à Will Gordon que la jeune femme pensait à ce moment précis. Volontairement ou pas, cela, je l'ignore. Il a suffi qu'elle soit distraite une fraction de seconde, que ses pensées aillent vers lui et... Quoi qu'il en soit, c'est bien au sujet de Will Gordon que l'esprit a répondu. Et c'est encore à son sujet que la prédiction s'est accomplie ! Que vous faut-il de plus ?

— Une coïncidence tragique ! Gordon a inventé toute cette histoire pour impressionner son public. J'ai vu la machinerie dans le scriban ! J'ai vu les trucages dans le faux plancher ! Gordon était un charlatan !

— Transformer un don miraculeux en spectacle de foire, c'était là sa faiblesse, oui. Mais qui n'en a pas ? Et si vous persistez à soutenir qu'aucun esprit n'est intervenu ce soir-là, comment expliquez-vous alors les derniers mots de Gordon ? Car c'est à vous qu'il les a adressés, non ? « L'esprit, il avait raison, c'est de moi qu'il pensait. » Croyez-vous qu'un homme à l'agonie se paie de mensonges ? Et si c'était le produit d'un délire, croyez-vous qu'il l'aurait exprimé en français ? Non, deux fois non. Will cherchait juste à vous convaincre que tout cela était vrai. Vous êtes la dernière personne à qui il ait transmis son message.

Servadac était habile, il fallait en convenir. Mais Jules n'oubliait pas non plus ce qu'il avait vu dans le donjon.

— C'est sur ce genre de certitude que vous fondez vos expériences ? Quitte à profaner ensuite des cadavres et des tombes ?

Max esquissa un geste pour le frapper, mais le marquis retint son bras.

— Laisse-le. Il n'a aucune idée de ce qui se prépare. Sachez que je ne profane pas de cadavres, jeune homme, je leur offre une seconde vie.

— En les volant à la morgue ?

— Ai-je vraiment le choix ? La science progresse souvent contre les interdits.

— Vous avez lu *Frankenstein* ? Le savant n'y fait pas une bonne fin…

Servadac se crispa sur son fauteuil.

— Il n'est pas question de ressusciter des morts, imbécile. Seulement d'utiliser leur périsprit. Me servir de leur fluide avant qu'il ne se disperse. Pour retrouver l'usage de mon propre corps. Si les esprits peuvent frapper contre les murs ou déplacer des objets, pourquoi ne pourraient-ils pas stimuler des muscles ?

Stimuler des muscles, c'était donc cela qui préoccupait le vieillard ! Mesmérisme, spiritisme, électricité, tout cela se combinait dans son cerveau malade ! Il tentait de matérialiser le périsprit des cadavres, puis, grâce à son installation électrique, de faire circuler ce périsprit jusqu'à la chaise où lui-même devait s'asseoir. Sans doute espérait-il ainsi s'approprier leur énergie magnétique et donner à ses jambes une nouvelle jeunesse. Voire, peut-être, au reste de son corps.

— On ne peut pas dire que vos tentatives portent leurs fruits, ironisa Jules. Vous êtes toujours cloué à votre fauteuil, à ce qu'il semble.

— Ce n'est qu'une question d'heures, grinça le marquis. Il me manquait seulement les instruments nécessaires. Mais j'ai perfectionné mon laboratoire, il est prêt à remplir sa mission. Il fonctionne en circuit fermé, désormais, et peut drainer des énergies considérables. Je vous aurais volontiers convié à une petite démonstration, la dernière livraison est pour ce matin. Hélas! je crains que vous ne soyez empêché…

— De tels travaux ont dû vous coûter cher, avança Jules. D'où votre association avec l'imprimeur, je présume ?

L'un des hommes de Servadac approcha à cet instant, un sac de toile à la main.

— On a pu dénicher que ça, patron.

Le vieillard inspecta le contenu du sac, qui ne parut pas le satisfaire.

— Rien d'autre? Vous avez ouvert tous les tiroirs, sondé tous les recoins? Pas de trou dans le plancher, pas de mur qui sonne creux?

— On a vérifié partout.

— Dommage, soupira le marquis. Je vais finir par croire que ce malheureux Batisson était sincère. Une fois n'est pas coutume! Tant pis, on se rattrapera ailleurs.

— Vous avez tué Batisson pour récupérer les faux billets, n'est-ce pas?

Servadac pianota lentement sur l'accoudoir de son fauteuil avant de répondre.

— Détrompez-vous, mon garçon. C'est vous qui l'avez tué !

— C'est moi qui l'ai tué ?

Le marquis sourit avec jubilation.

— Germain, j'ai besoin d'une chaise. Un bois pas trop dur, s'il te plaît, qui brûle rapidement. Va prendre aussi le pétrole dans la berline.

Jules sentit une sueur désagréable lui couler entre les omoplates. Derrière lui, Max arma son fusil.

— Vous allez me faire comme aux autres ? Deux balles dans les yeux, c'est ça ?

— Décidément, vous êtes incorrigible ! Vous n'écoutez rien ! Puisque je vous dis que vous l'avez tué ! Vous les avez tous tués ! Mettez-vous ça dans le crâne, jeune homme, *vous êtes le meurtrier* !

Jules se retint pour ne pas lui sauter à la gorge. Ils basculeraient à terre avec le fauteuil et Jules en profiterait pour lui casser l'une ou l'autre de ses vieilles dents. Voire lui pocher un œil au passage. Mais le canon dans ses côtes l'incitait à la prudence.

— Je suis bien renseigné sur votre compte, continua le marquis. Auprès d'informateurs compétents. Or, si je ne m'abuse, vous étiez présent chaque fois sur les lieux des crimes et à l'heure approximative où ceux-ci se déroulaient. Arrêtez-moi si je m'égare… Le soir du 14, c'est vous qui avez trouvé Will Gordon dans la salle de spiritisme. Vous êtes même resté seul de longues minutes avec lui, le temps que les renforts arrivent. L'occasion, pourquoi pas, d'effacer certaines traces compromettantes…

— Vous savez bien que c'est faux !

— Tatata ! Selon le tout dernier rapport de la brigade de sûreté, il apparaîtrait aussi que vous vous êtes introduit dans l'atelier de Dandrieu, juste avant que l'on ne signale sa terrible disparition. Qu'est-ce que vous pouviez bien trafiquer au Pré-Saint-Gervais le lendemain du meurtre de Gordon, je vous le demande ? Et comme si cela ne suffisait pas encore, voilà que vous vous rendez hier chez un photographe de la butte Chaumont. Que l'on retrouve mort, lui aussi...

Servadac était bien renseigné : ses relations devaient remonter au moins jusqu'au chef de la sûreté !

— L'assassin était encore au studio, se défendit Jules, il nous a tiré dessus. Mais je ne vous apprends rien, bien sûr. Lequel de vos sbires aviez-vous envoyé là-bas ? Max ? Petit-Jean ?

— N'inversez pas les rôles ! D'ici une heure, on découvrira la dépouille de l'infortuné Batisson. Deux balles dans les yeux, une ligne supplémentaire sur la liste du tueur. Mais à ses côtés, cette fois-ci, il y aura le corps de son bourreau. L'enquête trouvera là sa conclusion définitive, à la satisfaction générale. On félicitera le préfet, on décorera la brigade, et le voyage de la reine pourra s'ouvrir sous les meilleurs auspices. Quant à moi, je serai devenu un homme neuf, tout à fait droit sur ses deux jambes et se félicitant chaque jour de votre inestimable collaboration...

— Jamais l'inspecteur Lafosse n'acceptera cette version des faits ! s'indigna Jules. Il poursuivra son enquête et...

Mais Max le ceintura en lui plaquant la main sur la bouche. Germain et Colinot revenaient, eux, dans l'autre sens, munis d'une chaise et d'un bidon.

— L'inspecteur Lafosse ! ricana Servadac. Vous croyez qu'il lèvera le petit doigt pour vous ? C'est mal connaître les hommes ! Colinot, ligote ce jeune présomptueux et asperge du pétrole tout autour.

Jules tenta de se débattre mais Max était beaucoup plus fort. Colinot défit le nœud autour des poignets de Batisson et, avec l'aide des deux autres, ficela Jules très serré sur la chaise. Servadac semblait particulièrement goûter le spectacle.

— Comprenez-vous, si l'on vous ramassait aussi avec une balle dans la tête, nous n'en finirions jamais. Deux victimes de plus, un assassin toujours en liberté... Quel désordre et quel souci ! Tandis qu'avec un bon incendie aucune trace suspecte à l'autopsie, tout le monde sera content ! Et pour peu que votre ami Félix daigne vous identifier, vous entrerez tout droit dans les annales du crime ! Vous rêviez de postérité, à ce qu'il paraît ?

Jules protesta en sentant la corde lui cisailler les chairs et Max lui enfourna un mouchoir sale dans la bouche. On arrosa encore sa veste de pétrole, puis les hommes de Servadac improvisèrent des bûchers de fortune.

— D'après toi, Max, s'interrogea tout haut Servadac, quel est le plus probable : l'asphyxie ou la combustion d'abord ? À moins que la chaudière n'explose en premier et ne mette tout le monde d'accord ?

Jules n'en entendit pas davantage, car Max s'éloignait en poussant le fauteuil de son maître. Ses comparses embrasèrent quelques ballots de papier et finirent de répandre le contenu du bidon. Une fois les flammes convenablement parties, ils se dépêchèrent de sortir en claquant le portail.

Le dernier bruit que perçut Jules fut celui, sinistre, du verrou dans la gâche.

16

Garder la tête froide... Voilà le genre de réflexion idiote qu'il aurait pu prêter à l'un de ses personnages dans une situation analogue. Mais comment garder la tête froide alors que l'imprimerie commençait à brûler, que les ballots flambaient les uns après les autres en faisant : « Pschzz ! », que la chaudière se mettait à pousser des sifflements inquiétants, et qu'il avait beau se trémousser, il ne parvenait pas à plier le petit doigt ? Garder la tête froide... Facilité d'auteur ! Platitude navrante de celui à qui jamais rien n'arrive ! « Une histoire, une simple histoire », tu parles ! C'est bien lui qui allait cuire, oui, et ce n'est pas le papier qu'il empesterait, mais le cochon grillé !

Les flammes s'avançaient sur sa droite et l'air devenait de plus en plus irrespirable. Elles lui lécheraient d'abord la pointe des chaussures, puis il sentirait leur morsure sur ses chevilles et, d'un seul coup, tout son pantalon s'embraserait, jusqu'au contenu de ses poches : le carnet, la montre, le...

Une idée soudaine, fulgurante, illumina son cerveau comme un feu d'artifice. Le coupe-chou... Le coupe-chou qu'il avait gagné à la foire et qu'il n'avait pu offrir à Savannah ! S'il réussissait à s'en saisir...

Jules se mit à sauter comme un possédé sur sa chaise. C'était du vieux bois, pas très solide, Servadac l'avait dit. Il suffirait d'un coup assez puissant et…

Au quatrième ou cinquième bond, l'un des pieds céda et Jules tomba la tête en avant. Il roula sur le dos et, malgré la douleur dans son cou, frappa de toutes ses forces sur le ciment. L'un des barreaux craqua : il pouvait maintenant remuer la main droite. Il gonfla tous les muscles de son corps et ondula pour faire descendre un peu la corde. Ses doigts atteignaient presque sa poche. En remontant le tissu centimètre après centimètre, en le retournant doucement vers l'extérieur, il pouvait palper l'extrémité du manche. Encore un effort… il l'avait !

Il dégagea le rasoir avec d'infinies précautions et libéra la lame en s'épaufrant le pouce au passage. Il n'en avait cure. Deux allers et retours incisifs sur la fibre et la corde se détendit. Au portail !

Il évita le cadavre de Batisson, menacé par les flammes, et ramassa deux pas plus loin un revolver au canon étroit. L'arme du crime, bien sûr, censée l'accabler davantage dans la mise en scène de Servadac. Peut-être qu'en tirant une balle dans le verrou celui-ci volerait en éclats ?

Mais le barillet était vide.

Jules se jeta alors sur la porte, lui donnant des coups d'épaule et de pied désespérés. Elle ne bougea pas d'un iota. Comment le marquis comptait-il faire croire à l'intrusion d'un assassin si le portail était verrouillé ? Jules leva les yeux vers le toit et vit que l'une des fenêtres en hauteur était basculée. Des policiers peu sourcilleux pourraient toujours s'imaginer que le tueur avait emprunté la voie des airs avant d'être piégé par l'incendie.

Et après tout, pourquoi pas ?

Il passa en revue les rouleaux de papier encore intacts. Une douzaine au mieux. Il les tira dans un coin à l'abri, derrière l'une des presses mécaniques. Chacun pesait bien ses trente kilos, mesurait près d'un mètre et semblait assez solide pour supporter son poids. De toute façon, il n'avait pas le choix.

Il grimpa sur la machine et coinça comme il put une première série de ballots entre les mâchoires et le cylindre. Ils composaient ensemble une sorte d'échalier, mais trop court pour monter jusqu'aux vitres. En dessous, le feu encerclait la chaudière qui exhalait des volutes blanches surchauffées. La température avoisinait les quarante-cinq ou cinquante degrés et Jules réalisa qu'il était en eau. Sa veste, son pantalon : deux serpillières embaumant le pétrole. Près de l'entrée, la partie bureau et stockage de l'imprimerie disparaissait sous une épaisse fumée, tandis que le corps de Batisson…

Mieux valait ne pas regarder le corps de Batisson.

Et une fois à l'air libre, s'avisa-t-il brusquement, comment faire pour descendre ? En tombant de quatre mètres ? La corde… La corde, imbécile !

Il courut vers les restes de la chaise en se couvrant le nez avec sa chemise et en zigzaguant entre les départs de feu. Un bout de la corde rougeoyait, partiellement consumé. Il le fouetta par terre puis le piétina pour l'éteindre. En retournant vers la presse, il sursauta : une pétarade retentissait juste au-dessus de lui et, dans un hurlement sinistre, un gros tuyau de plomb s'écrasa à ses pieds. Les conduites de vapeur explosaient au plafond les unes après les autres, projetant autour d'elles leur haleine suffocante. Décidément, on ne rigolait plus…

Jules empila une autre rangée de trois ballots sur la précédente de cinq. Ses bras n'étaient que douleur, ses yeux pleuraient continûment et l'oxyde de carbone dans ses poumons lui donnait des vertiges. La pyramide semblait tenir bon, cependant. Encore fallait-il l'escalader… Il se hissa en essayant de ne pas penser au bûcher infernal qui le dévorerait si tout venait à s'écrouler. Une main, puis l'autre, une traction, un genou… Il touchait désormais la fenêtre. En s'agrippant au rebord, il sortit le coupe-chou pour casser la vitre, mais le manche dégoulinant de sueur lui fila entre les doigts. Adieu le rasoir. Il essaya alors le revolver et, serrant le canon, donna plusieurs coups de crosse. Les carreaux volèrent en morceaux et Jules avala goulûment une bouffée d'oxygène. Il passa les deux bouts de la corde de chaque côté du montant central et, prenant appui sur le mur, s'efforça d'enjamber le chambranle. Une chaussure, un mollet dans le vide… Il distribua quelques coups de crosse supplémentaires pour détacher les brisures de verre et engagea le reste de son corps.

Aïe! Compter cinq bons mètres, un fossé herbu courant au pied de la bâtisse. Jules rangea le revolver et noua la corde autour de la barre métallique. Un nœud de marin, comme on les lui avait appris sur le port de Nantes. Sa jambe gauche, qui surplombait la fournaise, commençait à le piquer sérieusement et, au milieu du vacarme de l'incendie, il crut distinguer des voix. Les effets de l'asphyxie, probablement. Il se concentra au maximum et se laissa glisser le long du mur en se suspendant des deux mains à la corde. Soixante-quinze centimètres de gagnés, plus sa taille. Et maintenant?

Maintenant, sauter.

L'herbe du fossé amortit sa chute. Il se reçut sans trop de mal, mais, recroquevillé sur lui-même, se trouva incapable du moindre mouvement. Il n'y avait pas un endroit de son corps qui ne soit une souffrance et des points noirs dansaient la sarabande devant ses yeux. Il crut un moment qu'un animal grondait sous lui, mais il ne s'agissait que de sa respiration.

— Ça va, mon gars ?

Jules chercha à redresser la tête. Plus aucun muscle ne répondait.

— On va te tirer de là.

Il sentit des mains qui l'empoignaient par les aisselles et le soulevaient sans ménagement hors du fossé. Il chercha à voir leurs visages, mais il n'avait devant les yeux qu'une espèce de brouillard gris.

— La brigade de sûreté, articula-t-il... Prévenir la brigade de sûreté... L'inspecteur Lafosse...

— Il est amoché, on dirait.

— Un meurtre... L'inspecteur Lafosse, à la brigade... Tout de suite...

Une silhouette imprécise se pencha sur lui. Un homme, apparemment. Il tenta de lui attraper le col.

— L'inspecteur Lafosse, je vous dis... La brigade...

— C'est ça, c'est ça.

Puis tout s'évanouit.

Jules reprit conscience sous un arbre, à bonne distance de l'imprimerie. Combien de temps avait-il ainsi perdu connaissance ? Sa cuisse le démangeait, il avait la peau toute rose, une large entaille au pouce, mais il pouvait remuer à peu près tout ce qu'il était possible de remuer. Il était vivant.

Il se releva en grimaçant et contempla le sinistre. Les lieux étaient envahis de monde, désormais. Des pompiers surtout, dans leur bel uniforme rouge et bleu, qui actionnaient sur leurs charrettes deux grosses pompes à balancier avec des bruits de siphon. Les tuyaux souples qu'elles alimentaient arrosaient le portail et le toit en partie effondré. Sur l'aile du bâtiment la moins atteinte, une grande échelle avait été dressée et une équipe se relayait pour jeter des seaux d'eau à l'intérieur. Deux sapeurs attaquaient aussi un mur à la hache pour ouvrir une brèche. L'incendie s'était propagé à la majeure partie de l'édifice et une fumée noire s'échappait des fenêtres, dont plusieurs avaient éclaté. Une odeur âcre de charbon envahissait l'atmosphère.

Un peu en retrait, des hommes en blouses grises et des sergents de ville discutaient en montrant le brasier du doigt. Jules avait retrouvé l'essentiel de son acuité visuelle et il n'eut aucune difficulté à identifier le petit moustachu en civil qui parlait si fort : l'inspecteur Lafosse. Il était entouré d'une dizaine de sergents et trois voitures étaient garées dans l'allée.

— Hep là, mon gaillard !

Une lourde main s'abattit sur son épaule, lui arrachant un cri de douleur. Un policier en uniforme, les joues tuméfiées et le nez couturé de cicatrices, le dévisageait avec méchanceté. Une sale trogne, vraiment. Il arborait des menottes et une arme à la ceinture, et Jules se demanda dans quel ordre il comptait les utiliser.

— Te sauve pas si vite, l'inspecteur voudrait te causer.

Ses mains aussi étaient tout égratignées, ce qui ne l'empêchait pas de serrer très fort. Il le poussa vers l'imprimerie jusqu'à ce que le petit groupe les aperçoive.

— Il est réveillé, s'exclama l'un des hommes en blouse. Tant mieux, il a meilleure mine que tout à l'heure !

— Vous leur devez une fière chandelle, monsieur Verne, commença Lafosse en désignant les deux ouvriers. Ils vous ont récupéré de justesse avant que la chaudière n'explose. Qu'est-ce qui s'est passé exactement ?

— Inspecteur, bafouilla Jules, comment… comment avez-vous pu… ?

— Ces messieurs travaillent ici. Ils venaient prendre leur poste lorsqu'ils ont découvert le bâtiment en feu. Et vous derrière, par la même occasion. Vous parliez de meurtre et vous répétiez mon nom sans cesse. Ils ont alerté le commissariat et, dès qu'on m'a signalé que l'imprimerie Batisson brûlait, je suis accouru avec mes gars. Il y a donc eu un nouveau meurtre ? questionna-t-il un ton plus bas, en l'entraînant vers le chemin.

Jules regarda sa montre : huit heures dix. Il ne sut trop quoi conclure de cette information. Il suivit cependant l'inspecteur, mais dut s'asseoir assez vite pour reprendre son souffle. Ses jambes le portaient à peine. Une fois posé sur une borne, il lui fit le récit circonstancié des événements.

— Servadac, grommela Lafosse lorsqu'il eut terminé. Ce foutu marquis de Servadac… Et vous, qu'est-ce qui vous a pris de vous promener ici à cette heure ?

— Je descendais de la Villette pour rentrer chez moi. Ça ne représentait pas un gros détour.

— La Villette ? C'est là où vous alliez avec la fille ?

— Vous êtes au courant pour Savannah ?

— J'ai questionné votre ami Montagnon, hier. Il a fini par tout m'avouer. Vous vous êtes bien payé notre tête en racontant qu'il était muet !

— Félix est journaliste, il craignait que vous ne lui interdisiez d'écrire. Vous avez de ses nouvelles ?

— Il a pu regagner son domicile dans la soirée. Il s'en tire plutôt bien. Mais si vous n'aviez pas joué ce petit jeu dès le départ, nous n'en serions pas là. Le chef voulait vous coffrer tous les deux, il a fallu que j'intervienne.

Il marqua un temps, visiblement soucieux.

— Je ne sais pas si j'ai bien fait, d'ailleurs. Cet incendie ce matin, l'accident du coupé hier…

— Le coupé ? s'écria Jules. C'est vous qui nous filiez depuis le Champ-de-Mars ?

Lafosse fit un geste en direction du sergent au visage contusionné.

— Bonpain avait pour mission de ne pas vous lâcher d'une semelle. Je n'étais pas sûr que Montagnon n'ait rien omis dans sa déposition, vous comprenez ? Quand il a laissé entendre que vous aviez rendez-vous l'après-midi au Cygne rouge, j'ai préféré qu'on vous surveille.

— Mais cet homme-là était en civil, il avait un fusil ! Nous avons cru qu'il allait nous tuer !

— Il n'en avait pas l'intention, je vous le promets. Du moins pas à ce moment-là !

D'où l'animosité du policier, sans doute… Il rendait Jules responsable de sa culbute sur le chantier de la gare du Nord !

— Et pour le marquis de Servadac, qu'est-ce que vous allez faire ?

— Servadac, c'est une personnalité. Avant de l'interroger ou quoi que ce soit, il me faudra l'autorisation du chef de brigade. Qui en référera lui-même au préfet, je suppose. Si ce n'est plus haut…

— Il aura dix fois le temps de s'enfuir !

— Les choses peuvent se déclencher très vite. N'oubliez pas que la reine d'Angleterre arrive ce soir, personne n'a intérêt à ce que tout cela s'éternise ! Et puis, tant qu'il ignore que vous avez survécu, Servadac n'a aucune raison de disparaître. D'ici là, on va vous conduire discrètement à l'hôpital où vous serez en sécurité.

— Mais je vais très bien, protesta Jules, je ne veux pas qu'on m'enferme à l'hôpital !

Les pompiers sortaient à cette seconde le corps de Batisson du brasier. L'inspecteur se précipita. Le cadavre était aux trois quarts calciné, comme une momie trop longtemps séchée au soleil, avec en plus une insupportable odeur de chair brûlée. Seul le buste avait été en partie épargné par les flammes et le spectacle était plus terrible encore : les lèvres et le nez avaient comme fondu à la chaleur, et la peau des joues et du menton cloquait affreusement. Nul doute, pourtant, que l'autopsie ne révèle les traces de coups de feu.

— Il le paiera d'une manière ou d'une autre, murmura Lafosse avec dégoût. Bon, il est temps d'aller prendre les ordres à la brigade. Vous trois, dit-il en répartissant les rôles, vous restez ici pour contrôler les opérations. Personne n'approche du bâtiment, hormis vous et les pompiers, c'est d'accord ? De ton côté, Bonpain, tu prends une voiture et tu escortes monsieur à l'Hôtel-Dieu. Tu l'inscris là-bas sous un faux nom et tu en profites aussi pour te faire examiner, des fois que tes coupures s'infectent. Les autres, on embarque le corps et on retourne à la brigade.

— C'est que…, essaya Jules.

— Verne, si jamais j'entends ne serait-ce que votre nom d'ici à la fin de la journée, je vous promets que votre prochaine pièce, vous l'écrirez à Cayenne. Je suis clair ?

— Très clair, maugréa Jules.

— Parfait. Bonpain, tu veilles à ce qu'il t'obéisse.

— Vous inquiétez pas, chef, il marchera droit.

Le sergent lui décocha au passage une œillade qui en disait long sur ses intentions : il y avait de la vengeance dans l'air. Il cueillit d'ailleurs Jules avec aussi peu de délicatesse que tout à l'heure et le conduisit au pas de course jusqu'à la plus petite des berlines. À l'intérieur, il l'obligea à s'asseoir sur l'une des deux rangées de bancs qui se faisaient face et qui permettaient de transporter une dizaine d'hommes, y compris des prisonniers.

— Cette fois-ci, cracha-t-il, pas d'entourloupe. Je te tiens, je te lâche plus.

Il défit les menottes à sa ceinture et attacha le poignet de Jules à l'un des anneaux qui pendaient de la capote.

— Comme ça, tu risques pas de me faire cocu.

Jules lui aurait bien expliqué que ce n'était nullement son intention, qu'il admirait tous les sergents de ville à l'unité comme au kilo, qu'il n'existait pas à Paris deux citoyens plus respectueux que lui de l'uniforme et que seule une incroyable succession de malentendus avait abouti au désastre de la veille, mais il sentait à un je-ne-sais-quoi dans son regard que le moment était mal choisi. Tant pis. Il se tut, laissant Bonpain prendre place sur le siège du conducteur et relever la bâche de séparation pour le tenir à l'œil.

Le policier fit claquer son fouet et tonna d'une voix rauque.

— *Avanceti del carneu* !

Et en plus, il parlait une langue venue d'un autre âge... Les chevaux, rompus à ce genre de délicatesse, s'ébranlèrent aussitôt. Ils remontèrent le chemin gardé par deux autres sergents et fendirent l'attroupement qui grossissait au carrefour. Puis la berline prit la direction de la rue de la Grange-aux-Belles. Le soleil était déjà chaud, et, avec son bras qui pendouillait en l'air, ses vêtements à moitié en lambeaux, Jules se faisait l'impression d'un lapin sur le point d'être dépecé. À hauteur de l'hôpital Saint-Louis, Bonpain se retourna. Ses yeux noirs envoyaient des éclairs par-dessus l'arête à vif de son nez. Combien de roulades avait-il exécutées dans le coupé, déjà ? Trois, quatre ? Il avait dû apprécier le voyage…

— Écrivain, c'est quand même un métier de feignasse, non ? lança-t-il avec un rictus féroce.

L'humiliation, c'était le thème des représailles… Soit. Cela valait mieux que les coups, après tout. Quoique l'un n'empêchât pas l'autre.

— C'est aussi ce que pense mon père, répondit Jules, ce qui désarçonna un instant son interlocuteur.

Un instant seulement.

— J'ai jamais pu apprendre à écrire, moi.

Jules voulait bien le croire : il avait dû être élevé par une tribu de sauvages dont il perpétuait scrupuleusement les manières et le dialecte.

— C'est des affaires de précieux qui ont pas grand-chose dans la culotte, tu crois pas ?

Il secoua la chaîne où étaient accrochées les menottes, ce qui tordit désagréablement le poignet de Jules.

— Si, si, s'empressa d'approuver le jeune homme. C'est surtout que je ne savais rien faire d'autre.

— T'es qu'un inutile, alors ?

Re-secouage, re-torsion.

— Inutile, c'est le mot, abonda Jules.

— Je préfère ça.

Satisfait de cette première victoire, Bonpain se concentra à nouveau sur la route. Jules profita de ce répit pour mettre un peu d'ordre dans ses idées, car, depuis qu'il était revenu à lui sous un arbre, il n'avait pas eu une seconde pour réfléchir. Félix avait donc vu juste depuis le début : le vieux marquis était derrière toute l'histoire. Il avait éliminé un à un ses comparses, Gordon, Dandrieu, Saint-Paul, et même l'imprimeur Batisson qui l'approvisionnait en argent frais pour ses travaux. Au-delà de sa culpabilité, cependant, plusieurs questions demeuraient en suspens : pourquoi les avoir tués durant cette semaine d'août ? Quelle urgence y avait-il à les supprimer ? Le marquis avait-il craint tout à coup qu'on ne le dénonce ? Pourtant, aucune de ses victimes n'avait intérêt à se signaler à la police : Gordon vivait presque dans la clandestinité, Dandrieu était mêlé à un trafic de cadavres, Saint-Paul diffusait des photographies interdites et Batisson fabriquait de la fausse monnaie. Excusez du peu ! A priori, Servadac n'avait guère de trahison à redouter de leur part.

Non, il fallait un autre motif. Plus impérieux. Peut-être ce mystérieux objet qu'il avait cherché en vain dans l'imprimerie tout à l'heure ? Avant de mettre le feu au bâtiment, ses hommes l'avaient fouillé de fond en comble. De même que l'atelier de Saint-Paul avait été entièrement retourné, lui aussi. Dans l'espoir d'y découvrir une ultime réserve de faux billets ? Ou pour une raison différente ?

À moins qu'il ne s'agisse encore d'autre chose. Au moment de s'éclipser, le marquis avait parlé d'un événement décisif qui se préparait dans le donjon. Une dernière « livraison » et lui, Servadac, appelé bientôt à devenir « un homme neuf, droit sur ses jambes »… Croyait-il sincèrement à la réussite d'une telle expérience ? À la possibilité de s'approprier le fluide d'un esprit ou d'un mort ? Et de retrouver du même coup sa santé de vingt ans ? En un sens, l'important n'était pas qu'il en soit capable : l'important était qu'il soit *convaincu* d'en être capable. À l'instant où ses recherches allaient aboutir, il avait choisi d'éliminer ceux qui partageaient son secret et qui risqueraient un jour de le divulguer. Faire table rase du passé afin qu'aucun témoin ne subsiste. D'où cet acharnement sur ses anciens complices. Sur *tous* ses anciens complices. Or, parmi ses anciens complices, il y avait au moins une personne encore en vie qui…

— Puisque t'es inutile…, reprit soudain son garde-chiourme, l'œil de plus en plus noir, ce serait pas un bien grand mal de te taper un peu, non ? On pourrait s'arrêter quelque part, si tu veux. Y a un coin tranquille derrière la place des Vosges, on serait pas dérangés. Comme ça, tu saurais ma façon de penser à propos d'hier soir. Et puis, comme de toute façon je t'emmène à l'hôpital…

Raisonnement imparable. Depuis vingt secondes, cependant, Jules avait d'autres impératifs. Il lui fallait se rendre au Cygne rouge sur-le-champ. Mme Berthe, la patronne, était probablement la prochaine victime sur la liste de Servadac ! Elle avait assisté à l'enterrement de Gordon, avait utilisé Saint-Paul pour ses photographies, rencontrait régulièrement le marquis… Il n'hésiterait pas à s'en débarrasser si elle en savait trop.

Or, justement, Savannah travaillait ce matin au Cygne rouge.

— T'as donc plus de langue ? Ou tu préfères que je te cogne tout de suite dans le fourgon ?

Le tout pour le tout.

Jules attendit le carrefour suivant pour sortir de sa poche le revolver de Servadac. De sa main libre, il planta le canon dans la nuque du policier.

— Si tu fais un geste, lui susurra-t-il, tu es mort. Si tu cries, tu es mort. Si tu ne fais pas ce que je te dis, tu es mort. Ça te convient ?

Le sergent inclina imperceptiblement le cou.

— Tu n'iras pas loin, grogna-t-il.

— Avec un trou dans la gorge comme une pièce de un franc, tu n'iras pas loin non plus. Fais glisser ton arme.

Bonpain s'exécuta en douceur et son pistolet atterrit aux pieds de Jules.

— Parfait. Maintenant, tu prends la clé dans ta poche et, sans te retourner, tu ouvres les menottes. Je te préviens, je ne suis pas très patient et en plus je suis maladroit.

L'autre allongea les deux mains au-dessus de sa tête, remonta vers l'arrière le long de la chaîne et trifouilla le bracelet de fer pour faire jouer le cliquet. Jules sentait l'odeur aigre de ses bras musculeux tout contre son visage : il aurait suffi d'un mouvement pour que Bonpain l'assomme. Mais comment aurait-il pu deviner que le barillet était vide ?

— Merci, de vrais doigts de fée.

Une fois libéré, Jules se baissa pour prendre l'arme sur le plancher.

— À l'avenir, mon ami, il faudra te méfier des écrivains. Allez, à la Bourse maintenant… Et tâche d'éviter les fossés, cette fois !

17

L'uniforme était beaucoup trop grand, il fallait en convenir. Le bicorne lui tombait sur le nez, les manches pendaient lamentablement au bout de ses bras et le pantalon traînait par terre. On aurait dit un petit garçon avec le costume de son père qui paradait dans la maison en se donnant des airs importants. En même temps, il était impensable de se présenter au Cygne rouge avec des vêtements déchirés et brûlés. Jules avait donc poliment exigé de Bonpain – sous la menace des deux armes, tout de même – qu'il se déshabille. Celui-ci n'avait pas sauté de joie : il avait commencé par secouer ses gros poings, mais, tout sauvage qu'il était, la perspective d'une balle dans chaque genou – méthode Lafosse – avait fini par l'adoucir. Jules l'avait menotté solidement et bâillonné avec ce qui restait de sa chemise, avant de l'abandonner à l'intérieur de la berline, rue Joquelet, sur le chantier d'un immeuble en démolition. Le sergent allait pouvoir nourrir sa passion toute neuve pour les travaux publics... Et, d'ici à ce qu'il donne l'alarme, Jules saurait bien ce qu'il voulait savoir.

Personne au guichet du Cygne rouge, il était encore trop tôt. Jules dut agiter plusieurs fois le heurtoir pour qu'on vienne lui ouvrir. La petite bonne qui les avait accueillis l'autre jour – Philomène ? – le contempla de la tête aux pieds.

— Mon… monsieur ?

— J'ai besoin que vous me laissiez entrer.

— La maison ne reçoit pas avant onze heures, monsieur, et…

— Il faut que je parle à votre maîtresse, c'est urgent. Elle court un grave danger.

Quel crédit accorder à un sergent de ville dont l'uniforme était deux fois trop grand et le visage maculé de noir de fumée ?

— Je ne suis pas sûre que la maîtresse puisse…

— Allez me chercher Savannah, alors. Ou je vous promets que la police fera passer à vos clients le goût des voyages.

Philomène hésita une seconde. Puis, dans le doute, alla prendre les ordres. La guillotine claqua en retombant et Jules lança des coups d'œil anxieux autour de lui. Il craignait de voir Bonpain surgir au milieu de la rue, en caleçon et en furie.

Au bout de quelques minutes, le guichet s'ouvrit à nouveau sur le minois de Savannah, toujours aussi charmant mais un peu las.

— Monsieur Verne !

— Savannah, Mme Berthe est en danger.

— Mme Berthe ?

— Il y a eu un autre crime, chuchota-t-il, et votre maîtresse risque fort d'être la prochaine victime.

La clé tourna dans la serrure et Jules put pénétrer dans la cour où n'était rangé qu'un élégant phaéton.

— Où est-elle ?

Les deux jeunes filles se regardèrent.

— Je ne sais pas, commença Savannah. Elle nous a donné ses instructions pour le ménage tout à l'heure, elle doit être quelque part dans l'immeuble.

— C'était il y a longtemps ?

— Vers huit heures, quand nous sommes arrivées, répondit Philomène, dont le visage exprimait un certain malaise.

Plus d'une heure et demie, donc.

— Et depuis ?

— Elle a pu remonter se coucher : toutes les demoiselles dorment encore. Ou bien peut-être qu'elle déjeune à la cuisine ou…

— C'est sa voiture ? la coupa Jules en montrant le phaéton décapotable sur ses hautes roues.

Philomène acquiesça.

— Elle n'est donc pas sortie. À moins qu'elle n'ait l'habitude de se promener à pied ?

— Ce n'est pas dans ses façons, assura Savannah.

— Dans ce cas, allons à l'intérieur, nous finirons bien par la trouver.

Ils se séparèrent au bas de l'escalier de marbre, Philomène se chargeant des pièces de service, Jules et Savannah des chambres.

— Il y a vraiment eu un autre meurtre ? s'enquit la jeune fille en gravissant les marches.

— Oui, l'imprimeur Batisson. Il faisait partie de la bande de Gordon et de Jacques Saint-Paul. Le marquis de Servadac l'a tué ce matin, deux balles dans les yeux. J'ai presque failli le surprendre. Du coup, il a cherché à me régler mon compte à moi aussi. Il a mis le feu à l'imprimerie. Heureusement, j'ai pu m'en tirer et la police est désormais sur ses traces. Reste que votre maîtresse est très liée au marquis. Il peut vouloir s'en débarrasser à son tour.

Ils visitèrent les petits boudoirs d'attente : tous étaient vides. Savannah l'entraîna ensuite vers le grand salon plongé dans l'obscurité et les couloirs qui menaient aux chambres. Personne.

La jeune femme semblait de plus en plus fébrile et, en même temps, plutôt incrédule.

— Mais qui est ce Servadac ?

— Un vieux dingue paralysé dans un fauteuil qui pense avoir une solution miracle pour faire remarcher ses vieilles jambes. En utilisant l'énergie supposée des esprits. Ah ça, vous pouvez rire ! Le problème, c'est qu'il a l'air d'éliminer tous ceux qui ont participé à ses expériences.

— Et Mme Berthe en fait partie ?

— En tout cas, ils se fréquentent assidûment. J'ignore quel est son rôle exact, mais…

Ils inspectèrent les chambres une à une – la chambre du Maharadjah, le Harem du Sultan, la Pagode, etc. – sans plus de succès, et rejoignirent Philomène dans l'escalier.

— La maîtresse n'est ni à l'office, ni dans la cuisine, ni dans la buanderie, débita-t-elle d'un trait.

— Et le majordome, celui qui a la livrée rouge, il sait quelque chose ?

— Il ne prend son service qu'à dix heures trente. Aucun homme n'a le droit de passer la nuit dans l'établissement.

Le Cygne rouge était une maison respectable, attention !

— Il ne reste plus que les dortoirs, fit Savannah. Sauf que si elle s'est recouchée, la maîtresse va nous assaisonner, ça va être quelque chose…

Ils montèrent à pas de velours jusqu'au deuxième étage. Une fois le palier franchi, le décor changeait du tout au tout, comme si le carrosse de Cendrillon redevenait d'un seul coup citrouille. Plus de tapis épais sur le marbre mais un plancher tout simple, plus de tableaux suggestifs aux murs, mais un corridor étroit et gris, avec une unique lucarne pour la lumière.

Savannah s'arrêta devant la dernière porte.

— C'est la chambre de Mme Berthe, murmura-t-elle. Frappez si vous voulez, moi je n'ose pas.

Jules toqua mollement sur le panneau, puis un peu plus fort. Aucune réponse. Avec mille précautions, il entrebâilla la porte. Les volets étaient ouverts et il faisait grand jour. La pièce était plus confortable que ce à quoi l'on pouvait s'attendre sous des combles : assez vaste, avec un beau lit à baldaquin, plusieurs fauteuils, une glace dorée, un cabinet de toilette au fond, deux buffets normands et de multiples objets en provenance des îles. Mais pas Mme Berthe.

— Le lit est fait, elle n'avait donc pas l'intention de s'y remettre. La sous-maîtresse a sa propre chambre, elle aussi ?

— Elle est partie au chevet d'une de ses tantes hier. Elle ne reviendra pas avant demain.

— Alors il va falloir interroger ces demoiselles, décréta Jules. Conduisez-moi.

Les deux dortoirs occupaient toute l'aile droite du bâtiment. Une quinzaine de lits étaient alignés dans le premier, avec de petits rideaux de séparation pour ménager un peu d'intimité. Toutes les jeunes femmes dormaient à poings fermés, certaines partageant la même couche.

— Ça a dû finir à quatre ou cinq heures ce matin, expliqua Philomène. À mon avis, elles ne savent rien.

— On va essayer quand même, insista Jules.

Philomène s'approcha de l'une des filles et lui chuchota quelques mots à l'oreille. Celle-ci se redressa brusquement.

— Hein ?
— La maîtresse... As-tu vu la maîtresse depuis hier ?
— La quoi ?
— Elle a disparu.

— Qui est-ce qui a disparu ? demanda sa voisine, une longue brune qui dormait sans drap et dont la chemise remontait sur les cuisses.

— Il y a la police ? s'inquiéta une troisième.

Tout le dortoir se réveilla bientôt et ce fut un concours de bâillements, de soupirs et d'interrogations. De partout sortaient des filles à demi vêtues, les traits chiffonnés, qui se frottaient les yeux, s'étiraient, se prenaient par le cou tout en les assaillant de questions.

— Quelle heure est-il donc ?
— Vous cherchez Mme Berthe ?

— Avec un peu de chance, elle s'est décidée à nous fiche la paix une bonne fois pour toutes !

— Rêve pas, Henriette, c'est samedi. La reine d'Angleterre débarque avec sa troupe. La vieille risque pas de nous laisser refroidir...

— Et que vient faire ce sergent qui a le nez tout sale ?

— Il n'est pas vraiment sergent, avança Savannah, c'est un ami qui...

— C'est l'ami de toi ? l'interpella une Russe blonde et potelée. Savannah a bon amourreux, alorrs !

— Mesdemoiselles, intervint Jules, un peu d'ordre, s'il vous plaît. Il se peut que la vie de votre maîtresse en dépende. L'une d'entre vous l'a-t-elle vue aujourd'hui ?

Vous a-t-elle dit si elle devait s'absenter ou rencontrer quelqu'un ?

La plupart firent non de la tête ou haussèrent les épaules en signe d'ignorance. Seule celle qui dormait près de la porte, une petite aux cheveux frisés et à l'air effronté, paraissait se souvenir de quelque chose.

— J'ai entendu du bruit tout à l'heure, ça m'a même réveillée. Le soleil donnait déjà, mais c'était trop tôt pour que je me lève.

— Quel genre de bruit ?

— Des gens qui parlaient tout bas. Exprès, j'aurais juré. Ce qui était bizarre, c'est qu'il y avait une voix d'homme. Je me suis tâtée pour aller voir, mais la nuit a été sacrément rude hier, et aujourd'hui ce sera pas de la crème non plus. Et puis la maîtresse, elle fait bien ce qu'elle veut.

— Peut-être qu'elle s'appuie des extra avant l'ouverture ? s'esclaffa la dénommée Henriette.

Jules songeait plutôt à Servadac et à ses acolytes. Il se tourna vers Philomène.

— Quelqu'un aurait-il pu s'introduire dans la maison sans que vous vous en rendiez compte ?

Elle rosit comme s'il venait de la prendre en faute.

— Je... je ne crois pas, monsieur. Je travaillais à l'office et les fenêtres sont sur la cour.

— Il y a d'autres entrées à l'immeuble ?

— Deux, acquiesça Savannah : l'entrée de service, à l'opposé de la cour, et une encore rue Lelong, pour les clients plus discrets.

— Il faut en avoir le cœur net, souffla Jules.

C'est donc une formation de choc qui dévala l'escalier vers la porte de la rue Lelong : un faux sergent grillé comme un poulet et une escouade de jeunes pintades qui gloussaient en trottinant sur le marbre. On percevait aisément, cependant, tout ce que cette gaieté de pensionnat avait de factice : une manière de se protéger avant tout du désespoir au quotidien... Toutes ces filles si belles étaient d'abord à plaindre et leur maîtresse à blâmer. Quant à leurs clients... Jules ne se sentait pas très fier.

— Le verrou est tiré ! s'exclama la petite à l'air espiègle qui avait devancé tout le monde. Elle a dû sortir par là.

— Si elle était sortie, crois-moi qu'elle aurait refermé derrière, objecta une autre. Tu vois la vieille laissant la baraque ouverte aux quatre vents ?

À moins qu'on ne l'ait emmenée de force, réfléchit Jules. Quoique Servadac semblât plutôt prendre plaisir à exécuter ses victimes sur leur lieu de travail : Gordon dans sa salle de spiritisme, Dandrieu dans son atelier, Saint-Paul dans son studio, Batisson dans son imprimerie... Pourquoi pas Mme Berthe dans son bordel ?

— Vous avez rregarrdé chambrre noirre ? suggéra la Russe avec son accent à couper au couteau.

— Chambre noire ? répéta Jules, qui n'était pas sûr d'avoir bien entendu.

Il y eut comme un silence gêné parmi les filles et quelques-unes baissèrent la tête. Savannah et Philomène paraissaient ne pas comprendre.

— Chambrre noirre, oui, reprit-elle. Juste en dessous.

Elle fit un geste vers le bas et attrapa la manche de Jules pour qu'il la suive. Elle remonta le couloir vers l'office, traversa la cuisine et se planta devant une porte grise qui ne payait pas de mine.

— C'est la cave ! protesta Philomène.
— Vous avez vérifié à l'intérieur ?

— On n'y va jamais ! Et puis c'était tout noir, je ne pensais pas que Madame serait cachée dedans !

— Ça ne pas être cave, la détrompa la jolie Slave. Ça être chambrre noirre.

Le roulement de ses « r » donnait à ses paroles une intensité tragique.

— Vous pourriez m'expliquer de quoi il s'agit ?

Sans fausse pudeur, la jeune femme releva sa chemise et roula sa culotte sur l'une de ses jambes.

— Ça être chambrre noirre...

Sa peau laiteuse était striée de marques sombres, comme des zébrures. Quelques-unes anciennes et presque effacées, d'autres légèrement rosées et à peine cicatrisées. Le jeune homme commençait à réaliser. La chambre noire... Certaines histoires circulaient sur ce genre de lieu à Paris.

Il poussa la porte et descendit un escalier de pierre où deux cordelettes dorées faisaient office de rampes. Les murs étaient recouverts de tentures sombres et il lui fallut patienter pour continuer à progresser le temps que Savannah apporte des lampes. Hormis la Russe et les deux bonnes, les autres filles restèrent en arrière.

Il sauta la dernière marche et se trouva devant une lourde porte hérissée de pointes. Il en abaissa le loquet parfaitement huilé et leva haut sa lanterne.

— Ça être pas bon endrroit, ici.

C'était le moins que l'on puisse dire, en effet. La pièce mesurait cinq mètres sur quatre et était entièrement capitonnée, murs et plafond, avec une sorte de cuir noir rembourré. Sur la paroi de gauche, une collection de fouets, de lanières cloutées, de chats à neuf queues, ainsi que deux rangées de pitons où s'accrochaient une variété de lames, de couteaux et d'épingles aux ardillons menaçants. Pendus au mur suivant, des masques rigides aux nez démesurément allongés et aux bouches tordues, plus quelques autres, informes et flasques au contraire, comme des visages dont on aurait vidé la substance. Au milieu, une table avec des chaînes et des roues dentées sur le côté pour allonger ou réduire le plateau, à la fantaisie du bourreau. Il y avait aussi un étrange billot, où l'on ne pouvait se poser qu'en équilibre, garni de menottes et d'un collier de fer, ainsi que d'un système de cordes pour maintenir en suspension les bras ou les jambes. Des bavures sombres teintaient le bois dans son épaisseur.

Il y avait enfin plusieurs armoires – Jules n'avait pas d'autre mot – de la taille d'un homme à peu près, vouées sans doute à l'encagement des victimes. Certains de ces sinistres cercueils étaient entrouverts et semblaient tapissés d'épines et de picots susceptibles d'être enfoncés ou vissés depuis l'extérieur. Deux autres étaient fermés et c'est vers eux que Jules se dirigea d'abord. Le premier comportait de petites ouvertures circulaires au niveau de la poitrine et du ventre : il était vide. Le second était hermétiquement clos et le jeune homme dut se creuser le cerveau pour le déverrouiller. Il localisa enfin deux séries de taquets sur le dessus et parvint à les écarter.

La porte s'ouvrit d'elle-même et une masse imposante de chair et de dentelles s'effondra d'un seul bloc entre ses bras.

— Mon Dieu ! cria Philomène.

— Mme Berthe ! renchérit Savannah.

La jeune Russe eut plus de réflexes : elle se précipita pour aider Jules à soutenir le cadavre puis à l'amener vers la table gigogne. La patronne du Cygne rouge portait une nuisette vaporeuse, relevée de guipures et de froufrous, mais imbibée d'un liquide rouge et poisseux.

De ses yeux morts coulait un abominable filet de sang, comme des larmes d'outre-tombe. Son corps était encore tiède, sa peau souple au toucher, et son cou dégageait un parfum fleuri et entêtant. On aurait pu croire qu'elle avait bu un verre de trop et qu'il lui suffirait de se reposer un moment pour retrouver ses esprits.

Mais non.

Jules respira profondément afin de maîtriser le spasme qu'il sentait monter de son estomac. Il imaginait sans difficulté ce qui avait dû se produire. Servadac avait quitté l'imprimerie de Batisson bien décidé à faire place nette autour de lui. Il s'était ensuite rendu directement au Cygne rouge. Possédait-il une clé de la rue Lelong ? Cela n'avait rien d'impossible. Il connaissait en tout cas la chambre noire, peut-être pour l'avoir étrennée lui-même. La pièce étant de surcroît insonorisée, il n'y avait pas meilleur endroit.

Le marquis avait alors filé jusqu'aux combles – lui ou l'un de ses hommes, d'où la voix masculine entendue dans le dortoir – et avait attiré la maîtresse au sous-sol. Sous quel prétexte ? Il ne devait pas en manquer. Une fois mise en confiance, la porte s'était refermée sur elle et blam ! blam !

Comme tous les autres…

Il avait ensuite caché la dépouille dans l'une des armoires à supplice. Par jeu, sans doute, plus que pour la dissimuler. Car le marquis était joueur.

— Chacun à son tourr, murmura la Russe lorsqu'ils eurent fini d'allonger le corps.

— Pardon ?

— Chacun à son tourr, c'est l'exprression que vous avez, vous autrres Frrançais, non ?

Elle considérait le visage meurtri de sa maîtresse sans une once de compassion.

— Vous crroyez que Tatiana va pleurrer, sans doute ? Pourr cette femme de malheurr ? Elle a gagné ce qu'elle mérrite, voilà vérrité vrraie ! Vous savez comment sont les filles qui ont passé parr là ? Dans quel état on rretrrouve elles après ? C'est l'hôpital pourr beaucoup. Pirre, des fois. Et pas le choix, jamais. Toujourrs filles pauvrres ou frragiles pourr clients plus durrs. Tatiana a la chance encorre, carr elle, elle fait salon. On abîme pas trrop les filles du salon. Mais les autrres... Les plus vieilles, les malades, celles que la maîtrresse veut plus voirr. Pourr elles, c'est vrraiment chambrre noirre.

Elle cracha haineusement aux pieds du cadavre devant les deux bonnes médusées. Puis elle ouvrit violemment la deuxième armoire, celle au battant percé d'orifices.

— Il y a passage, là, derrièrre rrideau au fond. Il va tout drroit verrs salon d'honneurr. Pourr conforrt clients, bien sûrr ! Toujourrs conforrt clients ! Mais pourr filles, c'est passage d'enferr ! Que diable emporrte Mme Berrthe !

Elle s'appuya la tête contre le panneau et éclata en sanglots.

Jules n'eut pas l'occasion de s'interroger sur ce qu'il convenait de faire, car la voix mal assurée d'Henriette lui parvint de l'escalier.

— Monsieur, monsieur ! Il y a tout plein de sergents à la grande porte !

18

— Et c'était bien la police ? Ou juste le sergent Bonpain ?
— Les deux, hélas !
Jules savoura son petit effet. Sa cheville le cuisait encore, il avait la joue enflée, le pouce endolori, mais, dans l'ensemble, il était plutôt en forme, satisfait surtout de s'en tirer à si bon compte. Il occupait un large fauteuil dans le sublime salon rouge des Montagnon, un verre de château-haut-brion à la main – l'un des cinq bordeaux à avoir obtenu l'appellation premier cru à l'Exposition universelle –, trois paires d'yeux intensément braquées sur lui. Il y avait là Félix, le bras gauche en écharpe, la mine plus épanouie et le teint moins blafard que la veille ; Adolphe, son père, revenu en catastrophe de Fontainebleau dès qu'il avait appris la mésaventure de son fils ; Lucien Morcel, passé là pour soutenir son poulain, et que l'histoire de Jules fascinait à tel point que son regard retrouvait par instants une éphémère convergence.

— Après ? le relança-t-il.
— Après, tout le commissariat du quartier Feydeau a déferlé sur l'établissement, Bonpain en tête. Il n'avait qu'une seule idée, me pendre à un croc de boucher et

m'ouvrir la panse. C'est du moins ce qu'il braillait en traversant la cour. Quand il m'a aperçu, il a failli avoir une attaque : il n'était plus rouge, il était violet. Il s'est jeté sur moi, vêtu de son caleçon et d'une espèce de blouse qu'il avait récoltée je ne sais où. Les autres ont eu toutes les peines du monde à l'empêcher de m'étrangler.

Jules massa instinctivement l'hématome sur sa joue. Même dans l'imprimerie Batisson, il n'avait pas frôlé la mort d'aussi près. Bonpain était un taureau enragé, rendu fou par l'humiliation et le désir de vengeance.

— Ensuite, ils nous ont consignés à la cuisine, moi et les trois filles qui avaient découvert le cadavre. Puis ils ont procédé aux constatations d'usage en attendant les ordres de la brigade.

— Ça a duré longtemps ?

— Suffisamment pour que Philomène et Savannah me mitonnent une somptueuse omelette au lard avec des rôties et du café sucré. Suffisamment aussi pour que la Russe finisse de vider son sac contre sa maîtresse. Et Dieu sait que la musette était pleine : un vrai puits. Les clients que Berthe faisait exprès de ne pas compter, la nourriture, le linge ou le coiffeur qu'elle facturait à des prix astronomiques, le courrier le plus souvent ouvert, les chantages mesquins sur le passeport…

— Si elle était si malheureuse que ça, elle n'avait qu'à la quitter, non ? s'étonna Adolphe de Montagnon.

— D'après ce que j'ai compris, ce n'était pas si évident. Les filles vivent plus ou moins constamment à crédit. Surtout quand elles viennent de loin et qu'il a fallu avancer le prix du voyage. Tatiana m'a confié que, depuis deux ans qu'elle était au Cygne rouge, elle n'avait pratiquement rien mis de côté. L'endettement est un moyen comme un autre de s'assurer la docilité des pensionnaires.

— Elle a réitéré ses accusations concernant la chambre noire ?

Lucien Morcel flairait à l'évidence l'article à sensation.

— L'irruption des gendarmes a dû la refroidir, je suppose. Pourtant, sur le coup, j'aurais juré qu'elle était sincère. Et si sa patronne fricotait avec Servadac, on peut envisager le pire.

— Bon, et Lafosse ? s'impatienta Félix. Il a fini par rappliquer au Cygne rouge, oui ou non ?

— J'y viens.

Jules se souvenait avec une précision quasi photographique du visage de l'inspecteur quand celui-ci avait surgi dans la cuisine : la moustache en berne, l'œil cerné, les rides creusées sur le front, il n'avait plus rien du policier jovial et énergique qu'il avait rencontré le premier soir.

— Il est arrivé vers midi avec trois de ses hommes, l'air épuisé et dépassé par la situation. J'aurais cru qu'il allait me passer un savon pour lui avoir désobéi et fait tourner Bonpain en bourrique, mais pas du tout. Il s'est plaint d'abord de ce que toute la brigade était réquisitionnée pour la sécurité de Victoria et qu'il disposait d'un effectif ridicule. Son chef lui a certes donné carte blanche, mais sans lui attribuer de forces supplémentaires. En cas d'échec, il en assumera seul les conséquences.

— Manœuvre classique, commenta Morcel. Si ça tourne mal avec le marquis, les autorités ont un bouc émissaire tout désigné.

— Et à la fin, ils l'ont eu ou pas ? s'énerva Félix.

— Une seconde ! le tempéra Jules, pas mécontent de tenir son auditoire en haleine. Au total, ils n'étaient donc qu'une demi-douzaine pour aller interroger Servadac. Ils n'escomptaient pas qu'on les accueille avec des fleurs, mais a priori cela restait une opération de routine. Or les premiers coups de feu ont éclaté alors qu'ils avaient à peine escaladé le perron. Une véritable embuscade, comme si la bande les guettait. Durant la fusillade, l'un des sergents a été blessé, mais la brigade a réussi malgré tout à enfoncer la porte. Quand ils ont investi la maison, il n'y avait déjà plus personne : les autres s'étaient repliés dans le pavillon. Du coup, Lafosse a estimé plus prudent de chercher des renforts au commissariat de Bercy. Le temps que ceux-ci les rejoignent, vingt bonnes minutes se sont encore écoulées.

Félix s'avança sur le bout de son fauteuil et se mit à trépigner comme s'il dirigeait l'assaut lui-même.

— Et le souterrain ? Servadac a eu dix fois le temps d'emprunter le souterrain !

— Ce n'était pas dans ses intentions, du moins j'imagine. La seule chose étrange qui se soit produite pendant que la brigade patientait, c'est un énorme fracas de tôle quand le toit s'est ouvert sous la flèche gothique. La fameuse manivelle sur le mur du laboratoire, Félix, tu te rappelles ? Deux des sergents ont d'ailleurs affirmé avoir observé des étincelles ou des sortes d'éclairs qui zébraient le ciel.

— L'expérience ! s'emporta Félix. Il a quand même tenté l'expérience !

Adolphe de Montagnon fit signe à son fils de se taire.

— Lorsque la brigade a voulu reprendre sa progression, continua Jules, elle a de nouveau essuyé une salve de tirs depuis l'étage. Quatre ou cinq serviteurs défendaient le donjon. Comptant sur la supériorité du nombre,

Lafosse a décidé d'un mouvement tournant pour encercler la forteresse. Il a fait casser les fenêtres du rez-de-chaussée et ses hommes ont fini par pénétrer à l'intérieur. Là, l'inspecteur ne s'est pas étendu, mais je crois qu'il y a eu de nombreux blessés et des morts. Il a même parlé de corps à corps dans le salon-bateau, celui où se trouvaient l'orgue et la fontaine. Quand les coups de feu ont cessé, la brigade a pu enfin accéder au sous-sol et à la tour centrale. Ils pensaient appréhender Servadac dans le laboratoire, mais…

Jules prit un malin plaisir à s'octroyer une gorgée de bordeaux.

— Tu me revaudras ça ! lui jeta Félix avec une moue exaspérée. Tu n'as donc aucune pitié pour un pauvre éclopé ?

— D'accord, d'accord ! Figure-toi que tout le laboratoire était sens dessus dessous : étagères renversées, fioles brisées, livres éparpillés… Au niveau supérieur, il y avait un cadavre couché sur le lit en fer. Il portait le casque en cuivre et des pinces sur les membres, reliées par des fils à la pile électrique. Selon Lafosse, il s'agissait d'un homme d'une quarantaine d'années, peut-être un chiffonnier ou un vagabond, d'après les vêtements entassés par terre. Le malheureux est entre les mains du nouveau spécialiste des dissections à la brigade, mais on ne l'a pas encore identifié.

— Un cadavre de plus, soupira Morcel. C'est à ne plus pouvoir les compter ! Et le marquis, alors ?

— Il ne restait que son fauteuil, assena Jules, les deux roues en l'air.

— Servadac avait disparu ?

— Envolé.

Il y eut un silence stupéfait, chacun cherchant une idée lumineuse susceptible d'expliquer ce prodige. Félix se lança le premier.

— Il n'y a guère que le souterrain vers les quais...

— Oui. Sinon que grâce à nous Lafosse était au courant de son existence. Il avait dépêché deux hommes à la sortie et ceux-ci n'ont rien noté d'anormal.

— Et si cette vieille canaille avait été prévenue ? suggéra le patron du *Populaire*. Si on l'avait informé de l'intervention ? Cela éclaircirait le mystère, non ? Pas de marquis, pas d'arrestation du marquis.

— C'est une hypothèse, admit Jules. Peut-être la plus satisfaisante. Mais qui implique d'une part de très hautes complicités et d'autre part un sens poussé de la mise en scène.

— Servadac a déjà fait preuve des unes et de l'autre par le passé. Et le pouvoir ne tient pas spécialement à ce que le scandale éclate autour de cette affaire. Surtout un jour comme aujourd'hui. Les policiers qui se sont présentés avant-hier au journal étaient déjà catégoriques : pas de vagues ni d'articles tendancieux durant le séjour de Victoria. Il me semble que l'initiative de ce matin s'inscrit dans cette logique. D'une main, le préfet montre sa détermination en assiégeant la propriété de Bercy, de l'autre, la disparition de Servadac lui retire une belle épine du pied...

L'argument avait sa cohérence. Il pouvait aussi justifier la surprenante clémence dont Lafosse avait fait preuve à l'égard de Jules : en échange de son silence et de la promesse de ne rien publier, il n'avait pas hésité à lui rendre sa liberté. À moins que cette succession d'événements n'ait fait perdre sa lucidité au brave inspecteur !

— Ce n'est pas votre avis, jeune homme ? Vous qui avez tout vécu de l'intérieur…

Jules savoura une nouvelle gorgée de haut-brion. Il considérait la cheminée monumentale en marbre rouge sur laquelle reposait un immense miroir surmonté des armes des Montagnon : un D et un M entrelacés comme les orgueilleuses branches d'un rosier en or.

— Au point où nous en sommes avec ces meurtres, déclara-t-il, il serait suicidaire, y compris pour le préfet, de venir en aide à Servadac. Et je ne vois pas derrière quelle raison d'État il pourrait se retrancher pour agir de la sorte. Le marquis a beau avoir été un proche de l'empereur, il y a des limites. En outre, même après l'assassinat de Mme Berthe, certaines pièces du puzzle ne trouvent pas leur place. Je pense à cette attaque dont Émile, le vieux photographe, a été victime hier à la Villette. Que je sache, il ne collaborait pas avec le marquis, lui. Je doute même qu'il connaisse seulement son nom… Quel intérêt aurait donc eu Servadac à l'éliminer ?

— Peut-être votre photographe a-t-il vu ou entendu quelque chose qu'il n'aurait dû ni voir ni entendre ? proposa Adolphe en allumant un énorme cigare. Félix m'a parlé de faux billets.

Jules hocha gravement la tête.

— Il y a en effet cette histoire de fausse monnaie, vous avez raison. Sur ce chapitre, Émile était l'un des seuls à pouvoir confondre à la fois Saint-Paul, Batisson et Servadac. En cela, oui, il représentait un danger. Mais cela signifie alors que quelqu'un a renseigné le marquis sur le petit secret d'Émile. Quelqu'un à qui Émile avait auparavant confié ce secret… Qui donc, en ce cas ? Et, sans parler d'Émile, quel besoin Servadac avait-il de tuer tous ses complices de deux balles dans les yeux ?

Pourquoi laisser aussi ce daguerréotype à l'atelier de Dandrieu ? Et ce couvercle en cuivre dans la salle de spiritisme ? Et pourquoi photographier le cadavre de Saint-Paul ? Tous ces points restent obscurs.

— Vous disiez l'autre jour que le tueur prenait plaisir à défier la police et s'employait ainsi à détourner les soupçons, fit remarquer Morcel.

— C'est vrai, concéda Jules. Mais il y a eu trois nouveaux meurtres depuis. Et cependant, malgré l'accumulation des indices et des preuves, j'ai l'intuition qu'un pan entier du mobile nous échappe encore.

— Et s'il avait réussi à s'échapper sur ses deux jambes ? risqua Félix.

La porte du salon s'ouvrit sur Marguerite, la femme de chambre.

— Si ces messieurs veulent bien m'excuser, la demoiselle est de retour avec Joseph.

Félix se redressa d'un bond en se tournant vers son père.

— Vous êtes toujours d'accord, papa, n'est-ce pas ?

Adolphe de Montagnon grommela quelque chose d'indistinct qui devait valoir acceptation.

Lorsqu'une heure plus tôt Jules et Savannah étaient venus prendre des nouvelles du blessé, celui-ci les avait invités à s'installer quelques jours dans l'hôtel particulier, le temps que l'enquête se conclue. Ils y seraient bien plus en sécurité qu'isolés dans leurs chambres, avait plaidé Félix, et au moins celui-ci ne serait-il plus tout seul à se morfondre. Jules avait alors fait un saut boulevard Bonne-Nouvelle, pour récupérer quelques vêtements de rechange, sa *Monna Lisa* et son courrier, pendant que de son côté Joseph, le cocher de la famille, accompagnait Savannah à la Villette.

Entre-temps, Adolphe de Montagnon avait aussi réintégré son domicile : le cousin Bertholet, le si plaisant médecin de l'hôpital Saint-Louis, avait malgré leur brouille envoyé un message à Fontainebleau pour avertir de la blessure de Félix. Au même moment, Lucien Morcel arrivait à son tour rue du Faubourg-Saint-Honoré, brandissant la une que le *Populaire* consacrait à l'assassinat de Saint-Paul et au comportement héroïque de son journaliste maison. Tous s'étaient retrouvés, du coup, dans le salon rouge pour écouter le récit de Jules…

De sa main valide, Félix pria Savannah d'entrer. Elle était resplendissante dans une robe en voile de crêpe écru, sa chevelure flamboyante dessinant un nimbe de feu autour de ses épaules. Il y avait quelque chose d'altier dans son visage et de majestueux dans la manière dont son regard effleurait les objets et les gens. Elle n'était plus la petite bonne empressée qui servait les clients du Cygne rouge, elle était une reine de légende regagnant les ors et les marbres de son palais d'été, après un hiver glacé dans quelque contrée lointaine.

Les quatre hommes retinrent leur souffle de peur de rompre le charme. Savannah était plus que belle : elle était divine et absolument désirable.

— Savannah, dit Félix après une légère hésitation, je vous présente mon père, Adolphe de Montagnon ; Lucien Morcel, le directeur du *Populaire* ; et Jules, bien sûr, que vous connaissez.

Tous s'inclinèrent sans la quitter des yeux tandis qu'elle prenait place sur une bergère ocre à côté du piano. Morcel fut pris d'un accès de strabisme et son œil droit se mit à rouler vers l'intérieur de sa paupière comme s'il recevait une décharge électrique. Quant à Adolphe de

Montagnon, il exhala une puissante bouffée de cigare avant de se lever et de s'excuser.

— Pardonnez-moi, mais je dois rassurer mon épouse sur la santé de Félix et je préférerais que la lettre parte ce soir. Je vous souhaite la bienvenue, mademoiselle, et je me réjouis de vous accueillir chez moi.

En réalité, il donnait plutôt l'impression d'être indisposé et de battre en retraite. Peut-être appréciait-il modérément de recevoir chez lui l'employée d'un établissement de plaisir où il avait compte ouvert ?

Lucien Morcel ne tarda d'ailleurs pas à l'imiter, prétextant ses obligations à quelques heures de l'arrivée de Victoria – mais lui aussi n'était-il pas suspect d'avoir son rond de serviette au Cygne rouge ? Une chose était de visiter les maisons de tolérance, une autre était de tolérer que ces maisons vous visitent…

L'atmosphère se détendit un peu après leur départ, et Félix lança la conversation d'un ton badin.

— Alors, finalement, votre logeuse ne vous a pas causé trop de soucis ?

Il faisait allusion au règlement très strict de la pension pour ouvrières où logeait Savannah.

— Elle n'a pas caché qu'elle trouvait mon déménagement bizarre, mais, comme que je lui paie la semaine d'avance, elle s'engage à me garder la chambre. Par contre, elle m'a dit que quelqu'un avait demandé après moi ce matin.

— Quelqu'un ?

— Un homme, oui. Elle n'a pas pu me le décrire, c'est son mari qui l'a reçu. Il a fait un scandale pour entrer, mais de toute façon c'est interdit. J'ai… j'ai réfléchi que ça pouvait être mon père. Peut-être qu'il aimerait que je retourne en Bretagne.

— Quelle heure était-il environ ?

— Assez tôt, encore. Je venais juste de sortir pour attraper l'omnibus.

Jules doutait, lui, qu'il puisse s'agir de son père : si tel avait été le cas, l'inconnu aurait clamé haut et fort son lien de parenté pour obtenir gain de cause, et elle l'aurait su. L'un des sbires du marquis, alors ? Pas impossible. Quoi qu'il en soit, Félix avait eu raison de mettre Savannah à l'abri.

— C'est le journal ? demanda-t-elle en ouvrant l'exemplaire du *Populaire* sur la table basse. Vous allez donc pouvoir continuer à écrire vos articles ?

Félix hocha la tête.

— Dans quatre ou cinq jours, j'espère, quand je serai tout à fait remis.

— Et en attendant, c'est M. Jules qui va vous relayer, c'est ça ?

— Eh bien, nous n'avons pas abordé le sujet avec Lucien Morcel, mais pourquoi pas, oui.

— Tant mieux, approuva-t-elle. De mon côté, j'ai pris une décision.

Elle les fixait tour à tour, sans ciller, avec un aplomb tout neuf.

— Puisque Le Cygne rouge est fermé, j'ai besoin d'un autre travail, n'est-ce pas ? Mais il me faut quelque chose de vraiment différent. Ce qui s'est passé là-bas ce matin, c'est un genre d'avertissement pour moi. Je ne veux pas finir assassinée comme Mme Berthe ou dans cette horrible chambre noire comme Tatiana. Voilà ce que j'ai compris. Grâce à votre lettre de recommandation, monsieur Jules, j'irai voir lundi le directeur du Gymnase. Il m'embauchera à l'essai, j'en suis persuadée.

Son regard se perdit sur les grands vases peints débordants de fleurs qui ornaient le mur de part et d'autre de la cheminée.

— Mais pour cela, je dois d'abord aller au studio Pelladan. Avec de beaux portraits et de belles photographies, je ressemblerai plus à une actrice, pas vrai ? Les portes s'ouvriront toutes grandes.

— Vous n'y songez pas sérieusement ? s'irrita Jules. Le marquis de Servadac rôde peut-être dans Paris en ce moment ! Et rien ne nous prouve que Pelladan ne soit pas son complice ! Voire sa prochaine victime !

Savannah lui sourit et ses dents étaient des perles d'ivoire. Un sourire éclatant, à dévorer la scène.

— Monsieur Jules, allons ! Je n'y vais pas à sept heures du matin ni à onze heures du soir ! J'y vais maintenant, à quatre heures de l'après-midi. Boulevard des Capucines, en pleine affluence ! Que voulez-vous qu'il m'arrive ?

— Je vous servirais bien d'escorte, intervint Félix, qu'un tel projet n'avait pas l'air de déconcerter. Malheureusement, je dois faire changer mon pansement à l'hôpital Saint-Louis.

Jules réfléchissait à toute vitesse. Même s'il parvenait à lui démontrer que Pelladan était anthropophage et qu'il découpait les jeunes femmes en morceaux avant de les plonger dans un bain d'hyposulfite, Savannah ne voudrait pas en démordre. Elle se voyait déjà au sommet de l'affiche !

— Je crois que je vais vous conduire, Savannah, ce sera plus sûr.

19

Pour une belle façade, c'était une belle façade. Le studio Pelladan occupait tout le 35, boulevard des Capucines, trois étages de pierre couronnés d'une dentelle de métal et de verre, elle-même surmontée d'un immense soleil en faïence, dont les rayons dorés, munis de torchères, brillaient aussi la nuit. Un grand *Pelladan* en lettres anglaises barrait l'immeuble sur le deuxième balcon et une foule d'amateurs se pressait devant les vitrines du rez-de-chaussée. On s'y émerveillait des portraits d'actrices grandeur nature dans leurs rôles les plus marquants – Eugénie Doche en *Dame aux camélias*, Rachel en *Phèdre*, Rose Chéri en *Rébecca* –, mais aussi des danseuses en tutu, des chanteurs lyriques en Macbeth ou en Barbier de Séville et même de certains hommes politiques – tels qu'en eux-mêmes, ceux-là : ventres confortables, lippes satisfaites, regards confiants tournés résolument vers l'avenir. Juste à côté, les exemples de travaux « bon marché et de la meilleure qualité » proposés à la clientèle dans des dimensions et des encadrements variés, au milieu de guirlandes et de bouquets de fleurs. La vitrine de droite, elle, était entièrement consacrée au voyage de la reine d'Angleterre : drapeaux français et anglais mêlés, photographies de Victoria et du prince Albert en tenue d'apparat, Napoléon III à cheval et l'impératrice Eugénie en grande robe de bal. Le tout agrémenté de vues de l'abbaye de Westminster, de Big Ben, du Tower Bridge, de Buckingham Palace, etc. Dans chaque coin de la devanture, des panneaux rappelaient qu'une exposition de « photographies uniques et exotiques prises sur les cinq continents » se tenait l'après-midi et le soir à la foire en plein air du Champ-de-Mars.

Jules dut arracher Savannah à la fascination d'Eugénie Doche en Marguerite Gautier, mélancoliquement étendue sur sa méridienne, pour qu'ils puissent se frayer un chemin à l'intérieur de la boutique. Il y avait là plusieurs comptoirs où les clients pouvaient, selon les cas, retirer leurs commandes, prendre rendez-vous pour des séances de pose particulières, choisir leurs modèles – le format le plus en vogue, lancé par Disdéri, était celui des cartes de visite, petites photographies de six centimètres sur neuf environ, vendues en général par lots de huit pour quatre francs –, acheter des clichés de célébrités ou d'autres fantaisies au goût discutable : boutons de manchettes, par exemple, ou pommeaux de canne incrustés du portrait de leur propriétaire.

L'atmosphère de la boutique était électrique : chacun semblait pris d'une frénésie de se contempler soi-même ou d'approcher le visage sur papier albuminé ou ciré des personnalités et vedettes du moment. Il y avait quelque chose de mystérieux, songeait Jules, voire de quasi religieux dans cette communion spontanée qui débordait les hiérarchies sociales, transcendait les âges et les sexes et les unissait dans une même adoration hypnotique de l'image. L'homme devenait en quelque sorte indéfiniment reproductible, capable de sortir de lui-même pour se voir de trois quarts ou de profil, et désireux de toucher du doigt ces maîtres du monde dont il se contentait autrefois de prononcer le nom avec crainte ou ferveur. Et conscient avec cela que l'univers tout entier tenait désormais dans sa main : ne pouvait-on admirer aujourd'hui les pyramides d'Égypte aussi facilement que l'église du village voisin ? Ne photographiait-on pas la Lune avec autant de facilité qu'un vulgaire bec de gaz ? Les corps les plus minuscules, restés soigneusement invisibles à des générations entières, ne s'offraient-ils pas maintenant à la curiosité des masses ? De toute évidence, Dieu avait créé les sels d'argent pour que l'homme atteigne à la toute-puissance...

Un chasseur habillé en bleu et à la veste marquée *Pelladan* mit un terme à ces méditations.

— Madame et monsieur aimeraient en savoir davantage sur l'un de nos articles ?

— M. Pelladan nous a proposé de passer à son atelier. Il nous a promis qu'il nous recevrait sur-le-champ. Veuillez annoncer Mlle Savannah et M. Jules Verne.

L'employé observa la jolie rousse en connaisseur : ce n'était certainement pas la première beauté à se présenter ainsi devant le maître.

— M. Pelladan est en séance de pose avec le prince Wawrocki. Mais si vous voulez bien me suivre...

Il les conduisit vers un escalier tapissé d'un jaune intense et décoré de vues – assez réussies, il fallait en convenir – de Paris au lever du jour, lorsque les rues étaient vides et la lumière d'une étonnante douceur.

— Voici le deuxième étage, où se trouvent les salles d'attente, indiqua-t-il deux volées de marches plus haut. La porte verte est destinée au grand public, celui que M. Pelladan confie à ses aides. Celle en noir renferme nos laboratoire où nous effectuons tous nos tirages. Et nos commis sont parmi les meilleurs de France !

Ils empruntèrent, eux, la porte de droite, du même jaune vif que l'escalier. Elle ouvrait sur une véritable caverne d'Ali Baba : une authentique momie montait la garde dans le couloir, suivie de deux bébés crocodiles fixés au mur et de deux grandes jarres de la taille d'un homme.

Après avoir dépassé un cabinet de rafraîchissement sur la gauche, on entrait dans la salle d'attente proprement dite, conçue comme une bibliothèque bigarrée où se mélangeait du mobilier oriental et africain. Plusieurs personnes attendaient déjà, vêtues avec un soin presque excessif : un officier bardé de décorations sorti tout droit d'une parade militaire ; trois enfants arborant un costume de matelot sous l'œil enamouré de leur mère ; une forte femme très maquillée qui, dans son abondante crinoline verte, évoquait un saule pleureur poussé malencontreusement sur une chaise.

Savannah choisit un fauteuil couvert d'une peau de léopard et Jules s'assit en face sur une banquette en bois d'un noir luisant. La jeune femme s'absorba aussitôt dans les catalogues de photographies, comme si du choix de l'une de ces poses dépendaient la réussite ou l'échec de sa carrière future. Jules parcourut des yeux les livres sur les rayonnages en bambou, s'intéressant aux volumes qui portaient sur la tranche : *Paul Féval*, *Eugène Sue*, *Ponson du Terrail*, quelques-uns des feuilletonistes les plus prolixes du *Journal des débats* ou de *La Patrie*. Pelladan se passionnait donc pour le roman-feuilleton… Cela le rendait presque sympathique !

Le jeune homme se leva et s'empara de l'un des volumes marqué : *Edgar Allan Poe*. Frappé par la coïncidence, il l'ouvrit au hasard.

« *À peine eus-je jeté un coup d'œil sur cette lettre que je conclus que c'était celle dont j'étais en quête…* »

Il s'agissait de « La Lettre volée », l'une des histoires de l'auteur américain parues au printemps dans *Le Pays*. Pelladan avait improvisé un recueil en découpant plusieurs de ces nouvelles dans le journal puis en les reliant ensemble. Simple intérêt pour un nouveau genre littéraire ou reflet d'un esprit porté au machiavélisme ? Jules aurait pu se poser la question à lui-même… Tandis que Savannah semblait captivée par l'une de ces jeunes femmes alanguies sur le catalogue, il se laissa envoûter une fois de plus par la prose d'Edgar Poe.

Au bout d'un quart d'heure, un géant blond à rouflaquettes vêtu comme un officier de la défunte armée polonaise fit irruption par la porte du fond, Pelladan sur ses talons.

— Prince, vous aurez vos épreuves lundi.

Le prince Wawrocki le remercia et Pelladan se tourna vers la salle d'attente.

— Mes chers amis, je dois vous présenter mes excuses. Cette demoiselle s'en va dans une heure pour l'Italie et je me suis engagé à faire son portrait d'ici à son départ.

Il tendit le bras vers Savannah et balaya d'un geste théâtral les objections que la grosse femme en vert était sur le point d'exprimer.

— Qui donc aurait le cœur de laisser une telle beauté française se faire photographier par-delà les Alpes, je vous le demande ? Il en va de l'honneur de notre pays !

Il y eut un ou deux rires polis et le maître entraîna les jeunes gens à sa suite : il n'en était pas à une énormité près.

Ils s'éclipsèrent via la porte du fond, montèrent un nouvel escalier et débouchèrent dans une sorte de salon qui se prolongeait sur la rue par une splendide et haute verrière à la structure en fer forgé. Tout était blanc et inondé de lumière mais encombré d'une multitude d'objets hétéroclites : tapis persans, tissus, pelisses, couvertures, éléments de mobilier Empire et Louis-Philippe, paravents, tableaux d'armes, d'insectes, trophées de chasse, vases et bouquets, plantes, glaces, éventails, ombrelles chinoises, traîneau russe, etc. Plusieurs panneaux peints avaient été calés contre un mur – le premier représentait un paysage de neige, le deuxième un port, et Jules distinguait du troisième un morceau de fenêtre Renaissance qui lui rappelait quelque chose. Les tuteurs métalliques, pliables et ajustables, qui permettaient autrefois de soutenir le cou ou le dos du modèle durant d'interminables séances de pose, étaient relégués dans un coin, en vrac. Sous la verrière elle-même, là où l'éclairage était le plus puissant, se concentrait le nécessaire du photographe : un énorme appareil placé sur un trépied doré, dont l'objectif était tourné vers un drap beige, avec, à proximité, un meuble sur roulettes pour stocker les plaques et les produits divers. Un jeune assistant d'une quinzaine d'années, lui aussi en livrée bleue, était en train de ranger les épées, l'étendard et le tambour qui avaient servi à fixer pour la postérité l'image glorieuse du prince Wawrocki.

Jules estima dans ces conditions que Savannah ne courait guère de danger et qu'il pouvait se lancer à la recherche d'Émile pour l'incliner à la prudence. Il tapota d'une main la poche de son gilet et de l'autre se frappa spectaculairement le front.

— Ma montre ! Elle a dû glisser de ma poche sans que je m'en rende compte. Vous permettez que je redescende ?

J'en profiterai pour prendre un peu d'eau au cabinet de rafraîchissement. Il fait une telle chaleur ici…

— À votre aise, lâcha Pelladan, un rien goguenard. Évitez toutefois de vous faire remarquer, je doute que la dame en vert ait apprécié que vous lui brûliez la politesse.

Jules fit demi-tour et retraversa la salle d'attente à grandes enjambées. Une fois sur le palier du deuxième étage, il s'approcha de la porte noire et l'ouvrit le plus discrètement possible. Un couloir sombre partait tout droit, distribuant plusieurs petites pièces de chaque côté, comme des stalles de chevaux dans une écurie. Chacune était protégée par un rideau qui descendait à dix centimètres du sol et abritait les différents laboratoires où œuvraient les commis. Rien ne garantissait cependant qu'Émile soit présent : il pouvait aussi bien courir les rues avec son matériel ou s'occuper du stand Pelladan au palais de l'Industrie.

Jules tendit l'oreille : deux hommes discutaient plus loin dans l'un des boxes. Il souleva les premiers rideaux à portée de sa main : personne. Il s'accroupit, espérant reconnaître les chaussures d'Émile, et avança jusqu'aux stalles suivantes. Elles étaient vides, elles aussi, mais les voix devenaient plus distinctes.

— On ne peut pas faire beaucoup mieux, disait l'une, l'exposition n'a pas été très bonne. J'ai quand même tiré les quatre premiers exemplaires, comme convenu. Vous aurez la suite demain.

L'autre ne répondait pas, examinant sans doute les photographies une à une. Un client ? Il fallait alors qu'il soit bigrement important pour avoir accès aux laboratoires.

— Je vous accompagne au rez-de-chaussée, vous pourrez sortir par-derrière.

Il y eut un bruit de papier d'emballage puis le froissement du velours qu'on relevait. Jules se jeta sous le rideau le plus proche. Sa tête heurta un tiroir et il dut se mordre les lèvres pour ne pas crier. Il y avait en plus une odeur d'acide et de poudre mélangés qui lui portait au cœur. Lorsque les pas se furent un peu éloignés, il coula un regard au-dehors. Les deux silhouettes se fondaient dans l'obscurité du couloir. Un commis, dont la blouse flottait autour de lui, et un homme de stature moyenne, légèrement voûté.

Ce fut ensuite une explosion de lumière : le commis venait d'ouvrir une porte qui donnait en plein soleil sur un genre de balcon. Jules se hâta avant que le battant ne se referme et parvint à le retenir de la pointe du pied. Il y avait bien un balcon qui dominait la cour intérieure de l'immeuble, elle-même séparée de la rue par un mur de brique et un porche très quelconque. À l'extrémité du balcon partait un escalier en fer destiné à faciliter les allées et venues entre les laboratoires et la boutique, tout en évitant de gêner la clientèle. Les deux hommes s'y étaient déjà engagés et Jules n'apercevait plus du commis que son crâne. Il avait d'autant moins de raison de les suivre qu'il ne s'agissait pas d'Émile.

Jules rebroussa chemin vers le couloir désert et, par acquit de conscience, glissa un œil dans la stalle où venait d'avoir lieu l'échange. Une grosse lampe à huile peinte en rouge y répandait une clarté pourpre. Sur l'établi, au milieu des cuves et des fioles, un cadre en bois servant pour les tirages par contact était suspendu avec des pinces. Une plaque en verre s'y trouvait encore enchâssée. Un négatif, autrement dit.

Jules eut d'abord du mal à se repérer parmi ces formes inhabituelles où les creux semblaient dessinés au fusain et les pleins passés au blanc. Puis son cerveau recomposa lentement la scène : un homme étendu sur un divan, les bras étirés le long du corps, la tête inclinée bizarrement sur le côté avec deux soleils sombres sous le front. Le cadavre de Jacques Saint-Paul, assassiné dans son atelier de la butte Chaumont… Le commis de Pelladan avait développé la photographie du meurtre et en avait confié les tirages à cet individu qui filait par-derrière !

Qu'est-ce que cela pouvait bien vouloir dire ?

Jules consulta sa montre : il s'était absenté depuis quinze minutes environ. Tant pis pour Émile, il faudrait qu'il se débrouille.

Il revint au pas de charge jusqu'à la salle d'attente, s'humecta le visage au cabinet de rafraîchissement, puis remonta en direction de la verrière. Il poussa doucement la porte, dans l'espoir de surprendre il ne savait trop quoi…

Le maître était en train d'arranger les cheveux de Savannah pour lui dégager la nuque. Les pans de sa chemise bouffante volaient à chacun de ses gestes et il s'exprimait avec volubilité.

— C'est une sorte de couronnement pour moi, vous l'imaginez ! Napoléon III va me remettre la médaille d'honneur en présence de l'impératrice ! Voire de la reine Victoria, qui sait ? On la dit passionnée de photographie. Elle possède l'une des plus riches collections du monde, vous le saviez ? C'est une occasion unique de les approcher ! D'autant qu'il n'y aura qu'un tout petit nombre d'invités…

La jeune femme s'efforçait de ne pas bouger, mais Jules devinait à l'incandescence de ses yeux qu'elle vibrait d'excitation. Pelladan l'avait enveloppée dans un grand châle de soie d'un blanc très pur, qui lui laissait les épaules nues et un profond décolleté. Elle était assise sur un tabouret bas, les deux mains sobrement appuyées sur une ébauche de colonne antique. Et c'était tout. Pas de décor, pas d'artifice, l'essence même de la beauté.

— Après quoi, je n'aurai plus qu'à poser ma candidature à l'Académie des sciences. Avec une médaille et l'invention des plaques sèches, mon fauteuil est d'ores et déjà réservé. Une ou deux années encore et Napoléon III me fera grand-croix de la Légion d'honneur. Je compte aussi ouvrir un second studio sur les Champs-Élysées. Une avenue pleine de promesses, selon moi…

Sa voix se fit doucereuse tandis qu'il passait derrière son appareil.

— J'aurais d'ailleurs besoin de quelqu'un de sûr pour tenir la boutique. Une femme, pourquoi pas…

Il aperçut Jules à cet instant et tout son miel se changea en aigreur.

— Verne, vous avez finalement échappé à la dame en vert ? Ou bien en avez-vous eu assez de fouiner dans les étages ?

Jules encaissa, décidé à ne rien laisser paraître.

— À moins que vous n'ayez quelque chose à cacher, je ne vois pas ce que j'aurais pu y faire.

— Allons, allons ! Vous travaillez pour *Le Populaire*, oui ou non ? J'ai lu la livraison du jour. Le meurtre de Jacques Saint-Paul et tutti quanti… Vous ne prétendez tout de même pas que vous êtes venu chez moi par hasard ?

— Dois-je en déduire qu'il existerait un lien entre vous et ce crime ? Et qu'un journaliste pourrait y trouver matière à révélations ?

— J'étais à la Préfecture tôt ce matin, figurez-vous. Pour régler les détails de la cérémonie de demain. Vous savez que l'on me distingue, je suppose ?

— On m'a dit cela, oui. La médaille d'honneur...

— Le jury ne se prononcera officiellement que ce soir, mais j'ai bon espoir. Ou plutôt non, j'ai de bons informateurs. Mon rival le plus sérieux est un imbécile : Hector Rocquencourt. C'est tout juste s'il distingue le nitrate d'argent du bromure de potassium... Non, j'exagère, bien sûr. Il faudrait être aveugle cependant pour ne pas voir le fossé qui nous sépare. Avance technique, qualité des prises, originalité...

— Modestie, grinça Jules.

— Pensez ce que vous voulez, répliqua l'autre. Bref, je me suis permis d'inviter mademoiselle à la remise du prix demain après-midi. Je ne dispose que d'une place à la tribune, désolé. Le couple impérial doit s'y rendre en personne et...

— Je sais, je sais : vous faisiez l'article quand je suis arrivé. Et, donc, vous étiez à la Préfecture ce matin ?

Le maître s'interrompit pour rectifier la position des mains de Savannah. La jeune femme ne perdait pas une miette de leur conversation.

— La Préfecture, oui. J'étais dans le bureau du préfet lorsque il m'a soumis une drôle de requête : développer la plaque de verre abandonnée hier sur le lieu du crime. Il devait en charger le studio Disdéri, mais celui-ci est occupé à suivre la reine Victoria entre Boulogne-sur-Mer et Paris. Comme il lui fallait une maison discrète et de confiance...

— Il s'est donc adressé à vous ?

— Vous l'ignoriez ? Je croyais *Le Populaire* mieux informé. Quoi qu'il en soit, un inspecteur devrait venir prendre les tirages tout à l'heure. Mais si vous comptiez en apprendre plus, vous en serez quitte pour le déplacement : je suis tenu au secret professionnel.

Jules n'avait nul besoin des confidences de Pelladan : il savait déjà ce qu'il voulait savoir. Restait que le photographe avait pu croiser Lafosse à la Préfecture ou entendre parler de l'incendie de l'imprimerie Batisson. Voire de l'opération projetée contre Servadac, pourquoi pas ? Il aurait pu alors avertir le marquis et lui permettre de passer entre les mailles du filet.

— Jacques Saint-Paul a travaillé pour vous ? attaqua Jules sur un autre terrain.

Le photographe eut à peine un haussement de sourcils tandis qu'il attrapait l'une de ses fameuses plaques sèches dans son meuble roulant. Un parfait exemple de maîtrise de soi.

— En effet.

— Si je ne m'abuse, vous l'avez congédié au début de l'année et plutôt brutalement. Peut-on connaître le motif de ce renvoi ?

Pelladan retira tranquillement l'objet de son enveloppe : un rectangle de verre couvert d'une fine substance marron. Il souffla dessus, et, sans plus de hâte, le glissa dans le logement métallique qui saillait à droite de l'appareil. Il le poussa ensuite avec un bruit sec : la plaque disparut à l'intérieur, faisant ressortir du même coup sur la gauche l'autre moitié du mécanisme qui supportait une planchette en bois aux dimensions de la plaque – un contrepoids ou un volet interne ?

Satisfait, il se tourna vers Jules.

— Vous savez quoi, Verne ? La vraie chambre obscure, elle n'est pas dans cette boîte.

Il pointa son index sur son front.

— La vraie chambre obscure, elle est d'abord ici, dans notre tête. Tenez, cette photographie que nous allons faire… Si je vous la donnais à l'instant, qui verriez-vous ? La dame de vos pensées, l'unique objet de votre amour ? Quoi de plus naturel, après tout ? Mais dans cinq ans, dans dix ans, qu'en sera-t-il au juste ? Qui sait si notre photographie n'évoquera pas pour vous cette épouse encombrante dont vous avez eu tant de mal à vous défaire ? Ou cette maîtresse, au contraire, dont vous regrettez à jamais la beauté lumineuse et dont vous guettez le sourire dans chaque femme que vous croisez ?

« Et qu'en sera-t-il à ce moment des autres hommes ? Peut-être salueront-ils dans ce portrait l'une des meilleures actrices du théâtre français ? Un peu distante, sans doute, mais si touchante en Agnès, si déchirante en Bérénice. Glisserons-nous en passant l'image sous le nez des jalouses ? Elles jureront qu'il s'agit là d'une intrigante, d'une courtisane, dont l'unique talent est d'épuiser la patience et la fortune de ses amants. Ne le devine-t-on pas, vous diront-elles, à cet air sournois de feinte innocence ?

« Peut-être voudrons-nous alors nous consoler en offrant le cher visage à l'admiration de ses parents ? Ils nous entretiendront des heures de la petite fille qu'elle est restée pour eux, de cette moue si "comédienne" qu'elle avait à neuf ans et de sa crinière rousse qui faisait l'admiration de la famille… Tout cela avec la même épreuve. Vous comprenez, Verne ? Ce n'est pas l'œil qui décide. L'œil voit ce que l'esprit lui montre, un point, c'est tout. Il n'y a pas *une* photographie, il y a des dizaines de regards qui se l'approprient et qui la transforment.

Aucun de nous n'y voit la même chose. Et vous ne faites pas exception, mon jeune ami.

— Où voulez-vous en venir ?

Pelladan fit signe à Savannah de ne plus bouger. Il retira le cache de l'objectif et attendit une à deux secondes. Puis, avec une grande dextérité, il actionna la planchette en bois qui coulissa dans l'appareil, faisant réapparaître à droite la plaque impressionnée. Il rangea celle-ci dans son étui, prit un nouveau rectangle de verre et recommença dans l'autre sens.

— Où je veux en venir, Verne ? À ceci, simplement : si je vous soumettais la photographie de ce pauvre Saint-Paul assassiné, vous n'y verriez pas seulement une scène de crime. Vous y verriez l'ancien employé de cet arrogant de Pelladan, renvoyé pour des raisons suspectes et que son maître avait toutes les raisons de supprimer. Bref, plus que la victime, vous y verriez le coupable.

— Vous, en l'occurrence ?

— Ai-je tort ? N'est-ce pas la raison première de votre visite ?

— Tant que la police n'a pas terminé son enquête, aucune hypothèse n'est à écarter.

— C'est donc que j'ai raison. Sachez cependant que même si Saint-Paul était un escroc, même s'il colportait sur mon compte les rumeurs les plus noires, même s'il souhaitait ouvertement ma faillite, je ne l'ai pas tué. Non que l'envie m'ait manqué, notez, mais...

Il n'acheva pas sa phrase et fit jouer à nouveau l'objectif, presque par surprise.

— Celle-ci sera meilleure, commenta-t-il.

Puis, revenant à Saint-Paul :

— Car à quoi bon l'assassiner, je vous le demande ? Méritait-il que je risque pour lui tout ce que j'ai construit depuis deux ans ? L'atelier et le reste ? Au moment où je vais enfin récolter les fruits de mes efforts ? Allons !

Il sourit avec bonhomie.

— C'est là toute ma défense, Verne et je n'en ai pas de meilleure. Maintenant, excusez-moi, certains de mes clients ne voudraient rater l'arrivée de Victoria sous aucun prétexte : je ne peux les retarder davantage.

20

— Elles sont foutrement en retard, leurs deux Altesses !
— Ils avaient dit cinq heures, six au plus. Il est sept heures bien tapé.
— Paraît que l'Anglaise a eu ses vapeurs, et qu'elle a pas voulu coucher dans un bon hôtel de France. Pas assez royal pour Sa Majesté, madame a passé la nuit sur son yacht – l'homme prononçait *yakt*.
— Si ça se trouve, le prince Albert était d'humeur et c'est pour ça qu'ils ont loupé la marée !

Les deux gaillards partirent d'un rire gras et celui qui avait la vareuse vert bouteille – sans doute pas un hasard – exhala un long soupir où le vin le disputait âprement à la bière. Jules essaya de se reculer un peu, mais la presse était forte, entre la foule de plus en plus dense et la garde nationale qui tentait de la contenir. Le seul avantage était qu'il serrait Savannah contre lui.

— Il a dû l'avoir mauvaise, le Napoléon, reprit celui qui avait une cicatrice sur la joue. S'il a fait le pied de grue deux heures durant devant Boulogne-sur-Mer, ça a pas dû lui rappeler que de bons souvenirs ! Parce que en 1840 j'y étais, moi, à Boulogne-sur-Mer, et tu peux me croire, il faisait moins le fiérot !
— T'étais où ça ?

— Je te l'ai pas raconté, Gros-Louis, ou t'as tellement avalé de vitriol que ça t'a brûlé ce qui te restait de cervelle ? Y a pile quinze ans, au mois d'août comme aujourd'hui, j'étais encore troupier à Boulogne. Le Neveu a voulu débarquer d'Angleterre, soi-disant qu'il allait renverser Louis-Philippe. Avec ses cinquante naïfs et son déguisement de général, t'aurais vu cette armée ! Ils sont entrés dans notre caserne et le Neveu a bredouillé un discours où c'est tout juste si pour finir ministre il suffisait pas de le rallier. Ahuris, on était ! Faut dire que c'était l'aube, on avait de la colle dans les yeux – de la colle, Gros-Louis, va pas te méprendre, j'étais sec à l'époque – et la seule chose qui nous intéressait, c'était l'aigle que son aide de camp brandissait au bout de sa perche. Un aigle vivant, oui, mon vieux ! Ensuite, le commandant de l'unité a déboulé en agitant son fusil et il a fait un pataquès de tous les diables en criant à la trahison. Le gars Napoléon, il est devenu tout blanc, il s'est mis à bégayer et il a tiré dans le tas. Tu parles d'un César ! Un de nos hommes a été blessé et après, c'était la pagaille. Il y a eu des coups de feu, ils ont réussi à s'enfuir, on les a coursés... Quand on a attrapé ce grand nigaud, il courait dans l'eau après une chaloupe et il était plus mouillé que du pain dans la soupe. Ça lui a valu un bon rhume et six ans de forteresse ! Alors il peut venir faire son seigneur, aujourd'hui, moi je sais ce qu'il a dans le ventre.

— Et l'aigle, demanda Gros-Louis, il lui est arrivé quoi ?

— Ça, rigola le balafré, c'était le meilleur. Il s'est fait plomber dans la bagarre et le cuisinier l'a servi à la cantine du midi.

— Non ! Vous l'avez boulotté ?

— Et tu voulais quoi ? Qu'on le mette au Panthéon ? En plus, si tu veux savoir, au goût, c'est pareil que la volaille. Son aigle impérial, c'était rien qu'un gros poulet !

Plusieurs salves de canon retentirent du côté de la gare de Strasbourg et un murmure de satisfaction enfla sur le boulevard : la reine Victoria venait de descendre de son train et de monter dans sa calèche. Elle n'allait plus tarder.

Jules passa un bras protecteur autour des épaules de Savannah.

— Ça va, vous n'êtes pas étouffée ? On peut s'éloigner si vous préférez.

— Surtout pas, répondit-elle en effleurant les doigts de Jules. Tous ces gens qui viennent pour la même chose, c'est tellement magique ! On croirait qu'ils attendent une apparition. C'est ce qu'on doit ressentir quand le rideau se lève, non ?

— Peut-être bien. Sinon qu'on a là quand même un petit million de spectateurs ! Je vous les souhaite un jour et le théâtre qui va avec. Mais vous avez raison, quand le rideau se lève, c'est un peu comme la mer. Après, il n'y a plus qu'à se jeter.

— C'est exactement ce que je veux, approuva-t-elle, me jeter à la mer...

Il y eut une série d'éclairs en haut du boulevard Poissonnière et une explosion de bravos. La porte Saint-Denis venait de s'embraser, preuve que l'équipage approchait. Ce fut d'ailleurs comme un signal : toutes les lampes vénitiennes au-dessus des trottoirs s'illuminèrent, éclairant les maisons et les visages d'une myriade de points multicolores. Il faut dire aussi que le jour commençait à décliner et que beaucoup craignaient de ne pas voir la reine : un peu de lumière n'était pas superflu.

Enfin, le cortège parut. Sur fond de *God Save the Queen*, au milieu des hourras ! des *welcome !* des claquements de milliers de drapeaux, les chasseurs de la garde ouvraient la marche sur leurs superbes montures, l'épée à la main et le regard bien droit sous leurs bonnets à poil. Derrière suivait la calèche royale, une imposante huit-ressorts verte, délicatement rechampie de filets vermillon. À l'intérieur, Victoria, un petit bout de femme blonde, vaguement empruntée dans une lourde robe bleue, distribuait les saluts et les sourires à la foule. Pour la première fois depuis la guerre de Cent Ans, Paris rendait hommage à un souverain anglais !

— C'est donc *ça* la reine d'Angleterre ! lâcha le balafré avec mépris.

— Dès que c'est fini, je m'en vais trinquer au prince Albert, renchérit l'autre. C'est pas parce que c'est des Anglais qu'on peut pas compatir !

Le prince Albert, justement, se tenait face à sa royale épouse, l'air guindé et mal à l'aise dans son uniforme allemand de feld-maréchal – il était à l'origine un prince de Saxe-Cobourg. Visiblement ennuyé par cette démonstration de carnaval, il passait son temps à se pencher et à chuchoter des choses à l'oreille de Vicky, sa fille de quatorze ans, élégamment vêtue, elle, de mousseline blanche.

Quant à Napoléon III, il se trouvait à la droite d'Albert, arborant en sautoir l'ordre de la Jarretière que Victoria lui avait remis en avril. Sous ses moustaches impeccablement horizontales, on devinait un léger sourire qui valait tous les discours. Car c'était lui, en réalité, le grand bénéficiaire de la journée... Qui aurait pu parier trois ans plus tôt en effet, à l'époque où il rétablissait l'empire, que la reine d'Angleterre accepterait un jour l'invitation du propre neveu de Napoléon Ier ? Et tout cela, qui plus était, sans jamais tarir d'éloges sur son compte et en faisant de lui son principal allié dans la guerre contre le tsar ? Ce voyage de Victoria couronnait en fait la stratégie de Napoléon III pour briser quarante ans d'isolement de la France. Et si son armée parvenait à enlever Sébastopol à la barbe des Russes, il ajouterait à l'habileté diplomatique les lauriers de la gloire militaire ! Joli retournement de fortune depuis le naufrage de Boulogne-sur-Mer !

Seule l'absence d'Eugénie, en fin de compte, aurait pu ternir un si plaisant tableau. Mais là encore, il y avait plutôt matière à se réjouir. Une rumeur persistante assurait en effet que, si tout allait bien, l'impératrice pourrait – enfin ! – donner un héritier au trône avant le printemps. C'était d'ailleurs Louis-Napoléon lui-même, toujours selon la rumeur, qui avait exigé d'Eugénie qu'elle s'épargne le déplacement à Boulogne. Les commères des Halles suggéraient à ce titre que la future jeune mère profite de la venue de Victoria pour lui demander quelques conseils : si le premier rejeton du couple impérial se faisait attendre, la reine d'Angleterre pouvait s'enorgueillir, elle, d'avoir déjà eu huit enfants en quinze ans de mariage – à quoi les commères de Windsor auraient sans doute ajouté qu'échaudée par la succession des grossesses leur souveraine réclamait du chloroforme à chacun de ses accouchements. La grandeur du royaume, oui, les souffrances inutiles, non.

Quant à Jules, lui qui n'éprouvait d'ordinaire guère de fascination pour les têtes couronnées, il se prit à sourire béatement et à applaudir à tout rompre, emporté par la fièvre et l'excitation générales. Miracle de la manipulation des masses !

Le cortège de cinq voitures poursuivit sa route vers le boulevard des Italiens, passant sous un arc de triomphe gigantesque drapé de velours rouge et or, et orné des bustes de Napoléon et de Victoria. Il y eut encore des coups de canon, de folles acclamations, des lâchers de confettis, puis l'on ne distingua plus grand-chose de l'ombrelle de la reine, ni du plumet blanc des chasseurs de la garde.

En d'autres termes, on pouvait rentrer chez soi.

— Tu veux dire qu'en fin de compte j'ai bien fait de ne pas me risquer sur les boulevards, c'est ça ?

Jules reposa la cuillère en argent qui lui avait permis d'avaler en un temps record deux assiettées d'une savoureuse soupe froide à la tomate et aux haricots blancs.

— Allons, Félix ! Tu aurais été chahuté dans tous les sens. Ton cousin ne t'a pas recommandé la prudence ?

— Si je l'écoutais, je ne sortirais plus de ma chambre avant Noël. Sauf pour les pansements, évidemment. Qu'il tient à me changer lui-même, au passage, pour s'assurer que je souffre comme il faut. Tu verrais avec quelle délectation il arrache les cotons !

— Tu n'exagères pas un peu ?

— À peine. Et tandis que vous batifoliez, insouciants, parmi les grands de ce monde, je m'efforçais, moi, de faire progresser l'enquête. J'ai eu de la visite.

Il se tut un instant pour laisser Marguerite leur servir de longues tranches de rôti accompagnées d'un gâteau tiède de légumes.

— Un type de la brigade, reprit Félix lorsqu'elle fut sortie. Il voulait à nouveau m'interroger.

— À quel sujet ?

— Le désordre qui régnait dans l'atelier de Saint-Paul. Il voulait savoir si l'assassin tenait quelque chose dans ses bras lorsqu'il m'a tiré dessus. J'entends, à part le pistolet, bien sûr.

— Tu lui as répondu quoi ?

— Qu'à ma connaissance ses mains étaient vides. Ce n'est pas ton avis ?

Jules se creusa la tête : le couloir sombre, la forme de dos avec le grand chapeau noir… Difficile de trancher.

— La brigade a découvert ce que l'assassin cherchait, c'est ça ?

— Disons qu'ils formulent des hypothèses. L'un des hommes de Servadac aurait parlé avant de mourir. Pas un roman-fleuve, hélas, il était trop abîmé. Des bribes, plutôt, et pas toujours cohérentes. Ils ont réussi à en déduire malgré tout que le marquis courait après une plaque. « La plaque, chef, on aura la plaque ! » Voilà ce que le gaillard baragouinait dans son délire…

— Une plaque ? intervint Savannah. Ils auraient tué tous ces gens pour une photographie ?

— Pas une simple photographie : une matrice. Capable de reproduire à l'infini de jolis billets de mille. Après ce que tu lui as confié ce matin, Jules, Lafosse a supposé que Saint-Paul et Batisson détenaient un négatif de billet d'excellente facture. Celui-là même qui aurait permis de fabriquer la fausse monnaie trouvée dans la sacoche de Gordon. C'est cette matrice que Servadac convoiterait et c'est pour l'obtenir qu'il les aurait éliminés les uns après les autres.

— L'ébéniste Dandrieu, aussi ? Et la patronne du Cygne rouge ?

— Peut-être détenaient-ils certaines informations à son sujet. En tout cas, si le tueur de Servadac est reparti bredouille de chez Saint-Paul, cela expliquerait qu'ils s'en soient pris le lendemain à l'imprimeur.

— Sans plus de succès.

— D'où sa visite à Mme Berthe, probablement. Malheureusement elle n'a pas dû prendre au sérieux les avertissements du marquis. Elle aura voulu garder le négatif pour elle et…

— Stop ! le coupa Jules en lâchant son couteau. Qu'est-ce que tu viens de dire ?

— Qu'elle n'a pas dû prendre suffisamment au sérieux les avertissements du marquis et…

— Les avertissements ! répéta Jules, frappé par la justesse du mot. Voilà une bonne idée ! Et qui éclaircirait pas mal de choses !

Félix s'arrêta de mâcher et considéra son ami d'un air suspicieux.

— C'est toi que je vais envoyer chez le cousin Bertholet…

— Admettons que Lafosse ait raison, poursuivit Jules sans relever. Que les expériences dans le donjon ne soient qu'accessoires et que cette matrice soit le seul mobile véritable. Servadac la veut, d'accord ? Et il est prêt à tout pour l'obtenir car elle signifie pour lui une fortune inépuisable. Il commence donc par faire exécuter Gordon, qui participait à la contrefaçon d'une manière ou d'une autre. Pour être sûr que le message passe bien auprès de la bande, il laisse volontairement de faux billets dans la sacoche et, surtout, un cache d'objectif. Comme un premier avertissement, tu comprends ? Deuxième avertissement, le lendemain, au Pré-Saint-Gervais : à côté du corps de Dandrieu, il dépose un appareil photographique. Et pour que les choses soient plus transparentes encore, il glisse à l'intérieur une vieille plaque de daguerréotype signée par Saint-Paul lui-même. D'où le portrait mortuaire qu'Émile a finalement réussi à développer !

— Va pour tes avertissements, mais pourquoi les assassiner aussi de deux balles dans les yeux ? interrogea Félix.

— À cause de toi…

— À cause de moi ? Tiens donc ! Ce n'est pas chez Bertholet que je vais t'envoyer, c'est à l'asile de Charenton !

— Écoute plutôt. Servadac souhaitait une publicité maximale autour de l'affaire : c'était le meilleur moyen qu'elle ne soit pas étouffée et que la bande en apprenne les détails. Avec les deux balles dans les yeux, il était sûr de faire sensation et d'attirer l'attention de la presse. De ce point de vue, *Le Populaire* a parfaitement joué son rôle.

— Tu insinues que le marquis s'est servi de nous !

— Dans ce cas de figure, oui. Ensuite, il a dépêché quelqu'un chez Saint-Paul, et, comme celui-ci refusait de livrer le négatif, il a été exécuté et son atelier mis à sac. Sauf que l'homme de main n'a pas déniché la matrice non plus. Restait donc l'imprimeur Batisson, qui a reçu la visite du marquis à la première heure. Avec les conséquences que l'on sait…

— Mais toujours sans la plaque, compléta Félix. Servadac s'est alors rabattu sur Mme Berthe, qu'il soupçonnait d'en savoir davantage. Peut-être d'ailleurs a-t-elle fini par la lui remettre ?

— J'en doute, avança Jules. Si le marquis avait récupéré ce qu'il cherchait, il se serait contenté de filer sans faire de manières. Pourquoi continuer en effet à tuer ses victimes de deux balles dans les yeux ? La mascarade n'avait plus aucun sens.

— Donc ?

— Donc, ce n'est sans doute pas la patronne du Cygne rouge qui cachait la matrice. Le marquis a encore dû rater son coup.

— Mais dans ces conditions, où est-elle, cette matrice ?

Jules repoussa son assiette : il n'avait plus faim.

— Je peux me tromper, bien sûr, hésita-t-il. Pourtant, il y a toujours ce détail qui me tracasse : l'agression d'Émile. Qui pouvait savoir que le vieux photographe était au courant pour la plaque et pour la fausse monnaie ? Servadac ? Peu probable. Et puis, remarquez que, contrairement aux meurtres précédents, cette tentative-là a échoué. Elle était plus aléatoire, semble-t-il, presque improvisée.

— Nom d'un chien, Jules, tu n'es pas dans l'une de tes fichues pièces ! Lâche le morceau !

— Eh bien… Pour moi, celui qui a tiré sur Émile et celui qui détient la plaque ne sont qu'une seule et même personne. Personnellement, j'ai un faible pour Pelladan.

Les yeux de Félix s'arrondirent et passèrent par toutes les nuances de l'étonnement, de la surprise à la franche incrédulité.

— Pelladan ? Ce serait Pelladan le coupable ?

— Je n'ai pas dit cela. Néanmoins, il était au minimum en cheville avec Saint-Paul et Batisson. Par ailleurs, lors de la dispute qui a abouti au renvoi de Saint-Paul, celui-ci a fait des allusions très précises à la plaque et au trafic de fausse monnaie. Or, si Émile a surpris cette conversation, Pelladan a pu finir par l'apprendre ou par le deviner. Mieux, Émile a rapporté qu'il avait aperçu hier l'imprimeur Batisson qui rôdait non loin du studio Saint-Paul. Batisson a pu s'en ouvrir à Pelladan, qui aurait alors choisi d'intervenir pour éviter que son commis ne les dénonce.

— Et les autres crimes ? s'enquit Savannah.

— Continuons pour l'heure à les imputer à Servadac. Si celui-ci recherche la matrice, peut-être ignore-t-il encore que Pelladan en est le dépositaire. Il a pu supprimer le reste de la bande sans savoir réellement qui en était le chef. Et c'est pour le maintenir dans cette ignorance que notre photographe devait à tout prix empêcher Émile de parler. En outre, je trouve assez curieux que Pelladan se soit rendu à la Préfecture précisément ce matin. Son histoire de cérémonie n'était qu'un prétexte. À mon avis, il est allé aux renseignements pour savoir quelle attitude adopter.

Adolphe de Montagnon fit son entrée sur ces entrefaites. Il était vêtu de ses bottes et de sa cape de voyage, un cigare à moitié consumé au coin des lèvres.

— Impossible de circuler dans Paris ! Toutes les voies principales sont coupées ou complètement engorgées. J'ai mis près de deux heures pour venir ici depuis Sainte-Geneviève ! Et ça va être comme ça toute la semaine !

Il déboutonna sa veste et écrasa son cigare.

— Vous avez dîné, mes enfants ? C'est parfait, j'attraperai le service en marche. Ah ! j'ai pris une décision, aussi : je crois qu'il serait plus sage d'organiser un tour de garde dans le parc. Avec ce maudit marquis en liberté et Félix qui fait la une du *Populaire*, on ne sait jamais. J'ai prié Joseph de faire les premières rondes jusqu'à onze heures. Jules, tu voudras bien le relayer ?

Le jeune homme hocha la tête.

— Tant mieux. Tu verras, le jardin est très agréable à la fraîche. Je te relèverai vers une heure et Joseph reviendra à l'aube. Ainsi, notre demoiselle pourra dormir sur ses deux charmantes oreilles. Quant à toi, Félix, je veux que tu te couches tôt et que tu te reposes : je l'ai promis à ta mère.

Ils achevèrent le repas sur un sorbet au citron puis passèrent au salon rouge pour boire quelques liqueurs. Adolphe de Montagnon ne montrait plus du tout cet air contrarié qu'il avait dans l'après-midi à l'arrivée de Savannah. Au contraire, il était particulièrement disert et les fit beaucoup rire en leur racontant comment il s'était fâché avec la branche Bertholet de la famille : une vingtaine d'années plus tôt, lui et le père Bertholet convoitaient la même jument qu'ils souhaitaient faire courir à Chantilly. Ils avaient joué le cheval aux cartes, et tous les deux trichaient si mal que la partie s'était finie sur des insultes et des coups de poing. Adolphe l'avait emporté – question de corpulence – mais, le jour de la course, l'animal s'était lamentablement traîné derrière la plupart de ses concurrents. À la grande satisfaction de Bertholet, bien sûr. Depuis, Montagnon et Bertholet ne se côtoyaient plus qu'en trois occasions seulement : baptêmes, mariages et enterrements.

— Et, désormais, tentatives d'assassinat, ajouta Félix.

Vers dix heures trente, Savannah leur souhaita le bonsoir et Jules s'offrit à l'accompagner jusqu'à sa chambre.

— Merci, merci de tout ce que vous faites pour moi, murmura-t-elle en le quittant sur le seuil.

— Savannah, je voulais vous dire…

Elle posa un doigt sur sa bouche.

— Chut ! Je sais ce que vous voulez me dire, monsieur Jules. Vous êtes un garçon bien. Le premier garçon vraiment bien que je rencontre. Mais c'est trop tôt. Ne m'en demandez pas plus.

Elle posa furtivement un baiser sur sa joue puis se réfugia derrière la porte.

21

Ce n'était pas la première visite de Jules à l'Exposition. Il s'y était rendu dès l'ouverture, à la mi-mai, avide de découvrir les derniers développements du génie humain, un rassemblement de vingt mille exposants venus du monde entier sur les quatre-vingt-dix mille mètres carrés que comptaient le palais de l'Industrie et ses annexes des Champs-Élysées. À ceci près qu'en pénétrant dans ce temple du modernisme, il avait cruellement déchanté: rien n'était prêt. La plupart des objets n'étaient pas arrivés, les stands étaient en cours de montage, on déambulait au milieu des caisses et des plâtras, et les ouvriers n'en finissaient pas de peindre les murs et de fixer les panneaux. Un vrai désastre.

Dans les semaines qui avaient suivi, fâché du contretemps, accaparé par la création des *Compagnons de la Marjolaine* au Théâtre-Lyrique et par la réécriture de *Monna Lisa*, il ne s'était pas donné la peine d'y retourner. Et voilà que Savannah lui en offrait l'occasion…

Ils franchirent les tourniquets automatiques, première attraction véritable de l'Exposition – on prétendait que, non contents de dénombrer les visiteurs, ils identifiaient aussi leur âge et leur sexe –, puis passèrent sous l'immense porche en pierre pour se mêler à une foule considérable : c'était dimanche, jour de l'entrée à vingt centimes. Le changement depuis l'inauguration était spectaculaire : la grande nef, longue de deux cents mètres et large de dix-huit, était à ce point encombrée d'objets que les couloirs de circulation semblaient buter à chaque pas sur une gigantesque fontaine ornée de huit statues, une impressionnante chaire en bois dans le style du Brabant, un candélabre de cinq mètres de haut – le phare de Lépante –, l'incroyable glace de Saint-Gobain de vingt mètres carrés, ou tout autre de ces trophées monumentaux que l'on avait placés dans l'allée centrale. Sur les côtés, l'espace avait été attribué en fonction de l'importance des pays – la France et l'Angleterre se taillant la part du lion –, puis partagé selon les domaines d'activité – ganterie, filature, cristallerie, ameublement, etc. –, avant d'être subdivisé encore par entreprises ou par villes.

— Où va-t-on ? demanda Jules. Vous avez une préférence ?

Savannah ne répondit pas immédiatement, comme subjuguée par l'extraordinaire opulence de ces halles planétaires.

— Euh, je ne sais pas. On pourrait monter dans les galeries ?

— Va pour les galeries. À quelle heure exactement est la remise du prix ?

— Deux heures trente, je crois. Mais il faut se rendre d'abord au stand.

— Cela nous laisse trois bonnes heures. Allons-y.

Ils montèrent l'un des seize escaliers décorés de vitraux et s'arrêtèrent un instant sur le palier pour assister à une démonstration du pendule de Foucault : une sphère métallique descendait d'un long câble et oscillait par-dessus un appareillage électromagnétique censé établir le mouvement rotatoire de la Terre autour de son axe. Du moins était-ce ce qu'affirmait avec force postillons le professeur tout sec en blouse blanche qui conduisait l'expérience. Jules se serait bien attardé pour suivre ses explications, mais Savannah l'attira fermement à elle.

Ils gagnèrent alors l'étage, conçu comme une vaste mezzanine qui courait à cinq mètres du sol tout autour du bâtiment. Là étaient réunies certaines des marchandises les plus précieuses : soieries, broderies, velours de Prusse, châles d'Orient, orfèvrerie suisse et française, vases chinois, meubles laqués japonais, mais aussi, curieusement associés aux articles de luxe, certains instruments de précision : l'arithmomètre – machine à calculer jusqu'à trente chiffres –, lunettes de vue, télescopes, microscopes, ainsi que plusieurs modèles qui retinrent particulièrement l'attention de Jules. Parmi ceux-ci, une maquette du *Nautilus*, le sous-marin de bois imaginé cinquante ans plus tôt par Robert Fulton, et le dernier scaphandre de Joseph Cabirol, une tenue de plongée permettant de s'aventurer à plus de quarante mètres sous l'eau. À considérer ces deux inventions côte à côte, on devinait que les profondeurs de la mer seraient bientôt aussi facilement accessibles à l'homme que la surface des océans. Que d'horizons nouveaux à défricher et de secrets enfouis à découvrir !

Les galeries étaient par ailleurs l'endroit idéal pour admirer la grande coupole de verre qui, à trente-six mètres du sol, coiffait le palais de l'Industrie, dispensant une lumière si intense qu'il avait fallu la tamiser d'un voile transparent. Lorsque l'on se penchait ensuite au-dessus de la nef, on était saisi par une puissante clameur, dix mille conversations qui montaient ensemble vers le ciel, comme les prières mélangées d'une cathédrale profane.

Savannah en avait le souffle coupé.

— Ça donne le vertige, n'est-ce pas ? Tant de monde ! Vous croyez que nous pourrons voir les bijoux de la Couronne ?

Ils descendirent au rez-de-chaussée et se dirigèrent vers la rotonde des Panoramas qui enjambait le Cours-la-Reine, non loin des quais de Seine. C'est là qu'avaient été installés les buffets et les comptoirs de rafraîchissements, ainsi que l'un des clous de la manifestation, les joyaux de la couronne de France. Soixante-cinq mille pierres précieuses d'une valeur de vingt et un millions de francs, exposés pour la première fois au public !

La queue était en conséquence et ils durent patienter une vingtaine de minutes avant de pouvoir s'émerveiller à leur tour devant les vitrines ruisselantes d'or et de diamants. Ils s'octroyèrent alors une pause méritée, et dégustèrent l'un des cafés que le tout nouveau percolateur de M. Loysel débitait au rythme de deux mille tasses à l'heure.

— Ça y est, vous voilà bien réveillé ? le taquina-t-elle.

Elle faisait allusion aux difficultés que Jules avait éprouvées à se lever ce matin-là. Pour sa défense, il aurait pu rétorquer qu'il avait échappé la veille à un incendie doublé d'une tentative d'assassinat, à une bastonnade par un agent de la force publique, qu'il avait de surcroît ramassé un cadavre dans une salle de torture, assuré jusqu'à pas d'heure la garde de l'hôtel des Montagnon, et que cela pouvait lui valoir quelques circonstances atténuantes. Il préféra se taire, cependant, car il n'était pas certain de la réaction de la jeune femme. Plus il la fréquentait, en effet, plus il avait du mal à la cerner et moins il lui semblait la connaître. Savannah pouvait se montrer un moment attentive, affectueuse, même, puis, l'instant d'après, se figer dans un silence lointain dont rien ne la faisait sortir. Il n'exigeait pas d'elle, bien sûr, qu'elle se jette à ses pieds et lui cède dès le troisième jour – encore que… – mais il aurait espéré l'apprivoiser davantage ou, du moins, mieux ressentir ce qu'elle était vraiment. Il en concluait que son obsession du théâtre, portée à son paroxysme après les événements du Cygne rouge, finissait par lui tourner la tête. Et son entrevue avec le photographe n'avait rien arrangé !

—Vous pensez qu'il est toujours utile de se rendre à cette invitation ? demanda-t-il presque malgré lui.

Elle leva les yeux au ciel comme s'il était décidément incorrigible.

— Vous m'avez posé la question dix fois ce matin ! Que craignez-vous, à la fin ? Il y aura l'empereur, l'impératrice, la police, un bataillon de soldats pour nous protéger ! Moi non plus je n'aime pas Pelladan, si ça vous rassure. Et je vous crois volontiers quand vous dites qu'il est mêlé à tout un tas de choses pas très honnêtes. Mais il a du talent comme photographe et beaucoup de relations : j'ai encore besoin de lui. Et puis il y aura Napoléon III, ce n'est pas rien !

Un rêve de mondanités et de vie légère brilla fugitivement dans son regard. Du moins était-elle toujours de bonne humeur, c'était déjà ça.

Un petit garçon passa devant eux en courant, avec un ballon de baudruche au bout d'une ficelle et sa mère qui lui courait derrière.

— Jules ! Jules, reviens ici tout de suite, garnement !

La coïncidence était piquante et ils rirent de bon cœur.

— Il meurt d'envie de voir les machines, estima Savannah, tout à fait comme vous !

Ils réglèrent leurs consommations et empruntèrent le passage surélevé qui, depuis la rotonde des Panoramas, menait jusqu'à l'annexe des machines. À l'origine, le palais de l'Industrie avait été prévu sur le carré Marigny pour abriter la totalité des exposants, mais, au fur et à mesure que ceux-ci déposaient leur candidature, il était devenu évident que l'espace allait manquer. On avait donc construit, entre Concorde et Chaillot, un bâtiment de plus d'un kilomètre de long, réservé aux engins volumineux et aux produits encombrants de l'industrie et du sous-sol.

L'attrait de cette annexe, hormis ses dimensions, résidait dans le fait qu'elle était alimentée en force motrice par de puissantes chaudières aménagées du côté de la Seine. Un dispositif de tuyaux, de générateurs de vapeur et d'arbres de transmission, permettait ensuite, pour la plus grande joie des spectateurs, de faire la démonstration de ces machines en mouvement. Le bruit, assourdissant, renseignait d'ailleurs assez sur l'activité qui régnait dans l'édifice.

Jules fut d'abord frappé par la beauté et l'élégance des cerbères d'acier qui montaient la garde à l'entrée du pavillon : quatre locomotives énormes et rutilantes, évidemment au repos. L'une d'elles, surtout, attirait les regards : l'*Aigle*, un prototype à la carapace grise, aux roues surélevées de trois mètres, plus hautes que le corps même de la machine, ce qui lui donnait un air ramassé comme si elle s'apprêtait à bondir. Un employé des chemins de fer de l'Ouest, casquette vissée en arrière, vantait les mérites du bolide à grand renfort de gestes.

— Oui, mesdames et messieurs, une vitesse de cinquante lieues à l'heure ! Jusqu'à cinq mille kilomètres par jour en théorie ! L'*Aigle* file plus vite que le vent et avale les distances comme le rapace fond sur sa proie ! Et infatigable, avec ça ! Qu'on nous donne des rails, mesdames et messieurs, des centaines, des milliers de rails, par-dessus les terres et par-dessus les mers, et je vous promets qu'en huit jours nous ferons le tour du monde !

Le tour du monde en huit jours, songea Jules, c'était un peu fort ! À supposer que les lignes ferroviaires traversent un jour les océans, c'était oublier trop vite les péripéties du voyage : les arrêts forcés, les ravitaillements de fortune, la fatigue des hommes et tous les imprévus qui émaillaient nécessairement un exploit de ce genre. Huit jours, il ne fallait pas exagérer...

S'éloignant des locomotrices, ils entreprirent ensuite une visite quasi exhaustive de tous les matériels exposés, dont la plupart toussaient, crachaient et fumaient comme dans l'antre d'un dragon : grues géantes déplaçant des poids surnaturels, marteaux à vapeur qui faisaient trembler le sol, dévidoirs, découpoirs, laminoirs, appareils hydrauliques éclaboussant les imprudents, pompes à incendie – voilà ce qu'il lui aurait fallu la veille ! –, métiers à tisser, à brocher, fours ou pétrins mécaniques, machines à coudre d'un quintal ou au contraire portatives, presses à imprimer qui produisaient sans discontinuer des vues de l'Exposition, etc.

Sur le tronçon dévolu à l'Allemagne, la vedette était sans conteste le formidable canon sorti des usines Krupp, dont les obus avaient la taille d'un enfant. Aucune démonstration n'était heureusement au programme, mais son propriétaire avait fait des pieds et des mains pour convaincre Napoléon III de s'en rendre acquéreur. Jules se prit à penser que de tels canons auraient peut-être dans l'avenir suffisamment de portée pour réaliser le vieux rêve de Cyrano de Bergerac d'expédier un homme sur la Lune – quoique M. Krupp ait sans doute plus de bénéfices à attendre du massacre des terriens que d'une improbable rencontre avec les sélénites.

Les dernières travées, quant à elles, étaient occupées par les merveilles des colonies françaises et notamment par les productions agricoles et les arts populaires d'Algérie. Une carte de la région, déployée au sol sous un verre épais, accueillait le visiteur entre deux palmiers-dattiers. C'est là qu'ils retrouvèrent le petit Jules, sa baudruche toujours à la main, qui traversait l'Afrique du Nord de long en large, franchissant l'Atlas en une seule enjambée.

— Je suis un explorateur dans mon ballon ! s'enthousiasmait-il. Je m'envole sur les montagnes !

Sa mère le regardait faire, les bras croisés et l'air passablement épuisée. Avoir un aventurier pour fils n'était pas de tout repos...

Savannah montra la grosse horloge qui émergeait d'une pyramide de gerbes de blé.

— Il est bientôt deux heures, on doit se dépêcher.

Ils firent alors demi-tour vers le palais de l'Industrie, remontant le flot des visiteurs qui ne cessait de grossir. Le stand Pelladan, comme celui de ses confrères français, était situé non loin de l'entrée principale, à côté de l'imprimerie et de la lithogravure : les organisateurs ayant refusé de considérer la photographie comme un art – ce qui lui aurait ouvert les portes du Salon des beaux-arts –, ils l'avaient répertoriée comme un simple procédé mécanique de reproduction de l'image. Pelladan, cela dit, ne s'en tirait pas trop mal, s'octroyant une surface double de celle de ses voisins et drainant à lui seul de très nombreux curieux. Il exposait des épreuves, des appareils, du matériel pour les particuliers et, à l'aide d'affichettes colorées, faisait à la fois la publicité de son atelier, de ses plaques sèches et de sa baraque du Champ-de-Mars.

Jouant des coudes pour atteindre le comptoir, les deux jeunes gens finirent par attirer l'attention du vieil Émile, qui, avec trois autres commis, ne savait plus où donner de la tête au milieu de tant de sollicitations. Lorsque enfin il les aperçut, celui-ci fit une grimace étrange et les invita du geste à passer derrière les tables.

— Qu'y a-t-il? questionna Jules une fois qu'ils l'eurent rejoint.

— Une catastrophe, monsieur Verne!

— Mais encore?

— Le prix! Pelladan n'a pas eu le prix!

— Quoi?

— Comme je vous le dis. Il a été… je ne sais pas, déclassé!

— Déclassé? Mais il paraissait si sûr de lui! Il avait des amis au jury et…

— Justement, c'est l'un de ceux-là qui est venu l'avertir hier soir. La médaille lui échappe!

— On lui a fourni des explications, au moins?

Émile eut une moue dubitative.

— Des on-dit, monsieur Verne. Certains clients se seraient plaints que les épreuves obtenues avec les plaques sèches s'abîmeraient plus à la lumière. Qu'elles seraient moins fiables que le collodion humide… Et, dès lors qu'il y avait un doute, plus question de lui décerner la médaille!

— Mais vous n'êtes pas convaincu?

— Un doute comme ça, d'un seul coup ! C'est bien tard pour s'en apercevoir, non ?

Il baissa d'un ton, et, dans le brouhaha général, c'est à peine si les jeunes gens pouvaient l'entendre.

— Pour moi, c'est plutôt en rapport avec cette histoire de crimes.

Jules acquiesça. C'était même normal. L'étau se resserrant autour de Pelladan, son nom risquait d'être cité dans la presse, qu'il soit coupable ou non. Car Batisson et Jacques Saint-Paul, cela faisait tout de même beaucoup de morts dans son entourage immédiat. Sans compter le trafic possible de faux billets… Le distinguer dans ces circonstances aurait pu jeter le discrédit sur la manifestation tout entière.

— Cela n'a pas dû lui plaire, remarqua Jules.

— Lui plaire ? Vous plaisantez ? Il était fou furieux ! Il a cassé des tas d'accessoires à l'atelier, des vases, un guéridon et je ne sais quoi d'autre. Il a même failli s'en prendre à moi et au petit apprenti ! « Tout ça pour ça ! il répétait, après tant de sacrifices ! » Je peux vous dire qu'on n'a pas traîné !

— Et où est-il, maintenant ?

— C'est le plus dur à digérer, à mon avis. Le jury a décidé qu'il pourrait photographier la remise du prix en présence de l'empereur. Comme un lot de consolation, vous voyez ? Mais vous parlez d'une consolation ! Ça remue le couteau dans la plaie, oui !

— Et qui donc a remporté la médaille ?

— Rocquencourt, en plus ! Celui-là même qu'il se plaisait à brocarder ! Cela n'a rien arrangé, vous pensez !

— Mais, s'inquiéta Savannah, la cérémonie aura tout de même bien lieu, non ? Et nous, nous pourrons rentrer ?

Elle tenait décidément à voir son Napoléon de près.

— Je ne vous le conseille pas, mademoiselle, Pelladan est d'une humeur massacrante. Il n'a pas desserré les dents de la matinée.

— Mais il devait me faire un laissez-passer !

— Il l'avait fait avant les événements, que je sache. Pour autant, je ne crois pas que ce soit une bonne idée. Je peux quand même vérifier dans sa sacoche, si vous voulez, mais…

— Oui, c'est ça, vérifiez. Et faites vite, il est presque deux heures et quart !

Émile disparut un instant derrière le stand, puis réapparut flanqué d'un autre commis avec qui il échangea quelques mots. Il secoua plusieurs fois la tête, révélant sous sa mèche la cicatrice du coup de feu. Il revint ensuite vers eux, un papier plié et cacheté à la main.

— Je l'ai ! Je me permets cependant d'insister, mademoiselle, je ne peux pas vous promettre que vous serez bien reçue.

— Aucune importance, déclara Savannah – et ses yeux verts avaient l'éclat brûlant de l'émeraude. Comment y va-t-on ?

— C'est à l'extérieur, mais vous ne trouverez jamais tout seuls. Venez.

Il les accompagna donc vers la sortie est, fendant la foule de ses grands bras, tandis que Savannah trottinait derrière lui. Ils disposaient d'une dizaine de minutes environ.

Arrivés devant la statue en bronze de Frédéric III de Prusse, un homme rougeaud, habillé comme un ouvrier endimanché, se mit brusquement en travers de leur route.

— Gauchet ! Émile Gauchet ! Vieux brigand ! T'es donc venu pour l'Exposition ?

Le visage d'Émile s'éclaira peu à peu, et il sourit à son tour à l'inconnu.

— Marcel Sapineau ! Ça fait une éternité !

— T'es plus à Dijon ?

— Je travaille à Paris, figure-toi, je suis devenu photographe !

— Photographe ! Crénom ! T'en finiras jamais avec l'optique ! Je suis toujours charpentier, moi, tu sais. Et je te garantis qu'avec les travaux qu'il y a dans la capitale c'est pas le boulot qui manque !

Savannah semblait consternée. Elle allait louper l'empereur ! Son regard s'affolait de l'un à l'autre, et elle glissa d'une voix blanche.

— Monsieur Émile, s'il vous plaît. Il reste trois minutes !

— Ah ! pardonne-moi, Sapineau, je dois conduire ces messieurs dames. Mais viens me voir après, je suis au stand Pelladan.

— Promis, Gauchet, on causera du bon vieux temps !

Ils reprirent le chemin de la sortie, sans que cela apaise Savannah, qui paraissait de plus en plus inquiète. Empereur ou pas, Jules se demanda s'il n'allait pas finir par se montrer jaloux…

22

La remise de la médaille d'honneur avait lieu sur l'une des dernières pelouses encore libres à proximité du palais, entre la cantine des ouvriers de l'Exposition et le bureau de poste temporaire. Une structure en toile avait été montée de toutes pièces pour interdire aux badauds de s'approcher et d'apercevoir ne serait-ce que l'endroit où Napoléon III et l'impératrice allaient honorer le lauréat – encore eût-il fallu pour cela que lesdits badauds puissent franchir la rangée de gardes qui surveillaient les abords et filtraient chaque entrée avec un soin tatillon.

Émile s'avança vers le capitaine en lui présentant à la fois son macaron du studio Pelladan et la lettre de son maître. L'un des soldats les fouilla grossièrement – il exigeait des dames qu'elles ouvrent leur sac ou leur aumônière – et ils suivirent le corridor de toile jusqu'à l'espace circulaire à l'air libre où avaient été installées une estrade surmontée d'un auvent et une petite tribune. Visiblement, la cérémonie n'avait pas commencé et il y avait plus en retard qu'eux.

Un autre garde les contrôla à nouveau et leur indiqua les emplacements : pour la jeune femme, la tribune, qui ne comptait guère plus d'une trentaine de sièges, et, pour les deux hommes, les barrières, où plusieurs personnes attendaient déjà debout. À trois mètres du podium, sur la partie dégagée, on avait installé un appareil photographique à soufflet protégé par un rideau noir et un chariot pour le matériel et les plaques. Juste à côté, Pelladan tournait en rond, tête baissée et les mains dans le dos, comme un fauve blessé dans sa cage. La fureur se lisait sur son visage : mâchoire crispée, teint blême, nez pincé et, les rares fois où il redressait le front, un regard noir comme un puits de mine. Quelques messieurs tirés à quatre épingles, avec hauts-de-forme et monocles, discutaient doctement autour de l'appareil ou au pied de l'estrade. L'un d'eux, qui portait une imposante barbe grise et un chapeau enfoncé jusqu'aux sourcils, observait fixement le photographe, appuyé sur une canne argentée et dans une pose qui semblait presque narquoise.

— C'est Rocquencourt ? s'enquit Jules.

— Non, Rocquencourt, c'est celui qui tient le paquet allongé sous son bras, répondit Émile. Sans doute une épreuve qu'il souhaite offrir à l'empereur. Les autres, ce sont des membres du jury, je crois. Mais celui à la canne argentée, j'ignore qui il est. Bon, monsieur Verne, ce n'est pas le tout, mais je dois retourner au stand, ils ont besoin de moi.

Il s'apprêtait à repartir, mais Pelladan leva les yeux à ce moment et le remarqua. Il claqua dans ses doigts pour intimer à son commis de le rejoindre.

— Aïe, lâcha Émile, c'est justement ce que je voulais éviter.

Il obéit néanmoins et s'en fut prendre les ordres que son patron lui glissa à l'oreille avec le même air excédé. Des roulements de tambour retentirent alors, des appels au garde-à-vous et des claquements de bottes. Tout le monde se hâta de regagner sa place, qui vers la tribune et qui vers les barrières, avant que Napoléon III et Eugénie ne fassent leur entrée. L'empereur était vêtu de son uniforme galonné de général, barré d'une large écharpe rouge et coiffé de son bicorne doré à cocarde. Jules n'avait jamais eu l'occasion de le voir de si près, et le moins que l'on puisse dire était qu'il n'avait rien d'impressionnant : un homme petit, plutôt court sur pattes, le nez fort et la figure sans intérêt, un masque impénétrable sur le visage, comme si ses yeux d'un bleu pâle ne contemplaient le monde que de très loin.

L'impératrice, elle, était d'une tout autre beauté. Presque aussi grande que lui, la taille bien prise dans une somptueuse crinoline framboise à rubans, la gorge avantageuse, les traits fins et charmants sous une couronne de cheveux blonds mordorés, un regard infiniment mélancolique rehaussé de crayon noir. C'est d'ailleurs dans ce regard que chacun guettait l'indice qui aurait pu confirmer ou infirmer la rumeur d'une grossesse impériale. Eugénie se contentait d'adresser de petits sourires embarrassés à tous ces gens dont elle devinait facilement pourquoi ils l'épiaient. Jules supposa que cette femme-là ne devait pas être très heureuse et doutait qu'elle le soit un jour.

Les deux souverains s'avancèrent vers l'estrade, escortés par plusieurs officiers et certains membres du jury. Les autres avaient rallié la tribune, tandis qu'Émile et Pelladan s'étaient poussés sur le côté. Une fois sous l'auvent, Napoléon III sortit de sa poche quelques feuilles de papier pliées qu'il posa devant lui sur le pupitre tricolore orné d'un grand « N ».

— Messieurs les membres du jury, commença-t-il d'un ton monocorde. Il y a seize ans exactement, le 19 août

1839, l'Académie des sciences et l'Académie des beaux-arts se réunissaient à l'Institut pour une séance exceptionnelle qui allait marquer d'une pierre blanche l'histoire si féconde du progrès humain.

Au mot de « féconde », l'assemblée fut parcourue d'un frisson imperceptible, absolument hors de propos.

— Ce jour-là, en effet, en présence de Jacques Louis Mandé Daguerre son inventeur, François Arago, secrétaire perpétuel de l'Académie des sciences, exposait le détail du procédé photographique qui allait bouleverser notre siècle, et dont nous sommes loin d'envisager aujourd'hui encore toutes les applications. Surtout, messieurs, dans ce même élan d'universalisme et de générosité qui fut autrefois celui de nos pères – quelques murmures au mot de « père » –, ce même élan qui permit à notre pays de se hisser au premier rang des nations, la France décidait, le 19 août 1839, solennellement et sans contrepartie, d'offrir cette découverte unique au reste du monde, dans l'espoir de contribuer une nouvelle fois à l'harmonie et au bonheur des peuples.

Jules coula un regard du côté de Savannah : elle paraissait subjuguée par la voix morne du souverain, le mouvement un peu dolent de ses lèvres, les médailles qui scintillaient sur sa poitrine – et dont pas une n'avait été gagnée sur un champ de bataille –, ce bicorne d'opérette et toute cette prétention ridicule à arborer galons et épaulettes. Allez comprendre les femmes !

Juste au-dessus d'elle, le vieux barbu à la canne argentée ne perdait rien du spectacle non plus : il se tournait dans tous les sens comme pour graver dans sa mémoire chaque visage de l'assistance, s'attardant longuement sur Émile et Pelladan, puis sur les soldats qui encadraient la scène, puis encore sur l'impératrice. Sa silhouette évoquait vaguement quelque chose à Jules.

— Voilà pourquoi, poursuivait Napoléon, en ce 19 août 1855, seize ans après cette éclatante démonstration du génie français, alors que les États du monde entier convergent vers Paris pour la plus mémorable des exhibitions industrielles, alors que la reine d'Angleterre elle-même a désiré nous…

Eugénie, trois pas en arrière, donnait le sentiment de s'ennuyer ferme. Son regard se perdait dans le ciel tandis qu'elle tripotait la broche qui fermait son décolleté, ses pensées vagabondant peut-être vers le château de Saint-Cloud où elle allait rencontrer tout à l'heure Victoria et le prince Albert. Il faut dire que c'était une très jolie broche qu'elle avait là, toute d'émeraude et de saphir, dessinant une magnifique abeille posée sur trois fleurs de diamants et…

Jules sentit une boule de la taille d'un poing lui remonter subitement dans la gorge. La broche en forme d'abeille ! L'impératrice ! La séance rue Cloche-Perche ! Will Gordon !

Il manqua vaciller et se rattrapa au bras de son voisin, qui fit un brusque écart.

— Excusez-moi, bafouilla-t-il.

Plusieurs personnes le dévisagèrent en fronçant les sourcils, mais il était trop abasourdi pour s'en émouvoir. L'impératrice Eugénie… La broche ! C'était elle, l'autre soir, la mystérieuse dame à la voilette ! Elle qui avait pris place à la table ronde en face de Will Gordon ! Elle dont Batisson se faisait chaque fois l'interprète ! Et pour cause : son fort accent espagnol l'aurait immédiatement trahie auprès de l'auditoire ! Il lui fallait donc un intercesseur, évidemment ! Et qui mieux que Batisson, l'un des premiers adeptes du spiritisme en France, était le plus apte à jouer ce rôle et à l'introduire auprès de l'Anglais ?

En y réfléchissant bien, d'ailleurs, la situation n'était pas aussi surprenante qu'on pouvait le penser. Napoléon III lui-même avait manifesté à maintes reprises un vif intérêt pour tout ce qui touchait aux esprits. Et l'on pouvait imaginer que son épouse ait préféré se cacher pour consulter un médium à la réputation si douteuse… Si par malheur la chose s'était sue !

Au passage, cela pouvait expliquer la présence de l'inspecteur Lafosse rue Cloche-Perche : ce n'était probablement pas Gordon qu'il surveillait cette nuit-là, mais l'impératrice qu'il protégeait ! Sans doute la brigade de sûreté avait-elle eu vent de cette escapade nocturne, car Eugénie aimait de temps à autre s'évader des Tuileries, ne fût-ce que pour une heure ou deux. D'où encore l'attitude du chef de la brigade après le meurtre : son premier souci avait été d'imposer le silence à Jules sur *tous* les aspects de la soirée. Y compris, par conséquent, sur la présence énigmatique de cette jeune femme à la voilette… Idem, bien sûr, pour le tilbury qui attendait la souveraine place Baudoyer et dont les armoiries avaient été recouvertes d'un tissu noir : que n'aurait-on raconté si l'on avait pu identifier une voiture impériale à cet endroit et dans ces circonstances ?

Quant à cette étrange question qu'Eugénie avait finalement soumise à Will Gordon, Jules lui voyait désormais une signification possible. « Nous voudrions savoir si la personne à laquelle pense madame est en danger comme elle le craint ? » avait demandé Batisson. Or, cette personne à propos de laquelle l'impératrice s'inquiétait tant, qui pouvait-elle être *sinon l'enfant même qu'elle portait dans son ventre* ? Eugénie ayant été victime d'une fausse couche quelques mois plus tôt, la pression de son entourage devait être de plus en plus pesante. Si pesante, même, que la jeune femme avait cédé à la tentation d'interroger les esprits...

— ... et c'est pour toutes ces raisons, concluait, imperturbable, Napoléon III, que nous tenions à commémorer dignement cet anniversaire, en rendant l'hommage qu'ils méritent aux héritiers de Daguerre. Je me fais donc un devoir, messieurs, et, plus encore, un honneur et un plaisir, de décerner, au nom de la France, la plus haute distinction de l'Exposition universelle, la médaille d'honneur, à M...

L'empereur se pencha sur sa feuille en clignant des yeux.

— ... à M. Rocquencourt, pour l'ensemble de ses travaux photographiques.

Un tonnerre d'applaudissements accompagna le lauréat pendant qu'il montait sur l'estrade. Le président du jury présenta un coffret ouvert à Napoléon III, qui se saisit de la grosse pièce gravée pour la remettre à Rocquencourt. Celui-ci eut droit en outre à une interminable accolade et à une chaleureuse poignée de main.

Profitant de cet intermède, le président du jury s'adressa à l'assistance.

— Mes chers amis, Son Altesse a eu la bonté de nous accorder quelques minutes supplémentaires afin de nous permettre d'immortaliser ce moment. Monsieur Pelladan, s'il vous plaît.

Les applaudissements reprirent de plus belle et Émile se dépêcha d'attraper la plaque dans le chariot pour la tendre à son patron. Pelladan semblait d'une humeur toujours plus massacrante : le visage crispé, il glissa le verre dans son logement, tandis que le souverain et

Rocquencourt descendaient deux marches pour venir poser devant l'estrade. Le photographe ne leur accorda qu'un bref salut et disparut sous le rideau noir. Le public retint son souffle, comme si de la qualité de son silence dépendait aussi celle de la prise.

— Attention, clama la voix étouffée de Pelladan, ne bougeons plus !

Deux secondes passèrent, puis trois, puis cinq.

Au lieu de sortir son bras de sous le tissu pour retirer le capuchon de l'objectif, le maître devait certainement régler quelque chose à l'intérieur : on entendait des bruits de tirette ou de couvercle. Un problème avec le soufflet ? Ou peut-être avec la lentille ?

Après une vingtaine de secondes encore et un début de flottement – le président du jury toussotait pour se donner une contenance –, Pelladan réapparut soudain. Il avait le teint terreux, les cheveux en bataille et des yeux de dément. Dans sa main droite, il brandissait un pistolet… *Pelladan avait caché une arme dans son appareil !*

Qui visait-il exactement ? Jules n'aurait pu l'affirmer avec certitude. L'un de ses deux modèles, en tout cas, ou bien quelqu'un sur l'estrade. Lui-même paraissait effaré par la témérité de son geste et l'expression de son visage n'en était que plus terrifiante. Quelques cris résonnèrent de droite et de gauche, Rocquencourt et l'empereur esquissèrent un pas de côté, mais le capitaine des gardes fut le plus rapide. Avant que le photographe n'ait eu le temps d'ajuster son tir, il fit claquer par deux fois son fusil. Deux détonations sèches et précises, presque rassurantes. La tête de Pelladan partit violemment en arrière et son front éclata comme un fruit blet sous l'impact des balles. Il s'effondra d'un seul coup sur le chariot de plaques.

Ce fut le signal de la panique.

Il y eut des hurlements, des exclamations, des piétinements. Dans un même élan, tous les invités que l'on avait massés derrière les barrières se précipitèrent en désordre vers la sortie, provoquant un encombrement gigantesque et une déchirure dans le mur de toile. Contre sa volonté, Jules se trouva bientôt repoussé sur la pelouse extérieure, au milieu d'un groupe d'autres spectateurs, tout aussi stupéfaits que lui.

— Savannah! s'époumonait-il. Savannah!

Mais tandis qu'il se tordait le cou pour observer la tribune, la troupe se déployait de part et d'autre de l'enceinte, interdisant désormais à quiconque d'entrer ou de sortir. Il eut beau chercher à parlementer, expliquer que sa femme était à l'intérieur, on l'écarta sans ménagement. Au fur et à mesure que le périmètre de sécurité s'élargissait, il avait de plus en plus de mal à distinguer l'estrade et le jury, les officiers penchés sur le corps, les dernières personnes qui quittaient les gradins. Bientôt, il ne vit plus rien du tout.

Il avait perdu Savannah.

Dans son dos, la nouvelle se répandait comme une traînée de poudre.

— On a voulu tuer Napoléon!

— Un photographe! Un photographe avec un pistolet!

Chacun avait bien sûr à l'esprit l'attentat du mois d'avril, lorsqu'un exalté du nom de Pianori avait tiré sur l'empereur au coin de la rue Balzac, pour une sombre histoire de politique étrangère. Les coups de feu avaient manqué leur cible, mais pas la guillotine, qui avait tranché deux semaines plus tard le cou de l'Italien. Cette fois-ci, le châtiment avait été plus expéditif encore…

Mais pour quelle raison Pelladan aurait-il voulu assassiner l'empereur ? Par dépit ? Ou bien était-ce Rocquencourt dont il avait prévu de se venger ? Cet imbécile de Rocquencourt, comme il se plaisait à le répéter. L'humiliation de la défaite avait dû finalement lui être insupportable. Il avait dissimulé l'arme dans la chambre obscure et, une fois devant son rival…

Quoi qu'il en soit, un tel acte relevait avant tout du suicide. Comment Pelladan pouvait-il espérer s'en sortir face à un bataillon entier de soldats ? À moins que quelque chose ne l'ait acculé au désespoir. Les meurtres, par exemple. Peut-être Pelladan était-il le véritable auteur de tous ces crimes ? Peut-être avait-il éliminé ses anciens complices pour éviter qu'ils ne le dénoncent et conserver ainsi une chance d'obtenir ce dont il rêvait depuis toujours : la médaille d'honneur, l'Académie des sciences, un titre de grand-croix de la Légion… Puis, hier, il avait pu se sentir découvert – sa disqualification n'en était-elle pas la preuve ? – et sur le point d'être confondu. Dans ces conditions, perdu pour perdu…

Oui, cette explication était la plus plausible. Hélas ! elle ne faisait pas revenir Savannah.

Jules essaya de faire le tour par la cantine des ouvriers : il était vraisemblable que l'on veuille évacuer l'empereur et les derniers invités par l'arrière du bâtiment. Mais, là encore, la haie de soldats était infranchissable et on lui fit comprendre qu'il aurait de graves ennuis s'il continuait à rôder dans les environs. Tout juste s'il put apercevoir au loin un ballet de voitures qui se chargeait d'emmener les officiels. Peut-être la police comptait-elle interroger le plus grand nombre de témoins possible. Car on pouvait toujours craindre des complicités, n'est-ce pas, une conspiration plus vaste. Et puis la reine d'Angleterre était à Paris ! Savannah serait sans doute conduite aux Tuileries ou ailleurs, puis relâchée après interrogatoire.

Ce n'était qu'une question d'heures, allez...

Mais elle pouvait tout aussi bien se trouver quelque part dans la foule, apeurée et errant à sa recherche à lui.

Jules déambula longuement autour du palais de l'Industrie, assez longuement pour connaître par cœur chaque objet sur les pelouses : ancres de marine, yacht de l'empereur, machines à battre le grain, carrosses divers, bâtiment des produits bon marché, modèle d'habitation ouvrière, grille en fonte de la maison André. Puis, à nouveau, ancres de marine, yacht de l'empereur, machines à battre le grain, carrosses divers, etc. Jusqu'à la nausée.

Il n'y avait aucune trace de Savannah. Non plus que d'Émile ni d'un membre quelconque du jury. Tous volatilisés. Les pavillons de l'Exposition avaient été progressivement fermés, ce qui n'empêchait pas des milliers de visiteurs de circuler encore dans les jardins et de commenter l'événement.

Les lieux mêmes de l'attentat n'étant pas accessibles, on se contentait de supputer de loin et d'enjoliver l'histoire au fur et à mesure. Napoléon III, par exemple, aurait achevé lui-même son agresseur d'un coup de pistolet impérial. Ou bien il aurait été grièvement blessé, ce dont les autorités se refusaient à convenir. Par ailleurs, le photographe se serait jeté sur lui en criant : « Vive la république ! » ou bien « Mort au tyran ! », il y avait deux versions. Pour d'autres, Pelladan était un géant de six pieds qui avait marché sur l'empereur malgré le sifflement des balles, avant de s'effondrer à ses pieds en implorant son pardon – ou, variante, en le maudissant.

Et, pendant ce temps-là, le jour filait.

Jules eut alors une idée : il lui fallait des informations, bien sûr. Or il n'avait aucune chance d'en obtenir auprès d'un commissariat quelconque. Mais au studio Pelladan ? Lafosse et ses hommes finiraient bien par s'y rendre, au moins pour le fouiller. Ils en avaient toujours après les faux billets et la matrice, après tout... Et si Jules parvenait à approcher l'inspecteur, celui-ci l'aiderait, il en était convaincu.

La nuit tombait maintenant, mais il y avait toujours beaucoup de monde boulevard des Capucines et devant l'atelier. Pas des clients – le magasin était bouclé –, plutôt des curieux qui avaient entendu dire que le grand Pelladan s'en était pris à l'empereur. Trois sergents de ville les maintenaient à distance de la vitrine, la main sur l'épée. Jules estima plus prudent de se faufiler par-derrière. Il contourna le pâté de maisons et n'eut qu'à s'en féliciter : un seul homme gardait l'entrée de service.

— Pardonnez-moi, sergent, l'inspecteur Lafosse est ici ?

— L'inspecteur Lafosse ? Pour quoi faire ?

— Je suis l'un de ses amis. Ma femme assistait à la remise de la médaille à l'Exposition, tout à l'heure. Je veux dire, pendant l'attentat. Depuis, je n'ai plus de nouvelles et... Bref, je suis inquiet. Vous savez s'ils interrogent des témoins en ce moment ?

Le policier le jaugea un instant. Jules devait avoir l'air sincèrement inquiet, car l'autre se décida à lui répondre.

— Ça se pourrait, oui.

— Vous auriez l'amabilité de me dire où ?

— Si vous croyez que je suis dans le secret !
— Ah ! Et pour l'inspecteur Lafosse ?
— Lafosse ? À ce qu'on raconte, il a été mis à pied.
— Mis à pied ? Mais il était sur le point d'arrêter le photographe ! Personne ne connaît mieux cette affaire que lui !
— Si ça se trouve, c'est précisément ce qu'on lui reproche à l'inspecteur. De pas l'avoir arrêté avant. Sauf que comme je vous ai expliqué, je suis pas dans le secret.

Lafosse écarté !

— Dans ce cas, il y aurait peut-être quelqu'un d'autre pour me renseigner ?
— Tout de suite ? Désolé, je suis pas autorisé à déranger la brigade. Surtout qu'ils en ont pour un bout de temps, ils fouillent tout de la cave au grenier.

Le sergent eut un sourire compatissant.

— Si votre femme est pas revenue avant, repassez vers minuit ou une heure, ils auront terminé. Mais si je peux me permettre un conseil, une femme qui court dehors la nuit, c'est pas à la police qu'il faut la chercher…

Nouvel échec, donc.

Dépité, Jules se résigna à reprendre le chemin du Faubourg-Saint-Honoré. En un sens, c'était presque par là qu'il aurait dû commencer : Savannah l'y attendait peut-être, bien à l'abri et pestant contre lui, qui ne donnait aucun signe de vie. Car où aurait-elle pu aller, une fois relâchée, sinon chez les Montagnon ?

Malheureusement, il n'y avait personne. Ni la jeune femme, ni Félix, ni son père. Marguerite, la servante, n'en savait apparemment pas plus : Monsieur Adolphe était à un dîner et son fils n'avait pas laissé d'ordre. Elle le croyait parti pour changer son pansement, mais avec ce qui était arrivé cet après-midi et les idées de journaliste qu'il s'était fourrées dans la tête, allez savoir ce qu'il avait pu inventer !

Jules monta dans sa chambre la mort dans l'âme.

Où pouvait bien être Savannah ?

Il mangea une tranche de rôti froid sur un coin du bureau et tâcha de patienter en consignant sur son carnet tout ce qui s'était produit depuis la veille – un bon moyen d'être encore avec la jeune femme. Écrire l'apaisa un temps, mais ce répit fut de courte durée. Lorsqu'une heure du matin sonna à Saint-Philippe-du-Roule, ses angoisses revinrent d'un coup, et plus impérieuses encore. Il était incroyable que l'on interroge un témoin dix heures d'affilée ! Sous quel prétexte, grand Dieu ? Et que fabriquait Félix ?

Jules posa son porte-mine – le récit se terminait sur son échange avec le sergent derrière chez Pelladan – et décréta qu'il devait faire quelque chose. N'importe quoi plutôt que d'attendre. Savannah était peut-être en danger, comment savoir ? Ou bien elle avait craint de reparaître à une heure si tardive chez les Montagnon. Peut-être même avait-elle réintégré sa chambre à la Villette. Elle l'avait payée d'avance, après tout. Il suffirait d'un petit tour là-bas pour s'en assurer… Ce n'était pas compliqué, et cela lui permettrait de s'occuper l'esprit et de se tranquilliser un peu. Lorsqu'il reviendrait d'ici une heure ou deux, Félix serait de retour et ils trouveraient ensemble une solution.

Oui, tout valait mieux que d'attendre.

Sa décision prise, Jules descendit à l'écurie atteler l'une des juments. Les places de la calèche et du dog-cart étaient vides, mais il restait le cabriolet. Au passage, il emprunta dans l'armoire de chasse l'un des vieux fusils d'Adolphe ainsi que quelques cartouches. En cinq jours, il avait appris à se méfier.

Il traversa Paris à bonne allure, croisant plusieurs patrouilles de police sur les grands axes, signe que le régime se tenait toujours sur ses gardes. Une fois parvenu à la pension, il se plaça sous la fenêtre de la jeune femme – la troisième sur la gauche au deuxième étage selon ses propres indications – et lança avec plus ou moins de bonheur des poignées de gravier. Sans résultat. Il essaya ensuite un caillou plus gros qui heurta la vitre avec un bruit mat.

Après quelques secondes, il trépigna de joie : un miracle se produisait ! Elle tournait la poignée pour ouvrir les battants !

— Ça va pas, espèce de cinglé ? lui jeta une voix acide. J'appelle le logeur, moi, il va t'apprendre !

Dans la pénombre, il distingua une petite boulotte avec un bonnet de nuit informe : rien à voir avec Savannah. Les tenanciers avaient dû sous-louer la chambre !

— Pauvre malade, je vais t'en balancer des cailloux, moi !

Une lumière s'alluma à l'étage en dessous et Jules préféra remonter dans sa voiture en vitesse. Si Savannah n'était pas ici, il était inutile de se disputer avec les concierges. D'autant qu'un vieillard inconnu avait déjà provoqué un esclandre la veille au même endroit et que ces messieurs-dames étaient plutôt du genre chatouilleux. Il fit claquer son fouet et tourna rapidement au coin de la rue.

Qui était-il, au fait, ce mystérieux vieillard qui avait demandé après elle ? La jeune femme avait semblé pencher pour son père, mais Jules n'y croyait pas beaucoup.

Sans qu'il puisse s'expliquer pourquoi, la silhouette de l'homme à la canne argentée s'imposa de nouveau à lui.

Des mystères, se dit-il, trop de mystères. Même après la mort de Pelladan... Des victimes que l'on assassinait de deux balles dans les yeux, un photographe qui s'attaquait sans raison à l'empereur, des expériences folles dans un donjon, un marquis qui disparaissait comme par enchantement, des corps qui n'arrivaient jamais au Père-Lachaise et d'autres que l'on y enterrait avant l'heure...

D'autres que l'on y enterrait avant l'heure, se répéta-t-il... Le cimetière du Père-Lachaise... Le cimetière du Père-Lachaise !

Et, soudain, il comprit.

23

Jules gara le cabriolet au plus près du mur.

— Si des fois j'ai un problème, souffla-t-il à la jument en lui flattant la croupe, tu iras me chercher la police, d'accord ?

On se rassurait comme on pouvait…

Il passa son fusil en bandoulière, monta du marchepied sur la capote et escalada le mur. La police, il avait bien pensé la prévenir lui-même, mais c'eût été prendre le risque de mettre Savannah en danger. Or il avait un marché à proposer au tueur…

Il se reçut sans mal sur le pavé de la cour et progressa sans bruit jusqu'à la porte de derrière. Le verrou était mis et les volets fermés. Il emprunta donc l'escalier de service en s'efforçant de ne pas faire grincer les marches métalliques. Au deuxième étage, il s'approcha doucement de l'entrée des laboratoires : elle était ouverte et le pêne portait des traces d'effraction. Logique.

Jules marcha à tâtons dans le couloir jusqu'à rejoindre le palier de l'escalier intérieur. Tout était plongé dans le noir, mais il avait le plan des lieux parfaitement en tête : tourner à gauche, vers le salon d'attente.

Il avança avec précaution, reconnaissant sous ses doigts la momie égyptienne, les bébés crocodiles fixés par des crochets, les deux grandes jarres. Puis il s'arrêta net : il y avait une odeur de lampe à pétrole. Il prit son fusil dans les mains et fit deux pas supplémentaires. Les premières lueurs de l'aube filtraient par les fenêtres, donnant aux chaises et aux tables des allures de troupeau assoupi dans une prairie saccagée. Tout était renversé : les livres, les coussins, les sculptures.

Encore deux pas et il devina une présence à l'angle du mur. Il distingua aussi le canon d'un pistolet dirigé droit sur lui.

— Plus un geste !
— Émile ?
— Lâchez ça.

Jules jeta son arme sur le tapis : il n'était pas sûr de toute façon qu'il aurait pu s'en servir. Sans le quitter des yeux, le vieux photographe sauta de côté et attrapa la bandoulière.

— Vous saviez que c'était moi ? l'interrogea-t-il.
— Je m'en doutais, oui.
— Et comment avez-vous deviné ?
— Grâce à votre ami le charpentier, celui que nous avons croisé à l'Exposition tout à l'heure. Il vous a appelé par votre vrai nom : Émile Gauchet.
— Quel rapport ?
— Il n'y a pas si longtemps, j'ai visité le carré des pauvres au Père-Lachaise. J'y recherchais un soi-disant neveu de l'ébéniste Dandrieu. Je ne l'ai pas trouvé, mais je suis tombé en arrêt devant la sépulture d'Héloïse Gauchet. L'inscription m'avait frappé car la malheureuse est née la même année que moi : *Héloïse Gauchet (1828-*

1854). Gauchet, comme vous... Il m'a fallu l'après-midi pour faire le rapprochement.

Le canon de l'arme s'abaissa d'un ou deux centimètres, signe qu'il avait visé juste.

— Et vous espériez quoi en venant ici ? demanda Émile d'une voix lugubre.

— Disons que j'ai un marché à vous proposer.

— Un marché ?

— Je... je pense que d'une manière ou d'une autre vous détenez Savannah. Comment vous vous y êtes pris, ça, je l'ignore. Mais je pense aussi que vous êtes revenu ici, au studio, pour découvrir la plaque que Pelladan a dû cacher quelque part. La fameuse matrice pour les billets de mille. J'ai raison ?

Le photographe éluda.

— Et alors ?

Jules sentait son cœur qui cognait dans sa poitrine. Surtout, ne pas s'emballer et tâcher de gagner sa confiance.

— En admettant que la brigade n'ait pas mis la main sur la plaque – et je doute qu'elle y soit parvenue –, je pourrais vous aider à la récupérer. En échange, vous libérez Savannah.

Le vieil homme fronça les sourcils comme s'il débattait intérieurement du pour et du contre.

— Vous n'avez aucune intention de la tuer, Émile, j'en suis convaincu. Elle ne vous a rien fait. Elle pourrait presque être votre fille. Comme Héloïse. Car Héloïse Gauchet était votre fille, j'imagine ?

Émile hocha la tête et sembla légèrement se voûter.

— Ils vous l'ont prise, n'est-ce pas ?

— Ils me l'ont prise, ces ordures, oui, articula-t-il douloureusement.

— Pelladan et les autres ?

— Pelladan, ce salopard... Pelladan le premier, oui.

— Expliquez-moi, murmura Jules.

Le photographe se planta devant lui, le canon tout contre son ventre. Puis il commença à parler. Avec une volubilité soudaine, comme si des digues se rompaient en lui.

—Je vous ai dit l'autre soir que je tenais un magasin d'optique à Dijon, je crois ? Les affaires n'allaient pas fort, en réalité, et ma femme était malade. Il y a trois ans, j'avais essayé d'entrer en contact avec des photographes de Paris pour leur vendre mes lentilles. Le seul à m'avoir répondu, c'était Pelladan. Il souhaitait ouvrir son propre studio, à l'époque. Il voulait un objectif assez spécial, capable de reproduire des objets de petite taille, de très près et rigoureusement à l'identique. Je n'imaginais pas qu'il allait falsifier des billets, bien entendu... On a correspondu un moment, je me suis mis au travail et j'ai fini par lui expédier ce qu'il désirait. Il m'a payé, bien sûr, mais ça n'a pas suffi à me remettre à flot. D'autant que la santé de ma femme déclinait et qu'elle avait de plus en plus besoin de médicaments. Au bout de six mois, on ne pouvait plus faire face. Il a fallu vendre.

Il s'arrêta et tapota la pointe de son arme sur le revers de la veste du jeune homme.

— C'est là, monsieur Verne, que j'ai fait une erreur tragique : je l'ai laissée partir. Nous manquions d'argent et Héloïse s'est proposée pour aller chercher une place à Paris. Je ne l'ai pas découragée. Mieux, j'ai écrit à Pelladan pour savoir s'il ne connaîtrait pas une maison sérieuse. Une maison sérieuse ! Si j'avais réfléchi, au moins ! Au début, Héloïse voulait s'embaucher comme simple femme de chambre ou comme dame de compagnie. Mais, durant toutes ces années au magasin, elle avait appris beaucoup de choses. Lorsqu'il l'a su, Pelladan m'a laissé entendre qu'il comptait justement engager des femmes. Soi-disant pour rassurer ses clientes. Quel naïf j'ai été !

Il s'essuya le coin des yeux de sa paume libre avant de reprendre :

— Héloïse est partie à Paris en septembre 1852. Elle nous envoyait de l'argent chaque mois et, dans ces lettres, elle paraissait très satisfaite. Lorsqu'elle est revenue à Dijon à Noël, elle a apporté des cadeaux pour tout le monde, même pour les voisines ! Et puis, au printemps suivant, le courrier a commencé à se faire rare. Pas les mandats, on les recevait scrupuleusement, mais les nouvelles, qu'elle oubliait de donner une fois sur deux. Dans un sens, ça nous semblait normal, c'était le signe qu'elle s'adaptait à sa nouvelle vie. Je dois préciser qu'à cette période ma femme a fait une mauvaise chute. Je devais m'occuper d'elle toute la journée et je n'avais pas vraiment le temps de me poser de questions.

« Cette année-là, Héloïse n'a pas pu descendre pour les fêtes. Elle a promis qu'elle viendrait au printemps, puis elle a repoussé à Pâques, puis à l'été… Sa dernière lettre, on l'a eue en août 1854. Un appel au secours, un vrai. Elle me suppliait de venir la voir au plus vite et…

Sa voix manqua se briser. Son poignet tremblait et Jules recula millimètre par millimètre.

— Quand je l'ai découverte, poursuivit-il, elle était à l'Hôtel-Dieu. Chez les mourants. Même pas un lit, de la paille. Que des vieilles femmes. Sa peau était couverte d'abcès et de marques noires. C'était… c'était abominable. Pire que ça, elle était enceinte. De six mois, à ce que j'ai compris. Les médecins lui avaient dit que l'enfant était mort et qu'il faudrait…

Il ne put achever sa phrase et serra le poing avant de continuer. Jules ne savait plus s'il devait le plaindre ou s'en méfier. Les deux, à l'évidence.

— Elle toussait, elle toussait beaucoup. Elle crachait du sang, elle avait la fièvre. Il faisait une telle chaleur ! Au premier coup d'œil, j'ai su que j'arrivais trop tard. Elle m'a demandé pardon, elle m'a embrassé les mains. Pardon de quoi ? je vous le demande. C'était moi, l'aveugle ! Moi, le fautif ! Elle, elle n'était que mon enfant !

« Pour finir, elle m'a raconté. Difficilement, entre deux quintes. Pelladan l'avait séduite, dès les premières semaines. Elle était belle, il faut dire, si vous l'aviez vue… Et folle amoureuse. Lui, il s'amusait, bien sûr. Ce qu'il aimait, c'était changer. Au bout de quelques mois, il s'est lassé. Il l'a chassée pour une autre. Comme ça, du jour au lendemain. De chez lui, mais aussi de la boutique. Elle s'est retrouvée seule, sans travail, sans nulle part où aller. Désespérée. Surtout, elle refusait qu'on l'apprenne. Jamais. Alors il lui a fallu de l'argent, et vite. Pas pour elle, évidemment, mais pour nous…

« C'est là que Jacques Saint-Paul entre en scène. Il était commis au studio et c'était déjà une belle saloperie de petite crapule. Quand son patron s'absentait, il lui empruntait ses appareils pour faire des photographies en douce. Des photographies pas très légales, si vous voyez ce que je veux dire. Il a profité de ce qu'Héloïse était sans défense et il lui a proposé d'être son modèle. Elle, bien sûr, elle a pensé que ce serait juste pour une fois, en attendant de décrocher un travail. Sauf qu'en 1853, c'était partout la crise. Les mauvaises récoltes, le prix du blé qui monte, les ateliers qui ferment… De l'emploi, y en avait pas. Alors, de fil en aiguille…

Il hocha tristement la tête.

— Les photographies, Saint-Paul les revendait à Dandrieu. La reine des crevures, celui-là, encore pire que Saint-Paul. Il trempait dans tous les trafics possibles et imaginables. Même les plus monstrueux, si vous saviez…

Jules savait.

— Dandrieu avait des relations dans la librairie, c'est de cette façon qu'il écoulait les épreuves. Mais il fréquentait aussi les tolérances. À l'occasion, il servait de rabatteur pour les maîtresses. Un jour, il a présenté Héloïse au Cygne rouge. On peut dire que pour elle, l'enfer a commencé là. Forcément qu'après elle n'avait pas très envie de nous en parler ! De mon côté, si j'avais été plus malin, j'aurais dû remarquer…

« Quoi qu'il en soit, elle est tombée sous la coupe de Mme Berthe. Rapidement, elle a été choisie pour accompagner un Anglais qui débarquait de Londres et qui vivait clandestinement à Paris. Un spirite qui tentait d'échapper à la police anglaise et qui bénéficiait d'appuis importants. Will Gordon… Il a dû apercevoir Héloïse un jour qu'il était en visite au Cygne rouge. Comme il se cachait la plupart du temps et qu'il sortait très peu de son repaire, il a obtenu qu'elle s'installe chez lui. Moyennant une coquette somme pour la grosse Berthe, ça va de soi. C'était à la Noël 1853 et c'est lui qui l'a empêchée de venir à Dijon pour les fêtes. Héloïse n'a pas insisté, mais j'ai cru deviner qu'il n'était pas commode et qu'il s'emportait pour un rien. Qui plus est, elle est tombée enceinte au début de l'année suivante. Lorsqu'il s'en est aperçu, Gordon l'a renvoyée chez Mme Berthe. Chassée, une deuxième fois… Et vous croyez que la maquerelle aurait eu pitié ? Au contraire ! Elle a obligé Héloïse à lui rembourser tout l'argent qu'elle avait dû rendre à Gordon…

« À partir de là, je n'ai pu rassembler que des bribes. Héloïse délirait. Elle parlait de coups, de chaînes, d'une espèce de chambre noire… C'est seulement par la suite que j'ai compris ce qu'elle avait dû subir. Toutes les marques sur sa peau, par exemple. Et puis la maladie dans son sang, ce petit qui dépérissait dans son ventre…

Il fit un pas en arrière, accablé.

— Elle est morte dans la nuit, le 22 août de l'année dernière.

Jules observa quelques secondes de silence, comme un hommage posthume à la morte, puis il se lança.

— Vous avez décidé de la venger, c'est ça ?

Émile acquiesça.

— Ma femme n'a pas survécu à la nouvelle. Trois semaines plus tard, elle faisait une attaque. Qu'est-ce que j'avais à perdre ?

— Vous n'avez pas songé à dénoncer les coupables ? À les faire traduire devant la justice ?

— La justice ! s'exclama le vieil homme. Je suis bien placé pour savoir ce qu'elle vaut, la justice ! Et d'abord, comment j'aurais pu prouver que l'enfant était de Gordon ? Que Pelladan était à l'origine de tout ? Et qui aurait écouté un miséreux comme moi ?

— Vous avez préféré les tuer…

Le vieil homme soupira.

— Il fallait qu'ils paient, non ? À l'automne, j'ai quitté Dijon. Je suis monté à Paris pour me faire embaucher au studio. J'avais les compétences, et pour cause, et je ne demandais pas cher. J'ai juste changé mon nom. Pelladan n'y a vu que du feu : il n'était pas très regardant lorsqu'il s'agissait d'une bonne affaire. Et puis, nous ne nous étions jamais rencontrés, après tout… Pour ma part, j'ai eu plus d'une fois envie de lui sauter dessus. Mais j'ai patienté : je les voulais tous.

« Ça a pris dix mois pour que je les retrouve. Un par un. Surtout Gordon, une sale anguille. Une bonne partie de l'argent qui me restait, je l'ai dépensé en séances de spiritisme. Une belle entourloupe, au passage ! Mais en juillet, je l'ai déniché : il avait pris ses quartiers rue Cloche-Perche.

— Et vous avez pu entrer là-bas sans vous faire voir ? Et vous échapper ensuite par les toits ?

Le photographe esquissa une moue satisfaite.

— Je les ai bien observés, figurez-vous. Je connaissais leurs habitudes. L'autre nuit, je n'ai eu qu'à payer ma place, comme n'importe qui.

— Vous voulez dire que vous assistiez mardi soir à la séance ?

— Avec la barbe bien peignée, la redingote et le haut-de-forme, moi aussi je peux faire l'aristocrate ! L'astuce, c'était de mettre les voiles avant la fin !

— Je me souviens ! s'écria Jules. Le type qui est sorti en claquant la porte au milieu de la séance ! C'était vous ?

— Rien de tel qu'un peu de théâtre, vous devriez le savoir ! Sauf qu'au lieu de redescendre par l'escalier jusqu'en bas je me suis réfugié dans une pièce du couloir. Quand tout le monde a été parti, je me suis précipité sur Gordon. Il n'a pas eu le temps de dire ouf ! J'ai tiré deux fois. Je ratais rarement ma cible quand j'étais soldat… Puis, très vite, j'ai ouvert la fenêtre et je suis revenu me cacher au même endroit.

— Vous ne vous êtes donc jamais enfui par les toits ?

— À mon âge, allons ! C'est juste ce que je voulais faire croire. En fait, j'ai attendu que la voie soit libre, et dès qu'il n'y a eu plus personne dans l'escalier…

— Et Dandrieu ?

— Lui, excusez-moi, mais c'était une œuvre de salubrité publique. Il suintait le vice par tous les pores. Je l'ai surpris dans son atelier, alors qu'il se rafraîchissait à la pompe. En m'entendant, il s'est légèrement retourné et je n'ai eu qu'à l'aligner. Un œil d'abord, puis le deuxième, une fois qu'il s'est écroulé par terre.

— Les yeux, puisque vous en parlez, avança timidement Jules. Quel besoin de les tuer ainsi ?

— Je suis dans l'optique, monsieur Verne, ne l'oubliez pas. Tout ce qui touche à l'œil m'intéresse. Avez-vous entendu parler des optogrammes ?

— Les optogrammes ?

— Les scientifiques ont découvert que l'œil conserve intacte la dernière image qu'il a reçue. Y compris des heures après la mort. Notre chambre obscure à nous, en quelque sorte. Or les scientifiques disent aussi qu'on peut voir un optogramme par simple dissection de l'œil. Un peu comme une plaque… Avec cette brigade qui court après la nouveauté et ce jeune médecin qu'ils ont embauché pour les dissections, il y avait un risque qu'ils essaient. Et moi, je n'aurais pas aimé que ma tête apparaisse dans les yeux de Dandrieu ou de Gordon. Question de précaution.

C'était donc ça ! Les optogrammes !

— Mais l'appareil de Daguerre, alors ? La plaque que vous avez laissée sur place ? Et le couvercle de l'objectif, rue Cloche-Perche ? Si vous ne vouliez pas attirer l'attention sur vous, pourquoi tous ces indices ?

— C'est évident, non ? J'espérais mettre la brigade sur les traces de Pelladan. Il connaissait toutes les victimes et il avait d'assez bonnes raisons de les supprimer. Saint-Paul, Dandrieu, Gordon, tous étaient mêlés au trafic de fausse monnaie. Or Pelladan n'aspirait plus qu'à la respectabilité et tous ces voyous étaient autant de cailloux dans sa chaussure… De quoi le faire accuser sans trop de mal, a priori. S'il avait pu croupir au fond d'un cachot avant d'être guillotiné, cela m'aurait remboursé un peu de ce qu'Héloïse a souffert.

— Et vous avez changé d'avis ?

— Au dernier moment, oui. Quand j'ai appris hier qu'il n'avait pas le prix et qu'il était désigné pour la photographie officielle, l'occasion m'a paru trop belle. Quelle fin spectaculaire et quelle tache sur sa mémoire ! Lui qui rêvait de la Légion d'honneur, exécuté pour avoir tenté d'assassiner l'empereur ! Une vengeance à la hauteur, non ?

« Ce matin, je lui ai donc proposé de m'occuper du matériel. Il a facilement accepté, vu l'état de fureur dans lequel il était. J'en ai profité pour glisser dans l'appareil l'un des pistolets qu'on garde là-haut comme accessoire. Aucun des soldats n'a songé à contrôler le boîtier, bien sûr. Ensuite, quand Pelladan a voulu faire sa mise au point, il s'est rendu compte que quelque chose bloquait. Il a ouvert la trappe à l'arrière et… Franchement, je n'étais pas mécontent !

— Sauf qu'il restait le problème Savannah, objecta Jules. Elle aussi a entendu le charpentier vous appeler Émile Gauchet. Or, si je ne m'abuse, elle est arrivée au Cygne rouge à l'automne dernier, en septembre ou en octobre. Les filles ont très bien pu évoquer devant elle le destin tragique de la pauvre Héloïse Gauchet... Cet après-midi, après l'attentat manqué, Savannah s'est retrouvée rejetée avec vous du côté de la tribune. Peut-être a-t-elle fait le lien entre vos deux noms à ce moment ? Elle a pu vous interroger à ce sujet et vous avez flairé le danger : et si elle allait tout raconter à la police ? Vous avez alors décidé de l'attirer je ne sais où pour l'empêcher de parler. En lui promettant les portraits que Pelladan a faits d'elle hier, pourquoi pas ? Elle vous a suivi sans méfiance et vous l'avez séquestrée. Je me trompe ?

Le vieil homme ne bougea pas d'un cil.

— Émile, insista Jules, vous ne l'avez pas tuée, n'est-ce pas ? Vous n'avez pas pu faire ça ! Vous l'avez mise à l'abri quelque part, hein ? Dites-moi où et je vous aiderai à retrouver la plaque.

— Vous croyez savoir où Pelladan l'a cachée ? s'enquit le photographe sans baisser son arme.

— Je... je pense, oui.

— Alors je vous laisse une chance, monsieur Verne. Une seule.

Il s'effaça devant lui.

— Vous avez dix minutes.

24

Jules montait l'escalier vers le studio proprement dit, le canon du revolver dans les côtes. À mi-étage, frappé par une idée soudaine, il se retourna.

— Je suppose qu'en réalité personne ne vous a agressé, l'autre soir ?

— Vous voulez dire avant-hier ? ricana Émile. Il n'y avait personne, non. C'est que, monsieur Verne, à force de m'accrocher à vous, je craignais que vous ne finissiez par vous douter de quelque chose. Être moi-même victime du tueur était une bonne manière d'écarter les soupçons, non ?

— Et le sang, les traces de balle ?

— J'ai tiré deux fois dans le mur et je me suis fait une entaille au rasoir. J'ai renversé la table, la chaise, ouvert la fenêtre, puis j'ai fait semblant de perdre connaissance. Vous avez été très charitable, d'ailleurs, je vous en remercie. C'est une pitié que vous vous soyez montré ce matin.

De la pitié, il n'y en avait pourtant guère sous ce front dur et ces sourcils épais.

Jules gravit les dernières marches et déboucha sous la grande verrière, derrière une rangée de fauteuils empilés au hasard. Le soleil se levait et dorait de ses rayons pâles le désordre de la pièce : là aussi, tout était à l'envers. Panneaux peints de guingois, tiroirs vidés par terre, accessoires mélangés ou renversés, traîneau sur le flanc, etc. Seuls le paravent et l'appareil photographique tenaient encore debout. Dans l'espace à gauche réservé aux prises de vue, les coussins et le rembourrage du canapé Empire avaient été sauvagement lacérés. La toile de fond beige était froissée et des morceaux de vases gisaient un peu partout. La verrière était ouverte sur la terrasse et un air frais bienfaisant parvenait du dehors.

— Alors ? s'inquiéta Émile. Cette plaque ?

Jules avait bien conscience qu'il jouait là son va-tout. Bien sûr, il n'avait aucune certitude. Un faisceau de présomptions, tout au plus. Quoi qu'il en soit, il fallait sauver Savannah.

— Tout dépend si la police a fait son travail ou non, commença-t-il.

— Les inspecteurs n'avaient pas l'air ravis en quittant l'immeuble, affirma le vieil homme. Et s'ils y ont passé tout ce temps, c'est qu'ils n'ont rien obtenu.

Jules examina un instant les objets du décor.

— C'est ici, forcément. Avez-vous déjà lu Edgar Allan Poe, monsieur Gauchet ?

L'autre fit non de la tête.

— C'est un auteur américain. Votre patron devait l'apprécier, il a confectionné lui-même un recueil entier de ses nouvelles. Il y en a une, notamment, *La Lettre volée*, qui pourrait nous être utile. L'histoire d'une lettre dérobée à la reine par un ministre peu scrupuleux. Durant des nuits et des nuits, la police fouille l'hôtel particulier de l'indélicat, où elle sait que la lettre est cachée. En vain. Seul le héros, Auguste Dupin, finit par résoudre le mystère en visitant les lieux.

— Vous espérez trouver la solution dans un livre ?

— Pas un livre, une nouvelle. Si les policiers échouent dans leurs recherches, c'est que la lettre a d'abord été maquillée avant d'être placée dans un endroit tellement en vue qu'ils ne l'ont tout simplement pas remarqué. Ou, plutôt, ils n'ont pas supposé que l'on pouvait être assez stupide pour y dissimuler quoi que ce soit. En l'occurrence, la cachette était un porte-lettre, bien en évidence sur la cheminée.

Émile grimaça.

— Il n'y a aucun porte-lettre ici et il faudrait être stupide pour y ranger une plaque !

— Dans un porte-lettre, oui, admit Jules, mais dans un appareil photographique ? Ne serait-ce pas la dernière place où l'on s'attendrait justement à la découvrir ? La plus naturelle, en somme.

— Dans l'appareil ? Vous plaisantez ! Je l'ai vérifié moi-même, l'appareil ! Les inspecteurs aussi, figurez-vous !

— Peut-être que vous n'avez pas su voir.

Le jeune homme se dirigea d'un pas décidé – plus décidé qu'il ne l'était au fond de lui-même – vers le meuble à roulettes où l'on stockait les produits. De la caisse éventrée du bas, il extirpa une plaque sèche qu'il introduisit dans le support métallique qui saillait à droite de l'appareil, comme il avait vu Pelladan le faire. Il repoussa le tout dans le boîtier, faisant ressortir sur la gauche l'autre moitié du mécanisme, celle qui supportait le volet intérieur – ou le contrepoids ? Il retira alors celui-ci de son logement : une planchette en bois, relativement lourde et à peine plus large qu'une plaque.

— Nous y sommes, chuchota-t-il. Attention...

Il manipula la planchette en tout sens, attentif au moindre signe. Il ne lui fallut pas longtemps, d'ailleurs, pour en trouver : deux fines encoches et une minuscule rainure. Il appuya à droite, à gauche, et sentit enfin coulisser le sommet de la planchette entre ses doigts. Elle était creuse.

— Gagné !

Il retourna ensuite l'espèce de fourreau en bois. La matrice de verre, enveloppée dans un papier léger, glissa lentement hors de son étui. Du coin de l'œil, il vit aussi Émile qui s'approchait, le regard fiévreux. Jules n'aurait sans doute pas de meilleure occasion. D'un seul coup, il lâcha la plaque comme si elle lui échappait.

— Zut !

Le photographe bondit aussitôt pour la rattraper. Jules le cueillit d'un violent coup de genou à l'instant où la main du vieil homme se refermait sur l'objet. Agrippé à son trésor, Émile se plia en deux en râlant tandis que son arme roulait au sol. Jules lui décocha un coup de pied supplémentaire et sauta littéralement sur la crosse.

Il se redressa triomphalement, pistolet au poing.

— Maintenant, vous allez me dire où est Savannah, et vite !

Recroquevillé sur lui-même, le photographe s'efforçait de reprendre son souffle, la plaque toujours serrée contre lui. Un morceau du verre s'était brisé sur le plancher.

— Je n'hésiterai pas à tirer, Émile. Dites-moi où est Savannah !

La voix de la jeune femme résonna alors curieusement dans la pièce.

— Derrière vous, monsieur Jules.

— Savannah ? Que…

Son ton avait une dureté inhabituelle.

— Ne vous retournez pas, voulez-vous ? Posez tout de suite ce revolver ou je serai dans l'obligation de vous exécuter.

Il y eut un déclic métallique dans son dos. Apparemment, elle avait une arme... Jules ne comprenait plus rien. Il laissa tomber le pistolet le long de sa jambe et pivota sur lui-même.

Ce fut comme un coup de poignard : Savannah sortait de derrière le paravent, carabine à la main. Elle avançait dans sa direction et quelque chose avait changé dans sa physionomie. Elle semblait près de mordre.

— Vous savez que je ne vous raterai pas, le menaça-t-elle. Vous m'avez vue l'autre soir à la baraque de tir du Champ-de-Mars.

— Savannah, mais...

Elle passa sur sa droite sans cesser de le mettre en joue. Elle ramassa l'arme au passage puis se pencha sur le vieillard.

— Papa ? Ça va ?

Deuxième coup de poignard. Jules était en plein cauchemar.

— La matrice, bredouilla Émile. Je crois qu'elle n'a rien.

Il se releva péniblement et, aidé de Savannah, s'assit en soupirant sur le canapé défoncé. Elle posa le revolver et la plaque à ses côtés.

Jules allait se réveiller, c'était sûr. Peut-être en se pinçant ?

— Vous êtes...

— Sa fille, oui.

— Mais elle est morte !

— Sa deuxième fille, précisa Savannah. La cadette d'Héloïse. C'est aussi pour moi que ma sœur est montée à Paris. Elle voulait que je ne manque de rien.

— La sœur d'Héloïse ! Mais pourquoi m'avoir fait croire… pourquoi m'avoir menti ?

Ses yeux verts magnifiques avaient désormais l'éclat et le tranchant d'une lame. Même ses mots étaient différents.

— Une idée que j'ai eue afin qu'on accuse Pelladan au plus vite. Quand le premier article est paru dans *Le Populaire*, nous avons pensé qu'il serait intéressant de guider le journaliste. Pour l'amener plus rapidement sur la piste des meurtres et, par conséquent, sur celle de notre coupable… D'une façon ou d'une autre, la police aurait suivi. Le matin où l'affaire a éclaté, mon père s'est donc posté aux abords du journal. C'est là qu'il vous a aperçus tous les deux, vous sortiez par l'arrière. Un petit vendeur à la criée a apostrophé Montagnon et mon père vous a emboîté le pas.

— Plus tard, lorsque vous êtes sortis de la morgue, renchérit Émile, je vous ai entendus dire que vous comptiez déjeuner à Notre-Dame. J'ai couru à toute vitesse sur le parvis et je suis arrivé avant vous, malgré la charrette et le soleil. J'étais en nage et essoufflé, mais tout s'est passé à la perfection. Mieux qu'on ne pouvait l'espérer, même, puisque votre ami m'a invité au restaurant et qu'il m'a confié le daguerréotype !

Jules pesta intérieurement : roulés ! Roulés dans la farine ! Une jolie paire de détectives, en effet !

— Le lendemain, poursuivit Émile, j'ai rendu à Montagnon une vieille plaque frappée des initiales de Saint-Paul. Je vous ai fait le numéro du développement et vous avez filé à la butte Chaumont comme un seul homme. Trop tard, bien sûr.

La Butte Chaumont... Trop tard... Jules réalisa avec effroi ce que cela signifiait.

— Si vous étiez avec nous quand Saint-Paul a été tué, avança-t-il, cela implique que...

— Oui, acquiesça Savannah, c'est moi qui me suis chargée de cette vermine. Saint-Paul voulait me faire poser, comme ma sœur ! J'ai mis un terme à son répugnant trafic. Ensuite, j'ai exploré toute la maison : je cherchais les épreuves ou les négatifs d'Héloïse. Je n'imaginais pas que vous débarqueriez si tôt. J'ai tenté de m'esquiver, mais Félix m'a repérée.

Elle sourit avec un air supérieur.

— Vous noterez que j'ai visé le bras.

Jules était consterné. L'homme au manteau et au chapeau noir, la charmante Savannah !

— Tant que nous y sommes, ajouta-t-elle, c'est moi aussi qui ai ouvert la porte du Cygne rouge hier matin. Cette grosse truie de Berthe a été drôlement surprise, croyez-moi ! Subir dans la chambre noire ce qu'elle a fait subir aux autres filles n'avait pas l'air de l'enchanter.

— Elle a beaucoup crié, confirma le photographe, j'ai même dû l'achever plus tôt que je ne l'aurais voulu.

Tout en proférant ces horreurs, il regardait sa fille avec tendresse.

— Ma Clémence a fait preuve d'un vrai courage en s'engageant là-bas. C'est surtout grâce à elle et à ses renseignements que nous avons identifié la bande.

Et, en plus, Savannah s'appelait Clémence...

Clémence !

— Ce que nous n'avions pas prévu, enchaîna-t-elle, c'était l'intrusion de ce Servadac. Nous avions beau faire pour vous attirer chez Pelladan, vous n'aviez d'yeux que pour le marquis !

— Il a quand même tué l'imprimeur Batisson ! se défendit Jules. Je ne pouvais pas deviner qu'il se servait de vos crimes pour camoufler les siens !

— Lui aussi cherchait la matrice, c'est ça ?

— Il semblerait, oui.

— Mon père a donc bien fait de changer ses plans à la dernière minute. Mieux valait un Pelladan mort aujourd'hui qu'une enquête bâclée qui aurait tout mis sur le dos du marquis.

Elle se tourna vers son père, et il y eut brusquement quelque chose de très enfantin dans la manière dont elle lui caressa la main.

— Même si tu n'avais pas très envie que j'aille à la cérémonie, n'est-ce pas ?

— C'était beaucoup trop dangereux, Clémence ! Nous faire remarquer là-bas aurait pu tout compromettre !

— Peut-être, rétorqua-t-elle. Mais je voulais le voir mourir.

— Eh bien, tu l'as vu… Mais je maintiens que tu as eu tort. Si la police nous avait interrogés, si elle avait fait le lien entre nous deux, nous aurions pu dire adieu à la plaque ! Par bonheur, fit-il en dépliant le papier autour de la matrice, ce sont tous des imbéciles. Il a suffi d'attendre qu'ils se fatiguent et nous avons récupéré ce bijou.

Il éleva dans la lumière le rectangle de verre où l'on reconnaissait avec une incroyable précision le dessin inversé d'un billet de mille francs, orné des cachets et des signatures de la Banque de France. Seul un coin de la plaque était abîmé, mais sans conséquence pour la duplication.

— Nous allons être riches… Et en partie grâce à la collaboration de M. Verne.

Jules avait déjà entendu ça quelque part…

Il y eut un silence pesant : le père et la fille le dévisageaient avec une sorte de solennité.

— Euh… justement, bafouilla Jules, si je puis me permettre… Nous avions un marché, n'est-ce pas ? Je vous ai aidé pour la plaque et j'ai rempli mon contrat. Pour le reste, il y a sûrement moyen de s'arranger…

— Non, le coupa froidement le vieillard. Pas d'arrangement. On sait où ça mène.

Il reposa la matrice et prit la carabine des mains de Savannah.

— Je n'avais rien contre vous, monsieur Verne, je suis désolé. Paraît-il même que vous auriez pu faire un bon écrivain. Vous n'auriez pas dû tenter le diable, voilà tout.

Jules chercha à croiser le regard de la jeune femme, mais celle-ci détourna les yeux vers la terrasse. Elle tortillait nerveusement ses boucles de cheveux.

— Tout ce que je peux vous promettre, assura Émile en se levant, c'est que vous ne souffrirez pas. Faites-moi le plaisir de ne pas bouger.

Jules sentit ses jambes se dérober. Il pensa à son père et à sa mère qui mourraient de chagrin dans le grand appartement de la rue Rousseau, à son frère Paul qui combattait quelque part en Crimée, à ses trois jeunes sœurs, Anna, Mathilde et surtout le Chou, qu'il ne verrait pas grandir. Il pensa aussi à sa *Monna Lisa*, amoureuse à jamais du lointain Léonard – mais l'amour était-il autre chose qu'une désillusion perpétuelle ?

Il s'appuya sur l'appareil pour ne pas trembler. Fermer les yeux et faire bonne figure… Il n'allait pas souffrir, Émile l'avait promis.

Lorsque la détonation claqua, Jules se raccrocha instinctivement à l'objectif, dont le couvercle sauta sous ses ongles crispés. Il n'avait même pas mal. Était-ce tout, vraiment ? Une détonation et puis rien ? Alors ce n'était pas si terrible, en effet. Ou bien était-il déjà un esprit, en route pour Jupiter ?

Un cri strident le ramena sur terre.

— Papa !

— Plus un geste, mademoiselle !

La voix de Lafosse suivie d'un bruit de course dans l'escalier.

Jules rouvrit les yeux. Émile était effondré sur le canapé, une auréole rouge au milieu du front. Savannah se jetait à ses pieds en hurlant tandis que l'inspecteur Lafosse sautait par-dessus la rambarde, un pistolet fumant à la main.

— Jules !

Félix ! Il y avait aussi Félix !

Le journaliste jaillit à son tour de l'escalier. Jules aurait voulu lui ouvrir les bras, mais il était tétanisé.

— Nom d'un chien, Jules, il était moins une ! Sans la jument…

— La jument ? répéta le jeune homme, hébété.

— Bien sûr, la jument !

Il lui serrait vigoureusement la main.

— Quand nous sommes rentrés rue du Faubourg-Saint-Honoré, Marguerite a été incapable de me dire où tu étais. Heureusement, il y avait ton carnet sur le bureau et, à la dernière page, une allusion aux policiers et au studio. Nous sommes passés ici avec Lafosse : tout avait l'air bien tranquille et fermé. Sauf qu'il y avait la jument…

La brave bête de jument ! Elle avait fini par donner l'alerte !

— Mais qu'est-ce que tu fabriquais donc avec l'inspecteur ? On m'avait dit qu'il était renvoyé !

— Des rumeurs idiotes. Il a été affecté exclusivement à la traque de Servadac. Cet après-midi, vers cinq heures, Morcel m'a fait savoir que le marquis avait été aperçu à Versailles. Il faut te dire qu'après l'attentat j'étais le seul journaliste du *Populaire* disponible ! J'ai filé là-bas aussi sec et j'ai retrouvé l'inspecteur qui tendait sa souricière.

— Servadac a été arrêté ?

— Oui, dans un petit pavillon discret qu'il possède pas très loin du château. Il s'y est réfugié après la fusillade de Bercy.

— Et où est-il, maintenant ?

— À l'Hôpital militaire. Mal en point. Son transfert de fluide a été un échec, il ne tient pas mieux qu'avant sur ses jambes ! S'il a pu s'enfuir hier du donjon, c'est sur les épaules de Max. Et cette nuit, lors de l'assaut, ils ont tous les deux été blessés. Max est quasiment inconscient et Servadac a une balle dans le rein.

— Non, non ! gémit Savannah.

Tandis qu'ils parlaient, Lafosse s'était occupé des armes et les avait vidées de leurs munitions. Il avait vérifié ensuite qu'Émile était bien mort – deux doigts sur la carotide – et il s'essayait maintenant à séparer Savannah de son père.

— Aidez-moi, vous deux, ordonna-t-il.

La jeune femme était secouée de spasmes et de sanglots hystériques. La maîtriser en douceur n'avait rien d'évident. Ils tentèrent de la raisonner, de lui maintenir les bras au sol, mais elle se débattait en tout sens. À bout de patience, l'inspecteur la gifla.

— Ça suffit, la comédie ! Je vais te calmer, moi !

Les tremblements et les gesticulations cessèrent aussitôt. Elle tourna vers lui son visage baigné de larmes. Il y avait une sorte de flottement dans son regard, comme une petite fille apeurée qui ne sait plus où elle habite.

Lafosse lui-même en parut troublé.

— Allez, lève-toi, je ne te ferai pas de mal. Il faut seulement que je t'emmène.

Il y eut un long silence, pendant lequel elle resta bouche bée à le contempler.

— Vous m'emmenez voir mon papa ? demanda-t-elle finalement d'une voix minuscule.

— C'est ça, répondit l'inspecteur, je t'emmène voir ton papa.

— Et il est parti loin ?

Elle n'avait plus rien de la tueuse implacable et manipulatrice de tout à l'heure. Juste une orpheline en pleine confusion mentale.

— Non, pas très loin. On va y aller avec le monsieur, il connaît le chemin.

Savannah se redressa lentement en lui prenant le bras.

— Vous nous accompagnez, glissa l'inspecteur à Félix, je ne peux pas la surveiller et conduire la voiture. Vous, Verne, vous attendez mes gars ici, je vous les envoie tout de suite.

Il lui fit un clin d'œil.

— Vous avez l'habitude, n'est-ce pas ?

Jules hocha la tête, mais ne lui rendit pas son sourire.

Les deux hommes empoignèrent Savannah et le trio s'éloigna, poursuivant comme si de rien n'était son improbable dialogue.

— Et il y aura ma sœur, aussi ?
— Ta sœur ? Ah oui ! bien sûr, il y aura ta sœur…
— C'est qu'elle va mieux, alors ?
— Oui, oui, par bonheur, beaucoup mieux.
— Ah… Maman doit être contente ?
— Très contente.

Les mots se perdaient dans l'escalier.

— Et le bébé, je pourrai voir le bébé ?

Jules eut l'impression que son cœur allait se fendre. Savannah, la petite Savannah !

Machinalement, il ramassa le cache en cuivre qu'il avait fait tomber et le soupesa un instant au creux de sa main. Sur son trépied doré, l'œil noir et rond de l'appareil fixait obstinément le cadavre, comme si la malédiction continuait de frapper malgré la mort du photographe. Et c'est Jules lui-même qui avait introduit la plaque dans la chambre obscure…

D'un geste mal assuré, il aveugla l'objectif. C'était fini. Tout était fini… Les larmes au bord des yeux, il sortit sur la terrasse humer l'air du petit matin. Dehors, le ciel était clair et la lumière excellente.

Cet ouvrage a été imprimé par

BUSSIÈRE

GROUPE CPI

*à Saint-Amand-Montrond (Cher)
pour le compte des Éditions 10/18
en janvier 2008*

Imprimé en France
Dépôt légal : février 2008.
N° d'édition : 4030. – N° d'impression : 080023/1.